KB089831

색연필

LES CRAYONS DE COULEUR

색연필

장가브리엘 코스 장편소설
최정수 옮김

현대문학

일러두기

1. 본문의 주는 모두 옮긴이 주이다.
2. 외래어의 표기는 국립국어원이 정한 외래어 표기법을 따랐으나, 일부 인명, 상표명의 경우 국내에서 일반적으로 통용되는 표기를 사용하였음을 밝혀둔다.
3. 단행본은 『』로, 신문과 잡지는 《》로, 영화, 드라마, 만화 등의 제목은 〈 〉로 표기하였다.

마음으로 보는 사람들에게

차 례

1장

옛날 옛적 파란 혹성에……

파장 580나노미터의 파동이 아르튀르 아스토르의 시각기관 원추세포*를 자극한다. 곧바로 전격적인 시각 활동이 일어나 그의 뇌를 관통해 두뇌피질의 V4 영역**에 도달한다.

아르튀르의 시각을 자극한 것은 초록색이다. 더 정확히 말하면, 이웃집에 사는 젊은 여자가 낀 선글라스의 풋사과색. 아르튀르는 이웃집 여자를 집요하게 관찰하고 있다. 몸을 숨기지도 않고, 열려 있는 커다란 창문 앞에 당당히 선 채로. 그를 매혹하는 것은 그녀의 작고 단단한 가슴도, 반쯤 벌어진 가운 속으로 보이는 완벽한 비율의 몸매도 아니다. 그녀가 집 안에서까지 쓰고 있는 반짝이는 커다란 선

---

* 색상을 감지하는 망막의 시각세포. 원뿔 모양으로 생겨 원추세포라 불린다.
** 시각 정보를 처리할 때 색채에 반응하는 선조 외 피질의 한 영역.

글라스가 그를 자꾸 매혹한다.

여자는 그에게서 불과 몇 미터 떨어진 곳에서 블랙베리의 자판을 열심히 두드리고 있다. 그녀는 커튼도 없는 14구의 그 아파트 안을 속옷 차림으로 자주 어슬렁거렸다. 하지만 선글라스는 반드시 끼고 있었다. 아르튀르는 선글라스를 조심스레 벗겨 그녀의 눈이 드러나게 하는 꿈을 여러 번 꾸었다. 꿈은 거기서 멈추었다. 항상 그 순간에 꿈에서 깨어났다. 동네에서도 자주 그녀와 마주쳤다. 대부분의 경우 그녀는 대여섯 살로 보이는 딸아이의 손을 잡고 있었고, 아르튀르는 감히 그녀에게 접근하지 못했다. 예전에는 자신감이 충만했지만, 이제는 스스로의 음울한 그림자로 쪼그라들어버린 탓이다.

아르튀르의 수호천사는 얄궂게도 그가 태어난 이래 모르모트처럼 그를 이리저리 시험했다. 어려서부터 교양의 중요성을 깨닫도록 그를 센강 좌안의 유복한 좌파 인텔리 집안에서 태어나게 하는 동시에 그를 왼손잡이로 만들었다. 그래서인지 그는 무의식적으로 자신이 다른 사람들과 뭔가 다르다고 생각해왔다.

그의 좌파 수호천사는 솜씨가 그리 좋지 못했다. 그에게 전체적으로 잘생긴 얼굴을 선사해준 반면, 코는 럭비 시합에서 사용하는 완충재를 대충 주물러 만든 모양새로 만족했다. 그런 모습이 벨몽도*를 닮아서, 그는 생제르맹데프레의 사립 고등학교와 미술 계통 상업

* Jean-Paul Belmondo(1933~), 프랑스의 영화배우. 〈네 멋대로 해라〉, 〈파리는 불타고 있는가〉 등 1960년대 프랑스의 누벨바그 영화에 다수 출연했다.

학교에 다닐 때 많은 여자아이들을 사귈 수 있었다. 또한 수호천사는 럭비, 공부 그리고 직업 활동까지 그가 시도한 모든 분야에서 평균보다 조금 더 뛰어난 재능을 그에게 허락해주었다. 그는 자신감 넘치는 삼십 대로서 스타트업 회사에서 국제무역을 담당했다. 아이는 없었고, 오랫동안 사귄 여자 친구도 없었다. 개나 금붕어를 기르기에는 너무 자기중심적이었다. 그가 유일하게 공을 들인 것은 호박색의 일본 위스키 그리고 마일리지를 쌓는 데 큰 도움이 된 플래티넘 카드 수집이었다. 이 둘 덕분에 전 세계 모든 공항의 비즈니스 클래스 전용 창구로 통하는 레드카펫을 밟을 수가 있었다. 평범한 회색 카펫에 줄을 선 승객들 앞을 지나가 쾌적한 공기를 마실 수가 있었다. 그는 다른 사람들이 들어가 살고 싶은 선홍색의 아파트 모델하우스를 바라보듯 키 180센티미터인 자신의 몸을 선망의 눈으로 바라본다고 굳게 믿었다.

이후 그의 수호천사는 그의 인생을 염색하기로 결정했다. 정확히 암갈색으로. 아르튀르는 어떤 여자와 사랑에 빠졌는데, 그녀는 그를 오래되어 누르스름해진 양말짝처럼 뻥 차버렸다. 비슷한 시기에 그의 부모님은 각자 새로운 인생을 살기로 결정했다. 아르튀르는 중립을 지켰다. 그의 아버지는 딸뻘 되는 여자에 미쳐 제2의 청춘을 누렸다. 어머니는 인도의 아슈람으로 인생에 관해 명상하러 가서 한 번도 소식을 전하지 않았다. 아르튀르는 술을 마시기 시작했다. 점점 더 많이. 세 번째 하프타임에 그는 럭비 시합을 포기했다. 녹색 불이 침울한 초록색 술병들로 변해갔다. 그렇게 불과 몇 달 만에 그는 일자리, 친구들, 자신감 그리고 운전면허증을 잃었다. 혈중 알코올 2그램 상태로 운전하다 체포된 뒤의 일이었다. 그의 체중을 20킬로그램 늘게 한 2그램이었다.

새 일자리를 구하기 위해 3년 동안 수많은 면접을 본 뒤, 그는 지역 고용센터로부터 몽루주에 있는 가스통 클뤼젤 색연필 공장에 면접을 보러 가지 않으면 구직자 명단에서 제하겠다는 위협을 받았다. 사실 아르튀르는 국제적 규모의 대기업이나 스타트업 회사에 일자리를 구하고 싶었다. 그러나 실업수당이 끊겨 재정 상태가 적자가 되는 상황을 피하려면 달리 선택의 여지가 없었다.

가스통 클뤼젤 색연필 공장은 2차 세계대전 직후만 해도 직원이 300명에 달했으나, 아르튀르가 면접을 보러 창업주의 증손자이며 회사를 구원해줄 구세주를 절박하게 기다리고 있는 사장 아드리앵 클뤼젤을 만나러 간 날에는 직원 수가 손가락으로 꼽을 만큼 줄어 있었다.

　아르튀르는 면접을 단단히 준비했다. 되도록 채용을 피하려고 매우 거슬리는 색의 옷을 입었다. 당근색의 낡은 반팔 셔츠에 황록색 바지를 입고, 세룰리언 블루 양말에 금련화색 구두를 신었다. 바지 안에는 코트 드 프로방스 포도주 병을 단숨에 비울 때 양쪽 뺨에 흘러내리는 예쁜 가지색 사각팬티까지 받쳐 입을 정도로 멋을 부렸다.

　아드리앵 클뤼젤은 공장 입구에서 아르튀르를 맞이해 자기 사무실로 따라오라고 했다. 어릿광대 같은 옷차림에 숨을 몰아쉬며 계단을 오르는 아르튀르를 보고, 클뤼젤은 이 지원자를 채용해봐야 색연필 매출이 반등할 가능성은 전혀 없겠다는 사실을 곧바로 눈치챘다.
　"아르튀르 아스토르 씨, 지난 3년 동안 일을 하지 않으셨네요?"

"일을 안 한 건 아닙니다. 아침부터 저녁까지 명상을 했습니다. 특히 색에 관해서요!"

"뭐라고요?"

"네, 가령 색연필을 예로 든다면 이렇습니다." 아르튀르는 일부러 친근한 말투로 이야기했다. "마티스, 툴루즈 로트레크 또는 피카소 같은 천재 화가들은 몇몇 작품에 색연필을 사용했습니다. 알고 계셨죠?"

클뤼젤은 아르튀르가 자신을 놀리는 게 아닌가 싶어 그 질문을 무시했다.

"당신이 지원한 업무는 우리 회사 색연필의 매출을 끌어 올리는 일입니다만……."

"책임이 막중한 일이군요! 그런데 '연필crayon'이라는 단어가 '분필'을 뜻하는 프랑스어 고어古語 '크레옹créon'에서 왔다는 사실은 아십니까?"

아르튀르는 잠시 이야기를 멈췄다가 매우 열정적인 목소리로 회심의 일격을 날렸다. "사람들은 분필로 창조를 하고, 우리는 연필로 창조를 하는군요!* 그러니까 우리는 지금 창조의 기원 속에 있는 거예요."

---

* On crée avec de la craie. Nous créons avec des crayons. 분필craie과 '창조하다'의 3인칭 단수형 동사 crée, 연필crayon과 '창조하다'의 1인칭 복수형 동사 créons의 프랑스어 발음이 각각 비슷한 데서 착안한 말장난.

클뤼젤은 입을 반쯤 벌리더니 "수고하셨습니다, 결과는 전화로 알려드리죠"라고 말하고 침을 삼켰다.

이후 고용센터 담당자가 클뤼젤에게 다시 전화를 걸어 그 지원자는 실업수당 수급 기간이 만료되어 이번에 반드시 재취업을 해야 할 처지이고, 재취업 기금에서 그의 임금을 지원해주기 때문에 회사 입장에서는 그를 채용해도 돈이 거의 들지 않는다는 정보를 알려주었다.

그렇게 해서 아르튀르는 본인 뜻과 상관없이 색연필 회사 영업 사원으로 다시 직장 생활을 하게 되었다. 한때 국제무역 계약서에 서명을 하던 그가 가스통 클뤼젤 색연필 몇 상자를 가지고 동네 문구점 주인을 설득해야 하는 신세가 된 것이다. 그는 매일 아침 이제는 정말 술을 끊겠다고 다짐하며 잠에서 깨어났고, 매일 저녁 그 다짐은 에탄올 속에 힘없이 익사해버렸다. 끝을 알 수 없는 검은 구멍으로 빠져들어가는 느낌이었다.

석 달 뒤, 클뤼젤은 그를 자기 사무실로 호출해 실적 부진을 이유로 해고 통보를 했다. 아르튀르는 울음을 터뜨렸다. 알코올 기운이 섞인 눈물이 그의 뺨에 흘러내렸다. 진심이 담긴 눈물이었다. 살면서 처음으로 그는 자신을 내려놓았다. 그의 인생이 바닥을 쳤고, 그는 그 사실을 잘 알고 있었다. 그러나 뜻밖에도 마침내 스스로에게 정직해졌음을 깨달았고 그런 느낌이 참 좋았다. 그는 자의식을 버렸고, 바닥에서 다시 위로 올라갈 준비가 되었다.

그는 소맷부리에 코를 푼 다음, 작은 소리로 말했다. "제발 부탁드립니다. 한 번만 더 기회를 주세요."

아드리앵 클뤼젤은 동정심을 전혀 느끼지 않았지만, 아르튀르를 봐주기로 마음먹었다. 따돌림 당하는 사람을 보호해주는 심정으로. 그러고는 그에게 온갖 힘든 일을 다 떠넘겼다. 클뤼젤은 아르튀르를 공장 생산 라인 감독직에 발령 냈다. 또 그의 봉급 일부가 매출과 연계되어 책정된 만큼 봉급도 더 적게 주었다. 화이트칼라인 아르튀르가 매일 작업복 차림으로 일하는 것을 보며 클뤼젤은 심술궂은 쾌감을 느꼈다. 아르튀르는 공장에서 근무하는 대부분의 시간 동안 높은 걸상 위에 앉아 색연필 제조 공정을 감독했다. 부서진 톱니바퀴 모양의 낡은 라디오에서 흘러나오는 방송으로 지루함을 달래고 일상에 리듬을 부여했다. 금속성의 목소리를 가진 그 라디오가 아침부터 저녁까지 그의 고막에 대고 침을 튀겨가며 프랑스 앵테르 방송을 중계해주었다.

서양 사람들의 옷차림이 동양 사람에 비해 색상 면에서 더 제한되어 있다는 사실에 주목해보셨습니까? 모노톤 색상이 우리 서구 사람들의 옷차림을 정복해버린 이유는 무엇일까요? 1860년 영국에서 그런 현상이 처음 시작되었다고 보아야 할 것입니다. 웨일스공 에드워드 7세는 시가를 무척 좋아했지요. 하지만 그의 아내는 시가 냄새가 옷에 배는 것이 싫다고 불평했습니다. 그래서 에드워드 7세는 런던의 클럽에서 마음껏 시가를 피우고 카드놀이도 할 수 있도록 특별한 옷을 만들어달라고 재단사에게 요청했지요. 그렇게 해서 턱시도가 탄생했습니다. 영국 귀족들은 곧바로 에드워드 7세를 따라 턱시도를 입기 시작했지요. 당시로서는 대담하게도 하인들까지 같은 색의 옷을 입었어요! 턱시도의 유행은 빠르게 대서양을 건너갔습니다. 19세기 말에는 많은 뉴욕 사람들이 턱시도의 유행을 따랐지요. 턱시도는 근사한 야회나 자선 파티 때 입는 남성복의 정석이 되었습니다. 요즘에도 칸 영화제의 레드카펫을 밟으려면 턱시도가 필수지요. 남자들 중에 가장 우아하다는 제임스 본드를 보세요. 턱시도 차림으로 등장하지 않는 에피소드가 단 한 편도 없습니다. 오늘날 유행을 이끄는 유명 디자이너들이 입는 옷 색깔을 보세요. 칼 라거펠트*에서 샹탈 토

* Karl Lagerfeld(1933~2019), 독일 출신의 패션 디자이너. 클로에와 펜디를 성공적으로 이끌고, 샤넬의 부흥을 이루어낸 패션계의 거물이다.

마스*를 거쳐 마크 제이콥스**에 이르기까지 모두 검은색이나 흑백 색상의 옷을 즐겨 입습니다. 장 폴 고티에***조차 감색 세일러복을 포기하고 검은 정장에 검은 넥타이를 매지요.

그렇다면 여성들은 어떻습니까? 1차 세계대전 직후 서구에는 남편이 사망해서 검은 상복을 입는 여성들이 많았습니다. 하지만 여성복의 유행에는 폴 푸아레****유의 비비드한 색조가 아직 남아 있었지요. 1926년 코코 샤넬이 그 유명한 블랙 미니드레스를 만들어《보그》표지에 선보이기 전까지는요. 그 색은 센세이션을 불러왔습니다. 시대의 광기로부터 해방되기를 원했던 여성들은 그 색을 마음에 들어 했어요. 시간이 더 흐른 뒤에는 오드리 헵번이나 카트린 드뇌브 같은 여배우들이 블랙 미니드레스의 전파자가 되었지요. 블랙 미니드레스는 칼 라거펠트에게 '스타일의 기본 중 기본'입니다.

유행하는 패션과 관련해서는 남성과 여성 모두 입는 의상들에 나타난 현상도 언급해야 합니다. 할리 데이비슨 오토바이를 타는 사람들이 입는 검은 가죽 점퍼나 '노 퓨처No Future'를 부르짖는 섹스 피스톨스처럼요. 청취자 여러분, 우리 사회는 미래를 검은색으로 보고 있는 걸까요?

다음 주에 뵙겠습니다.

---

* Chantal Thomass(1947~), 프랑스의 디자이너. 란제리 디자인으로 특히 호평받았다.
** Marc Jacobs(1963~), 미국의 패션 디자이너. 루이비통과 마크 제이콥스를 이끌고 있다.
*** Jean Paul Gaultier(1952~), 프랑스의 패션 디자이너. 파격적인 디자인으로 '패션계의 악동'으로 불렸다.
**** Paul Poiret(1879~1944), 프랑스의 패션 디자이너. 야수파 화가들의 색채를 연상시키는 선명하고 강렬한 색채를 즐겨 사용했다.

프로듀서 실비가 샤를로트의 어깨를 두드려 마이크가 꺼진 것을 알려주었다.

"검은색 의상이 '노 퓨처'를 상징한다고?" 실비가 되뇌었다. "으스스한 이야기네!"

"그 으스스한 이야기를 듣고 사람들이 좀 더 다양한 색의 옷을 입게 된다면 난 기분이 좋을 것 같은데." 샤를로트가 블랙베리의 전원을 다시 켜면서 말했다.

실비는 정확히 서른 살이지만, 족히 15년 전부터 얼굴에 정기적으로 보톡스 주사를 맞으며 시간의 공격을 막아보려 했다. 얼굴을 좀 만져봐도 되느냐고 실비에게 허락을 구하던 날, 샤를로트는 인상을 찌푸리지 않기 위해 몹시 애써야만 했다. 정기적으로 피부과 처치를 받는데도 파운데이션을 두껍게 바른 그녀의 얼굴이 샤를로트에게는 기괴하게 느껴졌던 것이다. "훌륭하네." 실비가 마음 상하지 않도록 샤를로트는 거짓말을 했다.

샤를로트는 오디오 보조 장치의 도움을 받아 전날 기세 좋게 찍은 사진들을 블랙베리 화면에 재빨리 띄웠다. 대부분 프레임이 잘못 잡힌 사진들이었지만, 그중 하나에서 한 손에 맥주 캔을 든 아르튀르의 모습을 확실하게 알아볼 수 있었다.

"우리 집 창가에서 찍은 사진들이야. 뭐가 보여?"

"이웃 남자가 집어삼킬 듯이 너를 보고 있네."

"어떻게 생겼어?"

"섹시한 변태처럼." 프로듀서 실비가 바다색 눈을 빛내며 대답했다. "누가 훔쳐보는 걸 질색하는 다른 이웃 여자가 벌써 이 남자의 코를 머리로 들이박았는지도 모르지. 그랬다면 좋겠네……."

샤를로트가 울분을 터뜨렸다.

"분명 누군가 날 지켜보고 있다는 느낌이 들었어."

"너는 머리 뒤에 눈이 있잖아. 보통 사람들보다 더 잘 보는!"

"그래봤자 전조를 잘 느끼는 사람들과 비슷한 정도야." 샤를로트가 풋사과색 선글라스를 고쳐 쓰며 말했다.

샤를로트 다 폰세카는 유명한 색채 전문가였다. 사실 그녀에게 그것은 굉장한 도전이었다. 대학에서 신경과학을 공부할 때, 그녀에게 까다롭게 굴던 논문 지도 교수가 장차 박사과정에서는 무엇을 연구할 거냐고 물었고, 그녀는 주저하지 않고 '색'이라고 대답했다.

"자네 지금 농담하나?" 지도 교수가 놀라며 되물었다.

"왜요?" 그녀는 미소만큼이나 부드러운 목소리로 응수했다. "색이란 환상에 불과하다는 걸 교수님도 저도 잘 알고 있잖아요. 미셸 파스투로*가 말했듯이, 색은 우리가 볼 때만 존재한다는 것을요. 색의

---

* Michel Pastoureau(1947~), 프랑스의 학자. 초기에는 중세의 문장紋章과 상징을 주로 연구했으나 1980년대 이후 색의 역사에 관해 연구해 이 분야의 선구자가 되었다.

미세한 차이를 정확하게 분별할 수 있는 사람은 지구상에 두 명도 안 돼요. 저 역시 개인적으로 그럴 수 있다는 착각은 하지 않고요. 다시 말해 저는 교수님과 달리 거리를 두고 사물을 바라보는 행운을 얻은 셈이죠."

바로 그 순간, 지도 교수는 그녀를 안내견을 데리고 다니는 예쁜 시각장애인 여학생이 아니라, 명석한 학생으로 인정했다. 그 뒤 두 발 벗고 나서 샤를로트의 공부를 도와주고 격려해주었다. 3년 뒤, 샤를로트는 우수한 성적으로 CNRS*의 1급 연구원이 되었다. 그리고 몇 달 뒤, 프랑스 앵테르 방송국 국장 메흐디 토크가 그녀의 독특한 이력에 관해 듣고 함께 일해보자고 제안했다. 메흐디 토크는 색에 관한 최근의 과학적 발견들에 대중이 좋아할 만한 역사적 일화를 가미해 시평으로 내보낼 생각을 하고 있었다. 샤를로트는 조건을 걸고 그 제안을 받아들였다. 자신이 시각장애인이라는 사실을 방송을 위한 마케팅 수단으로 이용하지 않는다는 조건이었다. 일단 한 달 동안 시험 방송을 했고, 그녀의 시평은 가장 인기 많은 코너 중 하나가 되었다.

딸아이가 태어난 뒤에는 아이를 돌보기 위해 CNRS를 휴직했다. 라디오를 통해 얻은 명성 덕분에 수많은 잡지에 글을 기고할 수 있었고, 대중 앞에 직접 나서야 하는 강연이나 텔레비전 출연 요청을

* Centre National de la Recherche Scientifique, 국립과학연구센터.

거절해도 안락한 생활을 누릴 수 있었다. 색에 관한 최신의 과학적 발견들이 아니라 자신이 시각장애인이라는 사실에 관심이 집중되는 것이 싫었기 때문이다.

덕분에 라디오 방송에 나와 순전히 물리적 관점에서 그리고 우리의 감각과는 반대로 실제로는 파란색이 빨간색보다 더 따뜻한 색이라고 설명하는 그녀가 실은 태어나서 단 한 번도 빨간색이나 파란색을 본 적이 없다는 사실을 아는 사람은 방송국 직원들과 그녀의 가까운 지인들뿐이었다.

아침 8시 정각. 아드리앵 클뢰젤은 매일 그러듯이, 클뢰젤 색연필 공장에서 만든 색연필들을 시대별로 모아 정리해둔 유리 진열장에 반사된 자신의 얼굴을 보며 머리를 매만졌다. 왼쪽 귀 위에 자라난 긴 밤색 머리칼을 세심하게 다듬어 오른쪽 귀 쪽으로 넘겨 올렸다. 그런 다음 혹시 흰머리가 있는지 필사적으로 찾았다. 흰머리는 잘 빠지지 않는다는 장점이 있었다. 이만큼 마음을 썼으면 괜찮은 사람을 찾아낼 수도 있었을 텐데, 그는 속으로 생각했다. 하지만 아니야, 아무도 없어. 클뢰젤의 머리카락은 염색한 상태였고, 손만 대면 마치 가을 낙엽처럼 우수수 빠졌다. 그는 빗에 묻어 나온 머리카락 일곱 가닥을 세어보았다. 창밖에 독특한 카메오처럼 오렌지빛 빨간색으로 물든 나무들이 보였다.

그는 남옥빛과 흰색이 교대로 반복되는 넓은 줄무늬 넥타이를 가지런히 바로잡은 뒤, 작은 공장이 굽어보이는 자신의 통유리 사무실을 나섰다.

4세대에 걸친 아이들이 가스통 클뢰젤의 색연필로 색칠을 배웠다. 아이패드로 색칠하는 것을 더 즐겨 하거나 부모들이 값싼 중국제 색연필을 사주는 최근의 세대를 제외하고 말이다.

발판 위에 올라가 말해야겠어, 코발트색 계단을 내려가며 그는 생각했다. 그의 양손에는 직원들을 위한 크라프트지 봉투가 들려 있었다.

"집합!" 그가 외쳤다.

기계실에 대여섯 명의 직원이 서 있는 것을 보고 그는 어조를 누그러뜨렸다.

"오래전부터 다들 눈치채고 있던 소식을 공식적으로 알리려고 여러분을 모이게 했습니다."

(클뤼젤이 자신이 우두머리임을 보여주기 위해 뭔가를 과장해서 말하기를 무척 좋아한다는 것은 모두들 알고 있었다.)

"우리가 사업을 중단하거나 법정관리에 들어갈지도 모르는 상황에서, 다들 부정적으로 보았음에도 불구하고, 내가 회사를 살리기 위해 무척이나 노력했다는 사실을 여러분은 잘 알고 있을 겁니다."

"안 좋은 낌새가 풍기네." 아르튀르가 나지막한 목소리로 중얼거렸다.

"조용히 해요, 피카소! 그리고 그 라디오 좀 꺼요! 내가 어디까지 말했지? 음…… 그래! 여러분은 우리 회사가 다국적기업에 인수 합병될까 봐 두려워했겠지요. 그런데 그런 일은 일어나지 않을 겁니다!" 클뤼젤은 반은 의기양양하고 반은 풀 죽은 목소리로 말했다. "사실 우리는 어제부터 업무를 중단한 상태지요." 그가 목소리를 낮추며 덧붙였다.

머리카락이 제멋대로 나풀거려 붉어진 눈을 가렸지만, 클뤼젤은 암담한 미래에 대한 불안 때문에 그냥 내버려두었다. 가스통 클뤼젤 색연필 공장의 명맥이 끊길 상황이었다. 그러나 클뤼젤은 자신이 받은 교육의 힘에 기대 사장으로서의 자세를 억지로 유지했다. 그는 카부르에 있는 예쁜 성城 한 채와 산속의 작은 별장 하나를 상속받았다. 덕분에 은퇴 생활이 마냥 우울하지만은 않을 터였다. 그는 손에 들고 있던 갈색 봉투를 직원들에게 말없이 나눠주었다.

"남은 재료로 할 수 있는 데까지 제품을 더 제조하세요. 그런 다음 공장 가동을 멈출 겁니다." 클뤼젤이 자신의 통유리 사무실로 돌아가며 내뱉었다.

오늘날 전 세계에서 팔리는 자동차 두 대 중 한 대 이상이 흰색이다.

_《르몽드》 인터넷판

7년 전 래브라도종 개 카라멜을 떠나보낼 때 샤를로트는 깊은 슬픔을 느꼈다. 프랑스의 시각장애인 안내견 학교 아홉 곳이 기부금과 교육 중인 강아지들을 돌봐줄 위탁 가정의 부족으로 운영난에 처해 있었다. 그래서 안내견 한 마리를 다시 분양받으려면 수년을 기다려야 했다. 하지만 그 사실보다는 너무나 사랑했던 반려견 카라멜을 잃은 것이 훨씬 견디기 힘들었다. 카라멜의 죽음을 받아들이기 위해, 그녀는 혼자 뉴욕에 가서 새해를 맞이하기로 했다.

샤를로트는 시각장애로 인해 자신이 위축되었다고 느끼지는 않았다. 감각 하나가 결핍된 것은 사실이지만, 나머지 네 개의 감각이 너무나 날카로워서 '눈이 보이는 사람들'의 측은해하는 눈길을 잘 느끼는 것이 오히려 문제였다. 예전에는 누가 '장님'이라고 부르면, 자신은 '시각장애인'이라는 말을 더 좋아한다고 말해 그 사람의 표현을 정정해주었다. 그러나 자신은 완곡어법이라고 생각하지만 상대방은 거북해한다는 사실을 깨닫고 깨끗이 수용해버렸다.

타임스스퀘어에 모인 수만 명의 군중 속에서, 그녀는 시각장애인용 하얀 지팡이를 접어 크로스백 안에 감추었다. 아무 걱정 없이 즐거워하는 착한 아이가 된 기분이었다. 자정이 되자 사방에서 새해 축하 인사가 온갖 언어로 넘쳐흘렀다. 음색으로 미루어 스무 살쯤으로 추정되는 청년이 브롱크스 악센트로 그녀에게 "해피 뉴 이어"라고 말했다. 그녀는 그 청년에게 답인사를 하고 대화를 나눠보려 했다. 그러나 청년은 마주치는 모든 사람에게 일일이 새해 인사를 하며 가버린 뒤였다. 일행이 있었던 것이다. 근엄하고, 날카롭고, 젊고, 나이 든 목소리들이 "해피 뉴 이어"라는 말을 똑같이 되풀이했다. 샤를로트는 오래전부터 이 순간을 꿈꾸어왔다. 하지만 여러 목소리가 뒤섞인 그 불협화음에 이내 마음이 불편해졌다. 그 소리를 들으니, 음악회 시작 전 연주자들이 악기를 조율하는 소리가 떠올랐다. 마치 가짜처럼 우스꽝스럽게 느껴졌다. 온갖 새해 인사들이 이명처럼 그녀의 귓속에 괴롭게 울려 퍼졌다. 12시 10분이었다. 군중이 빽빽이 밀집될수록 그녀는 더욱 외로움을 느꼈다. 외로움 중에 가장 지독한 것이 타인들 한가운데에서 느끼는 외로움이다. 그녀는 그 앵무새들을 흉내 내고 싶지 않았다. 그곳을 뜨고 싶었다. 호텔로 돌아가 쉬고 싶었다. 그녀는 가방에서 지팡이를 꺼내 펼치고는, 얼근히 취해 흥청거리는 사람들의 신발을 지팡이 끝 하얀 고무 덮개로 스치며 단호하게 걸음을 떼었다. 심장박동이 느려졌다. 소음이 줄어들자 그녀도 차츰 안정을 찾아갔다.

잠시 후 끼익하는 자동차 브레이크 소리가 나더니, 열린 차창 너머에서 누군가가 강한 인도 악센트로 그녀에게 말을 걸었다.

"혹시 택시 필요하세요?"

향수 냄새가 났다. 오 소바주*였다. 차 안에서는 브라질 음악이 조금씩 흘러나왔다. 택시 기사는 뉴욕에 살면서 프랑스 향수를 사용하고 보사노바 음악을 즐겨 듣는 인도 남자 같았다. 그녀가 여행을 하며 찾던 바로 그것이었다. 예기치 않은 경험.

"네." 그녀는 짧게 대답하고는 거침없이 택시의 문을 열었다.

사랑의 슬픔을 호소하는 듯한 음악에 몸을 맡기니 기분이 좋아졌다. 택시 안은 히터가 세게 틀어져 있어서 추운 바깥과 달리 포근했다. 그곳 말고는 다른 어디에도 있고 싶지 않을 정도였다.

"어디로 모실까요?" 택시 기사가 샤를로트의 몸속까지 울리는 목소리로 물었다.

"당신의 품 안요."

두 사람은 택시 뒷좌석에서 여러 번 행복의 절정을 맛보며 세계 일주를 했다. 그리고 아홉 달 뒤 루이즈가 태어났다. 샤를로트는 그 택시 기사의 정확한 이름조차 몰랐다. 가방 안에 아직도 간직하고 있는 노란색과 검은색으로 된 명함에 의하면 그의 이름이 A. 굴라말 리라는 것만 알 뿐이었다. A는 빛이라는 뜻의 아브하Abha일까? 구름이라는 뜻의 아브라Abhra일까? 아니면 붉은 연꽃이라는 뜻의 아르빈 드Arvind일까?

샤를로트는 언젠가 때가 되면 그와 다시 연락을 취해볼 생각이었

---

* Eau Sauvage, 1966년 크리스찬 디올에서 출시한 시트러스 계열의 남성용 향수. '야생의 물'이라는 뜻이다.

다. 호기심 때문에? 환상 때문에? 고마움을 표하기 위해? 아니면 허락도 없이 그에게서 특별히 굳센 정자를 '빌렸다'는 죄책감 때문에? 언젠가 루이즈가 아버지에 관해 물으리라는 것을 그녀는 마음속 깊이 알고 있었다. 필연적으로. 하지만 뭐라고 대답할지 아직 결정하지 못한 상태였다. 만약 아이가 아버지를 만나고 싶어 하면, 뉴욕에 있는 그의 가족에게 소동을 불러일으킬 위험을 무릅쓰고 아이에게 진실을 말해줘야 할까? 아니면 아버지가 누구인지 모른다고 거짓말을 해야 할까?

샤를로트가 가방에서 여권을 꺼내는 것을 보고 실비가 물었다.

"루이즈는 아버지가 봐주시는 거야?"

"응, 집에 와서 루이즈와 함께 며칠 계실 거야."

"좋겠다! 나도 뉴욕에 가보고 싶은데."

"사실은 마음에 걸리는 일이 있어."

"그 잘생긴 인도 남자는 언제 만날 건데."

"난 내일 새벽에 뉴욕에 도착할 거야. 그 남자가 공항으로 나를 데리러 올 거고."

"네가 누구인지 그 남자가 알아?"

"물론 모르지! 그냥 택시를 예약하는 손님인 척 전화를 걸었어."

"호텔은 잡았어? 아니면 그 남자 택시 안에서 잘 거야?" 실비가 샤를로트를 짓궂게 놀렸다.

"정말 못 말린다!" 샤를로트가 실비의 팔을 꼬집으며 말했다. "어쩌면 다음 주에도 거기에 있을지도 모르지!"

"난 상관없어! 시평을 열 개나 미리 녹음해놨잖아. 아야, 아파!"

예상했던 일이지만, 아르튀르는 망연자실했다. 낡은 라디오 옆에 놓인 크라프트지 재질의 봉투를 감히 열지 못하고 바라보기만 했다. 라디오 볼륨을 최대치로 높이고, 생산 라인 앞부분에 있는 연필심 만드는 데 쓰는 가마들 쪽으로 갔다. 가마 하나가 각각 한 가지 색을 담당했다. 100년 된 스물네 개의 커다란 구리 솥 안에서 마지막으로 남은 첨가물, 고무수지 그리고 왁스가 약한 불에 끓고 있었다. 부족한 것은 가열 후 혼합할 안료뿐이었다.

삼나무 판들이 얹혀 있는 선반을 면밀히 점검한 뒤, 아르튀르는 잘하면 색연필을 천 개 정도 만들 수 있겠다고 예측했다. 투명한 셀로 판지에 싸이고 무지개색 순서로 세심히 분류된 안료들이 아직 꽤 많이 남아 있었다.

색연필 제조 공정에서 가장 중요한 것이 안료다. 클뤼젤은 경비 절감 차원에서 안료의 양을 조금 줄이라고 지시했다. 그래서 색연필의 품질이 나빠졌고, 착색 단계에 시간이 더 많이 필요했다. 하지만 아무도 불평하지 않았다.

아르튀르는 물이 솥에서 끓어 수증기를 내뿜기를 기다리다가, 반죽의 점도가 적당하다고 판단되었을 때 클뤼젤이 지시한 대로 안료

750그램을 첫 번째 솥에 비워냈다. 하지만 마지막 순간에 생각을 바꿔, 남아 있는 노란색 안료 12킬로그램을 몽땅 쏟아붓기로 결심했다. 인색한 클뤼젤이 지시한 양의 열다섯 배가 넘었다! 일을 아름답게 마무리하고 싶었고, 마지막으로 만든 색연필들은 적어도 품질이 좋았으면 했다.

나머지 스물세 가지 색도 모두 똑같이 했다.

첫 번째 솥을 기울이자 아직은 허연 색연필 심 반죽이 절단기 속으로 떨어져 내렸고, 압착되어 사출기 속으로 보내졌으며, 사출기는 반죽을 연필심 직경 크기로 짜냈다.

끝이 보이지 않는 기다란 형태로 변한 색연필 심 반죽이 컨베이어 벨트 위를 미끄러져갔다. 그리고 화학용 왁스가 가득 찬 통 안으로 빠져 제 색을 드러냈다. 안료의 양이 이렇게 많으면 연필심이 어떤 형태로 만들어질까? 그것이 조금 걱정이었다. 너무 늦긴 했지만 자신에게 그런 직업의식이 있다는 사실을 깨닫고 아르튀르는 내심 놀랐다. 착색되지 않은 색연필 심이 천천히 회전해 상아색이 되고, 달걀색이 되고, 유황색이 되고, 담황색이 되었다. 그렇게 계속 변해 마침내 눈부시게 빛나는 노란 옷을 입었다. 완성된 색연필 심의 채도는 놀라웠다. 똑같은 기적이 모든 색연필 심에 일어났다. 파란색의 채도가 군청색을 능가했다. 빨간색, 분홍색, 노란색, 주황색, 보라색…… 각각의 색들이 한없이 깊은 색을 띠었다.

아르튀르는 자동화 공정을 따라갔다. 18센티미터 길이로 일정하게 잘린 색연필 심들이 세로 방향으로 가느다랗게 홈이 파이고 기름을 먹인 캘리포니아산 삼나무 판 위로 하나씩 떨어졌다. 연필심들은 각각의 홈 속에 자리를 잡았다. 이윽고 다른 삼나무 판이 위에서 내려와 관 뚜껑처럼 그것을 덮었다.

조금 멀리서는 다른 기계가 색연필을 육각형으로 깎고 튀어나온 심을 자르고 있었다. 마지막으로, 프린터가 색연필에 실크스크린 기법으로 가스통 클뤼젤사의 로고를 새겼다. 완성된 색연필들이 통 속으로 떨어져 내렸다. 솔랑주가 생산 라인 맨 끝에서 완성된 색연필들을 일일이 검수하고 정확한 순서에 따라 상자 안에 담았다. 공장의 최고참인 솔랑주의 몸짓은 꼼꼼하고 세심했지만 평소보다 조금 느렸다. 그녀는 매일 이곳에서 나무 냄새와 안료 냄새를 들이마셨다. 30년 전 처음 공장에 왔을 때는 이 냄새가 불편했다. 그러나 점차 이 냄새에 인이 박였다. 앞으로 이 냄새를 맡지 않고 살 수 있을지 궁금했다. 주말이면 이 냄새가 그리웠다. 이 냄새가 나지 않으면 왠지 쓸쓸한 기분이 들었다. 솔랑주는 중간 키에 예쁘지도 못생기지도 않은 사려 깊은 육십 대 여성이었다. 허영심 없는 성격에서 은은히 배어나오는 멋, 늘 절제된 말솜씨 때문에 동료들은 그녀를 친근하고 허물없이 대했다. 묵묵히 자리를 지키며 일하는 사람이라, 그녀를 만나려면 그녀 자리로 찾아가야 했다. 숨을 쉴 때마다 긴 한숨이 요란하게 동반되는 오늘 같은 날을 제외하고는. 아르튀르는 규칙적인 간격을 두고 티슈를 내미는 것 말고는 그녀를 위로할 방법을 찾지 못했다.

아자이는 1982년산 체커 마라톤 택시에 올라 시동을 걸었다. 캘러 머주사가 미시건주에서 제조한 이 모델의 마지막 택시들 중 한 대였다. 분당 회전수 800. 그는 차가 부르릉거리는 소리를 들으며 아몬드 모양의 눈을 감았다. 그러자 감은 눈꺼풀 속에서 연보라색 반점이 엔진의 리듬에 맞춰 깜박거렸다. 평온한 얼굴에 자리 잡은 그의 입술이 감지되지 않을 만큼 옆으로 조금 벌어졌다. 기분이 좋았다. 엔진이 데워졌다. 분당 회전수 850이었다. 이제 반점이 연속적으로 보였고, 조금씩 자줏빛을 띠었다. 아자이는 여전히 눈을 감은 채 기어가 중립에 있는 것을 확인하고 액셀러레이터를 조금 밟았다. 분당 회전수 1,000이 되었다. 갈색 반점이 순식간에 오렌지빛을 띠었다. 그의 목소리와 같은 색이었다. 아자이는 한 번 더 액셀러레이터를 밟았다. 그러자 반점이 시야의 거의 전체를 덮으며 색이 변해갔다. 분당 회전수 4,000에 이르자 반점은 강청색이 되었다. 분당 회전수 5,000 근처에서 보이는 아니스색 이상으로 넘어가본 적은 없었다. 오래된 엔진을 지나치게 혹사시키지 않기 위해서였다. 그는 가정해보았다. 액셀러레이터를 끝까지 밟으면 노란색이 보일 거야. 하지만 노란색을 보고 싶으면 눈을 뜨고 택시 차체를 바라보면 되었다.

아자이는 사춘기 시절에 이 특별한 공감각 능력을 발견했다. 정확히 말하면, 다른 사람들에게는 그런 능력이 없다는 것을 알았다. 여러 감각을 결합하는 이런 신경학적 현상은 전체 인구의 4퍼센트에게서만 발견된다. 어떤 유형의 공감각은 색과 글자를 결합하고, 어떤 유형의 공감각은 색과 숫자를 결합한다. 또 다른 유형의 공감각은 색과 달月을 결합하기도 한다. 이렇듯 각기 다른 형태의 공감각이 자그마치 150개 이상에 달한다. 아자이의 경우 색과 소리가 결합된다. 그것을 색청色聽이라고 한다. 피아니스트 미셸 페트루치아니*나 작곡가 알렉산드르 스크랴빈 같은 음악가들도 공감각 능력을 갖고 있었다. 아자이는 납득되지 않았다. 공감각은 과학도 아니었다. 수학자들이 색과 소리의 파장 사이의 연관성을 찾아보려 했지만 소득이 없었다. 신경과학의 관점에서도 마찬가지였다.

지금으로부터 약 20년 전, 어린 아자이는 여름휴가차 뉴욕으로 여행을 왔다. 인도 델리의 유복한 계층인 그의 부모님은 매년 멋진 가족 여행을 마련했다. 그의 아버지와 어머니는 맨해튼의 고층 빌딩들에 경탄했다. 반면 아자이는 오래된 택시들의 엔진 소리에 매료되었다. 그때껏 그 어떤 소리도 그토록 아름답고, 강렬하고, 충만한 색들을 그에게 일깨워주지 못했다. 그것이 결정적인 이유가 되었다. 마하라자** 가문의 먼 후손인 부잣집 아이 아자이가 뉴욕의 택시 기사

* Michel Petrucciani(1962~1999), 프랑스의 재즈 피아니스트.
** 인도에서 왕을 일컫던 칭호. 산스크리트어로 '대왕大王'이라는 뜻이다.

가 되고 싶어 했다. 처음에 그의 부모님은 아들이 농담을 하는 줄 알고 재미있어했지만, 시간이 흐르자 농담이 아니라는 것을 알게 되었다. 그들 역시 농담할 생각이 없었다. 그들은 비행기표와 택시 그리고 택시 면허를 딸 정도의 돈만 주고 아들을 집안에서 내쳤다.

그의 부모님이 그토록 격앙된 반응을 보인 것은 그의 집안이 무사 계급인 크샤트리아였기 때문이다. 아들이 시크교도의 직업에 종사한다는 것은 그들에게 용인할 수 없는 일이었다.

아자이는 개의치 않았다. 거무스레한 피부를 가진 호리호리한 스물여덟 살의 청년은 오히려 자신의 운명을 기뻐했다. 이제 수백만 개의 색을 가진 부자가 되는 거니까. 그가 부모로부터 상속받은 것은 여행을 좋아하는 성향뿐이었다. 그는 매년 한 번씩 가방을 꾸려 일주일간 전 세계 곳곳으로 새로운 색들을 보고 들으러 갔다.

아자이는 마지못해 눈을 떴다. 이제는 정말 일하러 가야 했다. 사흘 전부터 그는 조금 흥분해 있었다. 여자 손님 하나가 그에게 전화를 걸어 택시 예약을 한 것이다. 그 목소리의 색이 수년 전 새해 전야에 만난 시각장애인 여자와 똑같았다. 그로서는 잊을 수 없는 색이었다. 그의 택시 엔진이 정확히 분당 회전수 1,650을 가리킬 때 보이는 분홍빛이 조금 도는 연보라색. 오늘 오후에 공항으로 가서 그 여자 손님을 만날 예정이었다.

클뤼젤이 음울해 보이는 웬 남자에게 공장 안을 보여주고 있었다. 아르튀르는 생각했다. 회사를 인수할 사람인가?

"여기가 색연필을 제조하는 생산 라인입니다." 행여나 그 남자가 둘러볼 마음이 없어질까 봐 클뤼젤이 얼른 그 남자에게 설명했다.

클뤼젤은 솔랑주의 어깨 위로 몸을 숙이고 쌓여 있는 색연필들을 한 움큼 손으로 집어 들었다. 그러고는 색연필 심의 농도에 놀라 주의 깊게 살펴보았지만, 뭐라고 언급하지는 않았다.

이중 턱에 뱃살이 세 겹으로 겹친 택배 배달원이 베스파* 로고가 새겨진, 머리에 꼭 끼는 헬멧을 쓰고 공장 안으로 들어와 헬멧의 바이저를 올렸다. 아르튀르의 술친구 중 한 명인 모모가 물건을 배달하러 온 것이다. 아르튀르가 살짝 손 인사를 했지만, 모모는 옥수수색의 헬멧을 그대로 쓴 채 아르튀르를 외면했다. 저 친구는 대체 비결이 뭐기에 아침 식사 때 백포도주 한 잔 마신 정도의 혈중 알코올 농도로 스쿠터를 타고 다니면서도 한 번도 사고가 나지 않는 걸까? 오팔색 베스파가 그의 체중을 버텨내는 것부터가 이미 기적이었다.

* Vespa, 이탈리아의 스쿠터 브랜드.

클뤼젤이 모모에게 다가갔고, 모모는 클뤼젤이 인수증에 서명하도록 볼펜을 내밀었다. 하지만 그 볼펜으로는 글씨가 잘 써지지 않았다. 클뤼젤은 손에 들고 있던 색연필 중 빨간색 색연필을 골라 들었다.

그리고 그 색연필로 인수증에 서명을 휘갈긴 뒤 모모에게 말했다. "이건 가져요. 우리 회사 색연필은 절대 안 써지는 법이 없다니까."

아르튀르는 무거운 발걸음으로 공장에서 나가는 친구의 모습을 지켜보았다. 그러느라 자기 앞 컨베이어 벨트 위에 마지막 노란색 색연필 한 자루가 천천히 지나가는 것을 보지 못했다. 그 눈부신 색은 월트 디즈니 만화영화에 나오는 금화가 가득 든 상자를 연상시켰다. 노란색 색연필이 아르튀르에게서 멀어져가 솔랑주 앞에 놓인 커다란 통 안으로 떨어졌다. 가스통 클뤼젤 색연필 공장에서 생산한 마지막 노란색 색연필이었다.

2장

노란색이 우리를 속일 때

"노란색! 노란색? 노란색……." 넋이 나간 아자이가 한 손에 걸레를 든 채 자기 택시 앞에서 어조를 달리해가며 중얼거렸다. 방금 손님 한 명을 브루클린에 내려준 뒤 맥도날드 앞에 차를 세우고 평소처럼 맛없는 차 한 잔을 마신 참이었다. 언제나 그렇듯이, 차는 내 조국 인도의 차가 최고라는 생각이 그를 기쁘게 했다. 그리고 맥도날드 밖으로 나왔는데, 가로등의 새하얀 불빛 아래 세워둔 택시가 보이지 않았다. 주차장 입구로 달려가보았지만, 거기에도 역시 아무것도 없었다. 그의 생계 수단인 택시를 누가 훔쳐 간 것이다. 그가 택시를 세워놓은 자리에는 연회색 자동차가 주차되어 있었다. 그의 택시와 똑같은 체커 마라톤이었고, 차 지붕에 똑같은 광고판이 붙어 있었다. 허리 마사지 효과가 있는, 나무 구슬을 엮어 만든 똑같은 좌석 커버가 씌워져 있고, 계기판 위에는 그의 어머니 사진을 한구석에 붙인 똑같은 가네샤 신의 초상화가 걸려 있었다. 기품 있고 아름다운 그 인도 여인의 장난기 어린 미소가 그에게 이렇게 말하는 것 같았다. '아자이? 아직도 상황 파악이 안 되니?'

불현듯 상황이 파악되었다. 그 차는 그의 택시였다. 색이 달라진. 그의 택시가 회색으로 변한 것이다. 순간 아자이는 혹시 몰래카메라가 아닐까, 하고 생각했다. 누군가 그에게 장난을 치고 있고, 그 장난에 반응하는 그의 모습이 방송에 나간다는 뜻이다. 아자이는 주위를 둘러보며 카메라를 찾아보았다. 하지만 카메라는 한 대도 없었다. 다음 순간 맥도날드 간판의 M 자도 색이 없어진 것이 그의 눈에 들어왔지만, 그것까지 신경 쓸 여유가 없었다. 그는 절박한 몸짓으로 트렁크에서 걸레를 꺼내 차체를 문지르기 시작했다. 하지만 차체는 회색 그대로 꿈쩍도 하지 않았다. 아자이는 그렇게 족히 5분 동안 **"노란색"**이라고 되뇌며 그 자리에 서 있었다. 그러다가 결국 택시에 올라타 시속 10마일 속도로 주차장을 떠났다. 빠르게 운전할 수가 없었다. 잠시 후, 아자이는 1단 기어 상태에서 회전수를 높이기 위해 액셀러레이터를 한껏 밟았다. 그러자 오래된 자동차는 갑작스럽게 학대라도 당한 듯 불만스러운 울부짖음을 토해냈다. JFK 공항 방향으로 가는 고속도로를 시속 60마일로 달렸다. 엔진의 분당 회전수가 5,000이 되었다. 아자이는 눈을 감았다. 눈꺼풀 안에 아니스색 반점이 나타났다. 자동차 바닥에 한쪽 발을 내려놓았다. 분당 회전수가

6,500이 되었다. 엔진이 격한 울부짖음을 토해냈다. 아자이도 마찬가지였다. 반점이 카키색으로 변했다. 바로 그 순간 아자이는 다시 눈을 떴고, 정확한 순간에 핸들을 틀어 앞에서 달려오는 자동차와의 충돌을 피했다. 휴게소 앞에 차를 세우며 그는 다시 한번 투덜거렸다. "노란색."

같은 시각, 지금은 은퇴했지만 왕년에 스타 요리사였던 피에레트 수니야크가 새벽에 륑지스 시장에서 산 자몽이 든 고리바구니를 들고 낡은 2CV 라이트밴에서 내렸다. 자몽의 색이 칙칙한 생사生絲빛으로 변해 있었다. 그녀는 청과물 가게 주인을 욕하고는 환불 요청을 해야겠다고 생각했다.

　같은 시각, 3M의 프랑스 지사장 다브 마에가 조그만 파란 서랍이 달린 아니스색 상자에서 하얀 렉소밀* 정제 한 알을 꺼내 손바닥에 쏟았다. 방금 생투앵로몬의 3M 물류 창고에 보관되어 있던 노란색 포스트잇 1,800톤이 전부 회색으로 변했다는 소식을 들은 것이다. 그는 신경질적인 몸짓으로 렉소밀을 꿀꺽 삼켰다.

　같은 시각, 질베르는 분노에 찬 눈길로 아내를 쳐다보았다. 그녀가 점심 식탁에 내온 달걀 프라이가 그녀의 고국인 중국에서 즐겨 먹는 반쯤 부화된 달걀처럼 보였기 때문이다.

* 신경안정제의 상표명.

같은 시각, 에어 프랑스 소속 비행기 한 대가 뉴욕 JFK 공항에 착륙했다. 샤를로트는 휴대전화의 전원을 켰다. 곧바로 진동음이 두 번 울려 긴급 속보가 도착했음을 알렸고, 금속성의 목소리가 속보 내용을 읽어주었다.

"노란색이 사라졌습니다."_《르몽드》 인터넷판

바로 그때, 그녀 앞 몇 미터 떨어진 곳에 있던 사람이 공포에 찬 비명을 질렀다.
"당신 머리카락이 전부 회색으로 변했어!"

노란색이라는 단어가 모든 사람의 입 안에 공포스럽게 울려 퍼졌다. 샤를로트는 가방을 뒤져 열쇠 몇 개가 달린, 플러시 천으로 된 조그만 오리 장식을 찾아냈다. 딸아이가 기발한 장식품을 파는 상점에서 골라준 열쇠고리였다. 그녀는 오리 장식을 주의 깊게 어루만졌다. 촉감이 폭신했다. 합성섬유지만 마치 실크처럼 부드러웠다. 색이 어떻든 나에게 이건 항상 똑같은 오리 장식이야, 샤를로트는 결론지었다.

　그녀는 소지품을 챙기고 하얀 지팡이를 펼쳤다. 그리고 지금 무슨 일이 일어난 건지 파악하려고 애쓰며 비행기에서 내리기 위해 다른 승객들을 따라갔다.

　그녀의 휴대전화가 진동했다.

　"아, 도착했구나!" 실비였다. 실비는 몹시 당황해 있었다. "소식 들었어? 노란색이 사라졌다는?"

　"사라지다니, 그게 무슨 말이야?"

　"노란색이었던 물건들이 전부 회색이 돼버렸어."

"말도 안 돼!"

"지금 방송국이 완전히 패닉 상태야. 방송에 전화 연결할게."

"난 아직 이 사건에 대한 합리적 설명이 준비되지 않았어!"

"그럼 노란색에 관한 재미있는 에피소드라도 있어?"

"아니."

"생각해봐, 있을 거야! 4분 뒤에 연결할게."

샤를로트는 더듬더듬 빈 좌석을 찾아 다시 앉았다. 좌석이 무척 넓었다. 아무래도 일등석 같았다.

"괜찮으세요, 부인?" 어떤 여자가 그녀에게 물었다. 스튜어디스 같았다.

"아! 저…… 물 한 잔만 갖다주실래요." 그녀는 스튜어디스를 물러가게 하려고 이렇게 말했다.

피부의 땀구멍이 전부 열린 듯 땀이 샘솟으려 했다. 침몰하는 배를 떠나려는 겁쟁이들. 샤를로트는 숨을 깊이 들이쉬고 내쉬었다. 천천히 호흡해 사고력이 회복되도록. 숨을 들이쉬던 중 갑자기 영감이 떠올랐다!

샤를로트는 얼굴 근육을 이리저리 찌푸렸다. 발음이 잘되도록 하는 준비 행동이었다.

전화기 너머에서 그녀의 시평 시그널 음악이 흘러나왔다.

샤를로트는 폐에 신선한 공기를 가득 채우고, 입술을 양옆으로 당겨 미소 지었다.

과학계에 엄청난 사건이 일어났습니다. 노란색이 사라졌습니다. 현재로서
는 아직 합리적인 설명을 할 수가 없습니다. 제가 말씀드릴 수 있는 것은 많은
문명에서 노란색이 다른 색들에 비해 상대적으로 아름답지 못한 색으로 간주
되어왔다는 사실입니다. 그렇습니다, 노란 웃음은 아름답지 않지요.* 노란색
은 또한 부정한 아내를 둔 남편과 배신자들의 옷 색깔이기도 했습니다. 나치
역시 의도적으로 유대인의 별 색깔을 노란색으로 정했지요.

하지만 존 헤르츠 같은 사람은 노란색을 매우 아름다운 색으로 보았습니다.
정확히 1세기 전 노란색은 헤르츠를 행운아로 만들어주었죠. 헤르츠는 20세
기 초 시카고에서 택시 회사를 운영했습니다. 당시 그 회사에서 운행한 택시
들은 검은색이었어요. 당시만 해도 제동장치나 현가장치의 질이 좋지 않아서
사고가 빈발했지요. 뉴욕에 또 다른 택시 회사를 세우게 되었을 때, 헤르츠는
택시가 보행자들은 물론 다른 자동차 운전자들의 눈에 잘 띄면 사고가 훨씬
줄어들 거라고 생각했습니다. 그래서 가장 큰 대비를 이루는 두 색이 무엇인
지 조사했지요. 놀랍게도 그 두 색은 검은색과 흰색이 아니라, 검은색과 노란
색이었습니다. 헤르츠는 이 두 색을 새로운 택시 색으로 채택해 옐로 캡Yellow
Cabs 택시 회사를 창업했어요. 최근 싱가포르에서 행한 연구에 따르면, 노란
색 택시가 짙은 색 택시에 비해 사고가 날 위험이 9퍼센트 낮다고 합니다. 다

---

* 프랑스어로 '노란 웃음rire jaune'은 '쓴웃음', '억지웃음'을 뜻한다.

시 말해, 노란색은 도로에서 사람들의 생명을 구하는 색인 거죠.

노란색아, 돌아와, 제발 돌아와! 우리는 너를 사랑해! 청취자 여러분, 이 놀랍고 불가사의한 현상에 대한 과학적 설명을 찾아내는 대로 곧 다시 찾아뵙겠습니다.

방송이 끝나자 스튜어디스가 물 한 잔을 가지고 샤를로트에게 다가와, 함께 공항으로 나가 택시 타는 곳까지 데려다주겠다고 했다. 긴 통로를 한참 걸어가니 세관과 수하물 찾는 곳이 나왔다. 곧이어 로비에 도착했고, 강렬한 냄새들이 코를 찔렀다. 음식 냄새, 커피와 향신료 냄새였다. 그러나 그 냄새도 피곤한 승객들의 땀 냄새를 덮기에는 충분하지 않았다.

노란색 이야기에 몰두해 있는 군중에게 다가가다가, 샤를로트는 택시 기사들이 픽업하러 온 승객의 이름을 흰 패널에 적을 때 사용하는 톡 쏘는 매직펜 냄새를 맡았다. 그 순간 샤를로트는 노란색 생각을 잊고 마음이 아릿해오는 것을 느꼈다. 지난 7년 동안 이 순간을 기다려왔다. 루이즈의 아버지를 다시 만나는 것이 과연 좋은 생각인지 7년 동안 궁금해했다. 그녀는 그가 자신을 알아볼 가능성은 별로 없다고 스스로를 안심시켰다. 하지만 만나지 않는 편이 낫다고 판단될 경우, 그녀가 그의 앞에 나타나지 않을 수도 있었다.

희끄무레한 해에서 내리쬐는 유백색 빛이 아자이의 택시 차창을 뚫고 들어왔다. 그는 7년 만에 처음으로 차 뒷좌석에 앉아 잠에 빠져들었다. 정확히 말하면 악몽이었다. 사방에서 노란색이 자취를 감추었다. 그동안 완전히 잊고 있던 마르수필라미* 생각이 그의 머릿속을 떠나지 않았다. 매우 오래전 프랑스 여행 때 부모님이 그에게 사주신 선물이었다. 꿈속에서 마르수필라미는 파리의 어느 백화점 진열창에서 유리창에 회색으로 반사된 자기 모습을 바라보더니, 오스만 양식의 건물들 위를 마구 뛰어다니다가 변색된 우편함 위에 내려앉았다.

전화벨 소리가 울리는 바람에 그는 잠에서 깨어났다. 낯선 번호였다. JFK 공항으로 모시러 가야 할 손님인가, 아자이는 속으로 생각했다. 그는 차창을 내리고 바깥으로 몸을 내밀어 차체의 색을 확인했다. 여전히 멧비둘기색이었다. 그의 이름 아자이는 힌디어로 '무적'이라는 뜻이지만, 오늘 그는 그 이름에 어울리지 않았다. 그는 손님의 전화를 받지 않고, 햇빛을 피해 겉옷에 몸을 파묻은 채 다시 잠

* Marsupilami, 1952년 앙드레 프랑캥이 펴낸 만화 〈스피루와 팡타지오Spirou et Fantasio〉에 나오는 상상의 동물.

에 빠져들었다. 회색 마르수필라미가 보기 싫은 표정으로 얼굴을 찡
그렸다.

3장

고양이들이 모두
회색인 날

아르튀르는 컨베이어 벨트 위에서 줄지어 이동하는 마지막 색연필들을 지켜보았다. 운명의 아이러니인지 몰라도, 그것들은 희망을 상징하는 초록색 색연필이었다. 아르튀르는 클뤼젤 쪽을 힐끗 돌아보고는, 이제 스물네 개의 안료 솥이 다 비었다는 것을 알리기 위해 가슴 앞에 팔짱을 꼈다. 마지막 색연필 심이 삼나무 판 위에 자리를 잡았다. 그것은 색연필이 되어 컨베이어 벨트 위를 줄줄이 지나 솔랑주에게 갔고, 솔랑주는 회색으로 변한 노란색 색연필만 제외하면 비할 데 없이 선명한 광채를 자랑하는 24색으로 이루어진 마지막 색연필 상자를 완성했다. 눈이 충혈된 솔랑주가 마지막 색연필 상자를 두 손으로 꼭 쥐었다. 아르튀르는 기계의 전원을 껐다. 시끄러운 기계 소리가 멈추고 갑자기 정적이 내려앉자 오히려 귀가 멍해지는 느낌이었다. 아르튀르는 솔랑주를 위로해주고 싶은 마음에 다가가서 그녀의 어깨에 손을 얹었다. 그런 다음 솔랑주 옆에 놓인 통에서 분홍색 색연필 한 자루를 꺼내 작업 일지에 슬픈 표정의 이모티콘을 그려 넣었다. 그리고 그 옆에 마지막 보고 사항을 휘갈겨 썼다. '15시 29분, **게임 오버**.'

아르튀르는 색연필을 귀 뒤에 끼우고서, 솔랑주를 웃기려고 정육점 주인 같은 어조로 말했다.

"야아, 솔랑주 부인, 이것으로 귀찮은 일들이 다 끝났네요?"

네온 불빛이 창백한 초록색을 점점 잃더니 하얘져갔다. 같은 시각, 아르튀르가 작업 일지에 그려 넣은 이모티콘이 진분홍색에서 드라제*빛 분홍색으로 변했고, 그다음에는 연한 살구색이 되었고, 다시 멧비둘기색이 되었다. 그러더니 마침내 잿빛으로 변했다. 아르튀르는 클뤼젤과 마주쳤다. 그러잖아도 창백한 클뤼젤의 피부가 채도를 전부 잃은 모습이었다.

---

* 아몬드 또는 호두에 연한 분홍색이나 하늘색 당의를 입힌 사탕. 세례식이나 결혼 축하 파티에 주로 내놓는다.

같은 시각, 실비는 라디오 프랑스 사무실에서 전날 메흐디 토크가 그녀에게 선물한 에르메스 가방을 진저리 나는 표정으로 살펴보고 있었다. 가방의 색이 멀겋게 변해버린 것이다. '하루도 안 돼서 주황색이 바래버렸네! 그 개자식이 나에게 짝퉁 가방을 선물한 거야!'

　같은 시각, 메흐디 토크는 골프 나시오날* 18번 홀에서 발밑의 그린이 갑자기 '창백해 보이는' 바람에 주의가 산만해져 **버디 퍼팅**을 그르쳤다.

　같은 시각, 샤를로트의 아버지 뤼시앵은 맥 컴퓨터를 껐다가 다시 켰다. 컴퓨터 배경 화면에 떠 있던, 타히티의 함수호鹹水湖를 떠도는 작은 요트 사진이 갑자기 흑백으로 변해버렸기 때문이다. '맥 컴퓨터는 바이러스에 잘 안 걸린다더니!' 그는 불평했다.

　같은 시각, 노트르담 성당에서는 파리 대주교가 블랙커피색으로

*　Golf national, 일드프랑스 지역 생캉탱앙이블린에 있는 골프 코스.

변한 '그리스도의 피'를 신자들 앞에서 성배에 다시 뱉지 않으려고
애썼다.

같은 시각, JFK 공항의 샤를로트는 주변에서 들려오는 여러 소식
에 귀 기울였다. **"맙소사! 맙소사!"** 하는 소리가 점점 더 크게, 온갖 음
색으로 들려왔다. 승객들도 점점 더 얼이 빠졌다.

몇 초 뒤, 상업 지구에 있는 자라Zara 매장에서 열 개 정도의 스마트폰이 한꺼번에 진동했다. "색이 모두 사라졌다"는 《르몽드》 인터넷판의 속보 알림음이었다. 맨 처음 속보를 읽은 사람은 하얀 셔츠에 검은 넥타이를 맨 삼십 대 남자였다.

남자는 속보 내용을 이해하지 못한 채 주위를 둘러보았다. 당연한 일이었다. 매장에 진열된 옷들은 전부 회색, 검은색 아니면 흰색이었고, 매장 벽은 흰색, 바닥은 진하지도 연하지도 않은 중간색의 회색이었으니까. 다시 말해 평소와 다른 점이 거의 없었다. 남자는 곧 속보 내용을 잊었다. 그는 슬림한 연회색 정장을 입어본 뒤, 재킷 끝자락이 엉덩이 어디까지 오는지 확인하기 위해 거울 앞에서 이리저리 몸을 틀었다. 바지는 재단이 잘된 편이었다. 그는 숙고해보고, 망설이고, 여러 번 생각을 바꿨다. 그리고 결국 그 옷을 사지 않기로 결정했다. 그 옷을 입으니 얼굴이 좀 칙칙해 보였다. 남자는 자라 매장에서 나와 검은 포석 위를 걷고, 몇몇 상점의 진열창 앞을 지나갔다. 하얀 마네킹들이 전부 진회색 옷을 입고 있었다. 그는 머리에서 발끝까지 검은색으로 차려입은 패셔니스타 몇 명과 마주쳤고, 금속성의 회색 엘리베이터를 타고 주차장으로 내려가, 내부를 검은 가죽으로 감싼 자신의 검은 자동차로 걸어갔다. 그리고 하얀 헤드라이트 불빛 속에서, 가공하지 않은 콘크리트 벽으로 된 주차장을 나서 나선형 경사로로 접어들었다. 라디오를 켜니 기자의 몹시 당황한 목소리가 흘러나왔다. 기자는 색이 사라진 이 사건이 세상에 어떤 파장을 불러올지 아직은 일일이 예측할 수 없다고 말했다. 남자는 무슨 일이 일어난 건지 여전히 잘 이해하지 못한 채 미간을 찌푸렸고, 하늘과 똑같이 회색인 두 건물 사이의 도로로 진입했다. 신호등이 강렬한 회색 불빛을 뿜어냈고, 그는 브레이크를 밟지 않고 통과했다. 그리고 왼쪽에서 튀어나온 다른 자동차와 정면으로 충돌했다. 그가 마지막으로 본 것은 끈적끈적하고 거무스름한 액체가 분출해 자신의 하얀 셔츠 소맷부리를 더럽히는 장면이었다.

한 시간 뒤, 칼 라거펠트가 커다란 꽃다발을 품에 안고 자기 작업실에 도착했다.

"아가씨들, 이 장미 좀 봐요! 내가 마침내 검은 장미를 찾아냈어. 바보 같은 터키 정부가 유프라테스강에 댐을 세우는 바람에 할페티 마을이 수몰되어 검은 장미가 전부 사라졌었는데 말이야. 그곳은 세계에서 유일하게 진짜 검은 장미가 자라는 곳이었지! 흙의 성분이 꽃잎에 빛을 모두 흡수해버리는 검은 벨벳 같은 색조를 부여했어. 그 장미하고 똑같아! 얼마나 아름다운지 좀 보라고." 그는 크리스털 화병에 장미꽃을 되는대로 꽂아 넣으며 말했다. "정말 훌륭해!"

라거펠트는 작업실 미니 냉장고에 든 열 개 정도 되는 라이트 콜라 캔을 무시하고, 몇 달 전부터 열릴 기회를 기다리고 있는 로드레르 크리스털 샴페인을 꺼냈다.

"검은색이 예술 본래의 색이라는 건 다들 알지! 1만 8,000년 전 라스코 동굴 벽화의 작은 동물들도 검은색으로 그려졌어. 우리의 세상이 마침내 미학의 근원으로 돌아간 거야!" 그가 쾌활한 어조로 과장해서 말했다.

그는 자기 밑에서 일하는 여성 디자이너들에게 말하는 것처럼 보였지만, 사실은 자기 자신에게 말하고 있었다. 게다가 손에 샴페인 잔을 딱 하나만 들고 있었다.

"상스러운 색의 옷을 입는 상스러운 사람들은 다 끝장난 거라고!" 그가 반투명색 샴페인에 입술을 축이며 말했다.

군중이 자발적으로 바스티유 광장에 모여들었다. 음악가, 온갖 부류의 예술가, 할리 데이비슨을 탄 바이커, 고스 음악* 애호가, 건축가, 디자이너, 실내장식가, 광고업자, 간단히 말해 오래전부터 검은색의 토털룩을 채택한 사람들이 모여 있었다. 만약 어떤 사람이 색들이 사라진 사실을 모른 채 여기에 왔다면, 특별한 점을 전혀 눈치채지 못했을 것이다. 이 자발적인 행사의 지배적 색조는 우리 시대의 모든 서구 대중의 그것과 비슷했다. 위협적인 하늘 아래 회색에서 검은색으로 변해가는 콘크리트 광장의 단색화. 외관상 파리에는 특별히 달라진 점이 없어 보였다. 파리 사람들의 안색은 그 하늘과 비슷한 것으로 유명하니 말이다.

---

* 세상의 종말, 죽음, 악에 대한 내용을 가사로 한, 1980년대에 유행한 록 음악. 이 음악을 좋아하는 사람들은 대개 검은 옷을 입고 흰색과 검은색으로 화장을 한다.

매일 근무가 끝난 뒤 그랬듯이, 아르튀르는 집에서 100미터쯤 떨어진 오래된 빵집에 들렀다. 바게트들이 마치 돌덩이처럼 보였다. 한잔 마셔야겠어, 그는 여점원의 미안해하는 눈길을 받으며 돌아서서 생각했다.

　솔랑주는 몽루주에 있는 자신의 작은 빌라에 도착해, 방수제를 먹인 비시 식탁보가 덮인 주방 테이블 앞에 무기력하게 앉아 있었다. 그녀는 후추색 매니큐어를 칠한 손톱으로 예전에는 진녹색이었던 타일을 긁었다.

　모모는 베스파의 연료 탱크에 휘발유를 넣다가 손을 멈추었다. 보리 시럽 색깔과 비슷한 그 휘발유 때문에 베스파의 카뷰레터 기능이 저하되지 않을까 싶어서였다.

　질베르는 놋쇠에서 강철로 변한 총알들이 자신의 9×19구경 베레타 파라벨룸 권총을 고장 내지 않았는지 확인했다. 고장 나지 않은 것을 확인하자, 안심하고 권총을 다시 총집에 넣었다.

클뤼젤은 개인적으로 비축해놓은 색연필들 쪽으로 급히 달려갔다. 남은 색연필 재고를 문구상에 더 이상 팔아넘기지 못할까 봐 걱정되었다. 그는 신경질적인 태도로 색연필들을 한 자루 한 자루 테스트해보았다. 그리고 결국 포기했다.

파리 대주교는 비雨 색깔의 옷을 걸친 성모 마리아 상을 응시했다. 마리아 상은 양손을 마주 잡고 있었다. 사람들이 보면 성모 마리아가 색이 돌아오게 해달라고 기도를 올린다고 생각할 것이다. 그는 성호를 여러 번 그은 다음, 잿빛 대주교관을 머리에 썼다.

실비는 프랑스 앵테르 방송국 화장실의 거울 앞으로 달려갔다. 그리고 지금까지 자신의 애인들이 하나같이 좋아했던 라벤더빛 감도는 파란색 눈이 불분명한 중간색을 띠고 있는 것을 보고 질겁했다. 사지가 절단된 기분이었다. 회색으로 변한 립스틱을 입술에 발랐지만, 더 추해 보인다는 것을 깨닫고 곧바로 지웠다. 좋은 점이라고는 피부가 시멘트색이 되는 바람에 목에 있던 점이 잘 보이지 않게 된 것뿐이었다. 방금 전 샤를로트가 뉴욕에서 첫 비행기를 타고 돌아왔다. 편집국장 메흐디 토크가 직접 전화해 빨리 돌아오라고 난리를 쳤다. "우린 당신이 절박하게 필요해요!" 샤를로트는 이 사건에서 운명의 징후를 보았다. 딸아이 문제는 잠시 보류하기로 했다. 그래서 미국 땅에 닿은 지 한 시간 만에 다시 파리행 비행기를 탔다. 파리에 도착해 곧장 라디오 프랑스 사무실에 와서 아침 편집회의에 참석했다.

샤를로트는 파리로 돌아오는 비행기 안에서 작성한 점자판 메모를 손가락으로 짚어가며 한 번 더 읽었다. 실비가 방송 스튜디오까지 동행해주었다.

편집국 직원들이 모두 모여 있었다. 메흐디 토크가 직접 인터뷰를 진행할 예정이었다. 장관 한 명은 방송 출연 약속을 취소했다. 이 사건이 그만큼 심각하게 받아들여지고 있다는 의미였다. 오늘은 목요일이다. 검은 목요일. 주위 사람들의 동요와 신경과민이 샤를로트에게 느껴졌다. 스튜디오 안에는 적어도 다섯 명이 앉아 있었다. 하지만 바로 옆에 편집국장이 앉아 있다는 것만 알 수 있었다. 그의 향수 냄새가 났다. 그가 지닌 오래된 프랑스 스타일과 완벽하게 어울리는 향기였다. 라디오 프랑스의 복도에 떠도는 소문에 따르면, 그는 신중하면서도 적극적인 바람둥이였다.

"3초 뒤에 방송 시작입니다." 음향 조정실과 연결된 헤드폰에서 안내 음성이 흘러나왔다.

"당신은 전문가잖아요, 샤를로트 다 폰세카. 대체 우리에게 무슨 일이 일어난 겁니까?" 편집국장이 단도직입적으로 질문했다.

샤를로트는 자신의 발언에 무게를 싣기 위해 2분의 1초가량 시간을 두고 대답했다.

"네, 우리는 색맹의 습격을 받았습니다. 이 야만적인 표현 뒤에는 색을 지각하지 못하는 증상에 대한 병리학적 시선이 담겨 있지요. 그런데 색맹은 우리가 생각하는 것보다 훨씬 더 흔한 증상이고, 대개 선천적으로 타고납니다. 예를 들어 미크로네시아의 핑걸랩섬과 폰페이섬 사람들은 열 명 중 한 명이 색맹으로 고통받고 있습니다. 유럽에서는 3만 명 중 한 명이 색맹이지요. 그들 중 무척 유명한 사람이 있는데요, 바로 뉴욕에 살고 있는 스페인계 영국인 예술가 닐 하비슨Neil Harbisson입니다. 그는 색맹이라는 결핍을 보상받기 위해 색을 소리로 번역해주는 소프트웨어가 내장된 '아이보그eyeborg'라는 안테나를 머리에 이식했고, 그것 덕분에 색을 '들을' 수 있게 되었습니다. 그 일을 통해 인류 최초의 '사이보그'임을 영국 정부로부터 공식적으로 인정받았지요. 신분증에도 '아이보그'를 이식한 사진을 사용하고 있어요."

"그렇군요. 하지만 우리는…… 우리는 어제까지만 해도 색을 볼 수 있었습니다! 어떻게 하루아침에 이런 변화가 일어날 수 있죠?"

"사고로 뇌 손상을 입은 뒤 색맹이 되는 경우가 많습니다. 하지만 아마도 색맹 증상이 알려지지 않은 바이러스로 인해 발병하는 전염병처럼 갑자기 강력한 전염성을 띠게 된 것 같습니다. 단정적으로 말하기엔 아직 이른 감이 있지만요."

샤를로트는 자기도 의식하지 못한 사이에 평소 시평에서 사용하던 가벼운 어조를 잊고 시사 논평 같은 엄숙한 어조로 말했다.

"인간의 눈에는 색을 지각하게 해주는 두 가지 유형의 세포가 존재합니다. 하나는 빛에 민감한 간상세포이고, 다른 하나는 색을 지각하게 해주는 원추세포지요."

'그 원추세포가 왜 이렇게 어처구니없는 짓을 하는 거죠?' 편집국장은 이렇게 물으려다가 생각을 바꾸었다.

시국이 중대했다. 그래서 이렇게만 말했다. "계속 말씀해주시죠!"

"원추세포는 그 수가 간상세포의 10분의 1밖에 안 됩니다. 간상세포에 비해 덜 민감하기도 하고요. 그래서 빛이 희미할 경우 대상의 형태는 잘 보이지만 색은 잘 보이지 않는 겁니다."

"밤이 되어 주위가 캄캄해도 고양이들이 전부 회색인 건 아니죠. 그러니까 우리의 원추세포가 잠들어 있다는 거군요!" 인터뷰 내용이 너무 전문적으로 흐른다고 판단한 편집국장이 이렇게 말했다.

"맞아요. 방금 하신 말씀에 한 가지 덧붙이자면, 가장 마지막으로 잠드는 것이 파란색에 대한 감각이에요. 그런 이유로 오래전부터 영화에서 밤을 표현할 때 카메라 렌즈에 파란색 필터를 끼우곤 했죠. 지금 저는 미국의 밤에 대해 이야기한 거예요."

"그런데 왜 우리의 원추세포들이 깨어나지 않는 겁니까?"

"우리의 두뇌피질이 시각 정보를 더 이상 해독하지 않아서 그럴 수 있어요. 색의 해독은 본질적으로 뇌 뒤쪽에서 이루어지거든요."

"우리가 눈으로 색을 보는 것이 아니라, 뇌 뒷부분으로 본다는 말씀입니까?"

"그렇습니다."

"색들이 사라진 이 세상에 어떤 일들이 일어날 거라고 보십니까?"

"이 상황이 오래가지 않길 바라야죠." 편집국장의 마지막 질문을 모면하기 위해 샤를로트는 이렇게 대답했다.

다음 날 아침, 딸 루이즈의 방에 들어간 샤를로트의 귀에 규칙적인 숨소리가 들려왔다. 머리맡에서 라디오 알람이 요란하게 울려대는데도 루이즈는 두 주먹을 꼭 쥔 채 잠들어 있었다. 아침 7시였다. 햇빛이 보지 못하는 샤를로트의 눈 간상세포를 부분적으로 자극했다. 미래는 늦게 잠드는 사람들의 것이야, 그녀는 속으로 생각했다. 라디오에서는 다음 질문에 대한 의견을 트위터로 말해달라고 청취자들에게 권유하고 있었다. '브래드 피트는 눈이 회색이 되어도 여전히 섹시한가?'

그러니까 색들이 아직 돌아오지 않은 거네, 그녀는 생각했다. 맨 처음에는 마치 전조처럼 노란색이 사라졌다. 그리고 나서 몇 시간 뒤 색들이 전부 사라졌다.

그녀는 루이즈의 작은 침대 위에 앉아서, 더듬더듬 아이의 어깨를 찾아 부드럽게 어루만졌다.

"일어나, 루이즈."

"으으으음……."

샤를로트는 침대에서 일어나 루이즈의 옷장을 열고 옷 더미를 손으로 만졌다.

"오늘은 뭘 입고 싶어, 공주님?"

"파란 티셔츠."

샤를로트는 옷장 안의 옷 더미 속에서 이틀 전만 해도 남색이었던 꽃무늬 티셔츠를 꺼냈다. 루이즈의 옷들에는 샤를로트가 절대 실수하지 않도록 두께, 섬유 성분, 짜임, 무게, 옷단 처리 방식이 표시되어 있었다.

라디오 방송 진행자들은 이제 프랑스 해군 모자에 달린 탈색된 빨간 방울 술에 대해 토론하고 있었다. 그것이 여전히 행운을 가져다줄까요?

"그만 일어나렴, 우리 예쁜이."

"할아버지는 갔어?"

"응, 어젯밤에. 하지만 토요일에 할아버지에게 가서 함께 점심 먹기로 약속했어. 자, 이제 그만 일어나서 학교 가야지, 아가씨."

루이즈가 아침을 먹는 동안, 샤를로트는 점자 기계와 연결된 컴퓨터 앞에 앉았다. 작은 송곳들로 이루어진 기계가 컴퓨터 화면에 뜬 알파벳 텍스트를 루이 브라유*가 발명한 마흔 개의 점자 기호로 옮겨 적었다. 샤를로트는 정기적으로 연락을 주고받는 외국의 저명한 색채 전문가들에게 이메일을 보내 현 사태에 관해 의논했다. 하지만 누구에게서도 뾰족한 설명을 들을 수 없었다.

---

* Louis Braille(1809~1852), 프랑스의 교사. 점자 알파벳을 고안해 시각장애인을 위한 점자 체계를 완성했다.

샤를로트는 말하는 시계에 시각을 물었다. 인터넷으로 장을 볼 시간이 아직 있었다. 방법을 찾으면 무슨 일이든 할 수 있었다. 단골 판매자가 상품들을 제시하고 상품 이름을 알려주면, 그녀는 상품들의 무게를 헤아리고, 만져보고, 더듬어보고, 냄새 맡아보고, 흔들어본 뒤 머릿속에 기억해두었다. 그런 다음 살 물건들의 목록을 세심하게 추려냈다. 그녀가 결정하지 못할 경우에는, 나이에 비해 일찍 글자를 깨친 루이즈가 와서 도와주었다.

샤를로트가 컴퓨터를 끄려고 할 때, 버클리대학의 신경과학 교수가 메시지를 보내왔다. 실험실에서 동물들에게 실험을 해봤는데, 동물들은 아직 색을 지각하고 있는 것 같다는 내용이었다.

아르튀르는 재로 된 얇은 막에 덮인 듯 온통 잿빛이 되어버린 세상에서 허공에 시선을 둔 채 고개를 숙이고 기다려주는 이 없는 쓸쓸한 사람의 걸음걸이로 터벅터벅 걸었다. 앞으로 펼쳐질 자신의 운명이 암담하게만 보였다. 히치콕의 영화에서처럼 검은 새 떼가 위협적으로 하늘을 떠돌았다. 그 광경은 어딘지 익숙한 데가 있었다. 색이 없는 이 똑같은 길을 언젠가 본 적이 있었다. 해가 진 뒤 주변이 어슴푸레해질 때 말이다. 물론 우리의 주변 환경은 밤이 되면 매일 색을 잃는다. 어두워져도 눈이 점차로 어둠에 익숙해지고, 색깔 없이 형태들을 다소간 지각한다. 그런데 이제는 낮에도 마치 밤처럼 우리의 눈이 어둠에 익숙해지려고 하는 것이다.

'내 눈은 어둠에 익숙하지. 하지만 나는 그렇지 못하다고!' 아르튀르가 불평했다. '저 여자도 마찬가지고.' 어떤 여자가 입을 벌린 채 얼빠진 눈으로 양쪽 팔을 흔들면서 고개를 좌우, 위아래로 천천히 돌리고 있었다. 아르튀르는 그 여자의 시선을 그대로 따라가보았다. 여자는 지하철 입구 위쪽에 돌출된 거대한 M 자를 보고 있었다. 여자의 안색이 가을이 되어 색이 바랜 오래된 플라타너스 잎사귀들과 섞여 들었다. 아르튀르는 어느 초등학교의 담장 철책을 따라 계속 걷다가, 운동장에서 놀고 있는 아이들에게 눈길이 끌렸다. 세상이 흑백이 되니 아이들도 덜 귀여워 보이는군, 아르튀르는 생각했다. 마치 옛날 초등학교 교복을 입은 것 같아. 그는 아마도 이 아이들이 다양한 색의 옷을 입어본 마지막 서양 아이들일 거라고 생각했다. 그런데 비정상적인 것이 또 하나 있었다. 대혼란이 일어날 것 같은 막연한 느낌. 그의 뇌가 그에게 이렇게 속삭이는 것 같았다. '너의 뉴런 결합을 좀 강화해봐, 그러면 이 상황이 이해가 될 거야.' 아르튀르는 운동장 여기저기 놓인 벤치 위에 몸을 붙이고 빽빽이 앉아 있는 아이들을 유심히 바라보았다. 앉을 자리를 찾지 못한 아이들은 운동장 안에서 천천히 움직이고 있었다. 그의 청신경에서 시작된 전격적 활동이 시냅스 망으로 들어가 시상視床 그리고 청각피질과 만나고, 그의 의식에까지 도달했다. 그리하여 아르튀르는 그제껏 알아보지 못하던, 플라타너스 위에 앉아 있는 새의 노랫소리를 지각했다. 그의 뇌 여러 영역에서 전격적이고 화학적이고 강력한 활동이 동시에 일어났다. 갑자기 그는 깨달았다. 이상하게도 아이들이 조용했다! 전부 다! 초등학교 운동장은 대개 시끄럽고 소란스럽다. 하지만 이 운동장에는 뛰어다니는 아이는 물론이고, 소리 지르는 아이조차 한 명도 없었다. 아르튀르는 견갑골에 가벼운 전율을 느끼며 결론지었다. 더 나쁜 것은 노는 아이가 아무도 없다는 거야.

아르튀르는 공장에 도착했다. 공장은 조용했고 햇볕을 받아 실속 없이 덥혀져 있었다. 그리고 동료들과 함께 할 수 있는 대로 물건들을 종이 상자 안에 꾸렸다. 솔랑주의 한숨은 전염성이 있었다. 예비 실업자들은 요란하게 한숨을 내쉬며 좀비들처럼 등을 구부리고 통로를 걸어갔다. 너 나 할 것 없이 가슴속이 꽉 막힌 듯 답답한 심정이었고, 하나같이 침을 삼키는 것조차 힘들었다. 낡은 라디오도 그들의 귓가에 잡음을 토해내는 걸 힘들어했다.

사법 감찰관이 지켜보는 가운데, 되팔면 돈이 될 만한 물건들을 인수해 가려는 중고 물품 거래상들의 발걸음이 이어졌다. 과묵한 노동자들이 기계들을 분해했다. 현대적인, 정확히 말해 비교적 덜 오래된 기계들은 인수해 갈 사람이 금방 나섰다. 그 기계들은 통조림 캔을 만드는 데 쓰일 것이다. 인수해 갈 사람이 없는 오래된 기계들은 무게를 달아 고철로 팔릴 것이다. 한편, 클뤼젤은 격분해 있었다. 헐값에 내놓았는데도 색연필 재고분을 구매하려는 사람이 아무도 없었던 것이다.

클뤼젤은 색연필 상자들을 몽땅 비우기로 결심했다. 색연필들이 펄프로라도 재활용되도록. 색연필이 담겼던 알루미늄 상자들은 자동차 차체가 되어 생을 마감할 것이다. 그것을 상상하니 솔랑주는 죽은 사람들의 관을 모독하는 기분이 들었다.

솔랑주는 마지막으로 공장 앞에서 단체 사진을 찍으려고 직원들을 불러 모았다. 대부분의 시간을 자신의 정육면체 모양 통유리 사무실에 숨어 지내던 클뤼젤이 유리창을 통해 직원들을 보았다. 그는 급히 계단을 뛰어 내려간 뒤 갑자기 속도를 늦추어 주차장으로 천천히 걸어갔다. 직원들과 함께 사진을 찍고 싶었지만, 자기가 끼어도 되는 자리인지 잘 알 수가 없었다. 그래서 신중하게 다가갔다.

솔랑주가 그를 보고는 이리 오라고 손짓했다. 클뤼젤은 안심하고 얼른 머리카락을 매만졌다. 그런 다음 혹시라도 아까 먹은 샐러드 찌꺼기가 끼어 있지 않은지 확인하기 위해 혀로 앞니를 쓱 닦았다. 회색이라도 사진에 나오면 보기 싫을 테니까.

솔랑주가 자기 휴대전화를 그에게 내밀면서, 지난 30년 동안 그가 한 번도 들어본 적 없는 목소리로 말했다. "마침맞게 오셨네요, 클뤼젤 씨. 우리 사진 좀 찍어주세요."

클뤼젤은 억지웃음을 띤 채 그녀가 시키는 대로 했다. 그렇게 열 개 정도의 슬픈 미소들을 흑백사진으로 남겼다.

클뤼젤은 그들과 함께 사진을 찍고 싶었다. 하지만 감히 그러자고 제안하지 못했다. 솔랑주가 휴대전화를 다시 가져갔다. 이윽고 직원들이 흩어져 하나둘씩 공장을 떠나기 시작했다. 이제 그들은 다시는 이곳에 오지 않을 것이다.

주말이 되었지만 즐거워하는 사람은 아무도 없었다. 모두의 눈빛에 불안이 서려 있었다. 주말이면 늘 그랬듯이, 아르튀르는 자기 집 건물 아래층에 있는, 오래전부터 우울한 분위기인 QG 카페에서 낮 시간을 보냈다. 정오였고, 그는 테라스 좌석에서 맥주 한 잔을 마셨다. 길 건너편 건물 정문 앞에 택시 한 대가 기다리고 있었다. 차체의 색이 진했다. 원래 검은색이었나, 아르튀르는 속으로 생각했다, 아니면 감색이었거나. 갑자기 그 건물 안에서 샤를로트와 루이즈가 나왔다. 아르튀르는 길을 건너 급히 달려가 그들을 위해 차 뒷문을 열어주었다. 색이 없어졌어도 샤를로트는 여전히 아름다웠다. 이렇게 가까이서 그녀를 본 것은 처음이었고, 아르튀르는 그녀의 키가 자기가 생각했던 것보다 훨씬 작다는 것을 깨달았다. 그보다 머리 하나만큼 작았다. 색이 사라져 몹시 하얘진 부드러운 피부가 층지게 자른 긴 머리와 대비를 이루는 천진난만한 분위기를 그녀에게 부여했다. 양쪽 뺨에는 주근깨가 박혀 있었다. 그녀는 엷은 회색 안경을 쓴 도자기 인형 같았다(아르튀르는 예전의 풋사과색이 더 좋았다).

딸아이는 그녀를 쏙 빼닮아, 마치 그녀의 축소 모형 같았다. 혼혈임을 알 수 있는 거무스레한 피부와 짙은 색의 눈만 빼면.

"고마워요." 샤를로트가 얼굴에 미소를 지으며 말했다.

"천만에요." 오랫동안 누군가의 미소를 접해보지 못한 아르튀르는 더듬거리며 이렇게만 대꾸했다.

자기는 맞은편 집에 살고 있다고, 몇 달 전부터 창 너머로 그녀를 보았다고, 혼자 딸아이를 키우며 살다니 참 대단하다고, 무엇이든 도움이 필요하면 말해달라고 그녀에게 이야기하고 싶어 죽을 지경이었다. 하지만 그의 입에서는 아무 말도 나오지 않았다. 심지어 길에서 모르는 여자와 대화를 나누는 것조차 불가능했다. 그는 그녀가 탄 택시가 멀어져가는 모습을 1분 넘게 바라보다가, 다시 길을 건너 QG 카페 앞에서 걸음을 멈추었다. 그의 기운을 북돋워주는 것은 맥주뿐이었다.

샤를로트와 루이즈가 탄 택시는 소Sceaux 공원 옆에 위치한 커다란 건물의 낮은 층계 앞에서 멈추었다. 샤를로트의 아버지 뤼시앵이 현관 옆 벤치에서 그들을 기다리고 있었다. 뤼시앵은 왕년에 뛰어난 축구 심판이었다. 타고난 권위와 공명정대함으로 프랑스 프로 축구 1부 리그에서 인정받는 심판이 되었다. 국제 심판으로도 능력을 발휘했고, 유로컵의 몇몇 경기에서 뛰어난 실력으로 심판을 보았다. 그리고 마침내 월드컵 경기 심판으로 선발되어 실력을 공인받았다. 하지만 월드컵에서 심판을 본 날, 하필이면 애매한 위치에 서 있던 탓에 아르헨티나 공격수가 손으로 골을 넣어 득점한 장면을 보지 못했다. 이후 그 아르헨티나 공격수는 '신의 손'이라는 별명을 얻었고, 뤼시앵은 경력에 큰 타격을 입었다. 그 실수 탓에 뤼시앵은 매우 불안정해졌고, 이후 이성에 의지해 판단하기보다는 호루라기를 더 많이 불었다. 그리고 은퇴한 지금 그가 부는 것은 기회가 생길 때마다 마시는 술병뿐이었다.

배가 불룩 나오고 동그란 머리가 완전히 대머리가 된 뤼시앵은 마치 눈사람처럼 보였다. 늘 활짝 웃는 입 위에 당근처럼 뾰족한 코와 반짝이는 작고 검은 눈이 자리 잡고 있었다. 사실 그는 물리학의 법칙에 도전하는 눈사람이었다. 녹아내릴 정도로 따뜻했다.

루이즈가 양팔을 벌려 자기를 맞아주는 할아버지의 품으로 뛰어들었다.

"어떻게 지냈어, 우리 공주님?"

"기분이 우울해요! 그게 무슨 뜻인지는 잘 모르겠는데, 요즘에 사람들이 다들 그렇게 말하더라고요."

"나는 이렇게 너를 보니 이 세상 할아버지들 중에서 가장 행복하구나."

샤를로트가 아버지와 포옹하고 아버지의 어깨에 한 손을 얹었다. 뤼시앵이 딸을 건물 안으로 안내했다. 루이즈는 여전히 할아버지의 품에 안겨 있었다. 이 건물은 공식적으로 양로원이었다. 하지만 1968년에 일어난 5월 혁명으로 특별한 전통을 지닌 양로원이 되었다. 육십 대, 칠십 대, 팔십 대 그리고 드물게는 아직은 혼자서 몸을 움직일 수 있고 귀여운 칠십 대 젊은이의 인도를 받는 구십 대 노인들이 무슨 일이 일어났는지 궁금해 혁명의 현장을 보러 갔다. 그들이 돌아오자, 양로원장은 그 시기에 부모들이 아직 미숙한 젊은 혁명가 자녀들에게 한 것과 똑같이, 밤늦게 그들을 불러 모아놓고 훈계를 했다. 반항적인 원생들은 식당에 모여 의논을 했고, 테이블과 의자로 문 앞에 즉석 바리케이드를 치기로 했다. 그렇게 양로원 직원들의 접근을 차단해버렸다. 원장과 직원들을 즉각 해고한다는 안이 거수로 표결에 부쳐졌고 만장일치로 통과되었다. 그곳을 떠나면서 양로원장은 그 양로원의 소유주가 얼마 전에 그곳에 왔고 별로 존재감이 없던 마지막 원생이라는 사실을 알게 되었다. 그 반항아들은 모두 세상을 떠났다. 하지만 양로원은 그 전통을 이어받아, 원생들이 직접 직원들을 엄격하게 선발하고 자주적으로 관리했다.

'불행한 해고 사건'이 일어날 때마다, 원생들은 새로운 지원자들의 프로필을 꼼꼼히 검토했고, '대학생 때 혁명에 참여했던 사람들'의 프로필을 따로 추려냈다. 그렇게 해서 편집광적인 회계원(양로원을 잘 관리해야 했다), 주방 요리사(잘 먹어야 했다), 학식이 깊고 말이 무척 많은 사람들(바보로 살다 죽어서는 안 되었다), 그리고 음반 회사 부장을 지낸 여성 기타리스트 시몬을 비롯해 록 뮤지션 몇 명(죽기 전까지 젊게 살아야 했다)을 찾아냈다. 저녁에 축구 경기가 있는 날을 빼고는 토요일마다 음악회가 열렸다. 뤼시앵이 맡은 임무 중 중요한 축구 경기들의 티켓을 얻기 위해 축구연맹과 좋은 관계를 유지하는 것이었다. "활동적으로 살아라, 그것이 장수의 비결이다." 양로원 원생들은 앞다투어 이 말을 되풀이했다. 물론 어떤 사람들은 신체의 움직임이 부자유스러워지고, 알츠하이머에 걸려 황폐해졌다. 그러나 다른 사람들이 가능한 한 그들을 무리 속에서 지켜주려고 노력했다. 그들은 마들렌 카스탱*의 제자였던 예전 원생이 공들여 꾸

* Madeleine Castaing(1894~1992), 프랑스의 전설적인 실내장식가.

민 웅장한 응접실의 커다란 장방형 식탁에 다 함께 둘러앉아 식사를 했다. 벽의 미묘한 회색 계열 색상들이 영롱하게 빛나던 예전의 색조를 상상하게 만들었다.

고전적인 식탁에 벌써 자리 잡은 원생들이 "아! 오!" 하는 탄성과 "정말 많이 컸구나!" 하는 한결같은 인사들로 루이즈를 맞이했다.

"어서들 앉아요. 음식이 식겠어!" 피에레트가 말했다.

피에레트는 미쉐린 가이드에서 별을 받은 최초의 여성 요리사 중 한 명이었다. 그 시절에는 그것이 하늘의 별을 따는 것만큼이나 어려운 일이었다.

"네가 계피 소스를 넣은 오리 가슴살 구이를 좋아한다는 걸 잘 알아, 샤를로트. 그래서 내가 특별히 준비했다니까!"

잠시 후, 피에레트는 곁눈질로 보고 원생들이 입맛 없어 하는 것을 눈치챘다. 심지어 어떤 노인들은 접시를 조심스레 밀어내기도 했다. 내 요리에 무슨 문제라도 있나? 피에레트는 궁금해하며 손가락으로 소스를 찍어 눈을 감고 맛보았다. 향기가 완벽했고, 양념도 진하고 풍미가 있었다. 문제는 색이었다. 계피 소스란 모름지기 오렌지빛 도는 노란색이어야 하는데 말이다.

샤를로트가 피에레트를 위로했다.

"아주머니 잘못이 아니에요."

"나도 알아! 하지만 인류가 식용색소를 발명한 것이 쓸데없는 일만은 아니네.”

“맞아요. 하지만 그나마 회색이어서 다행이에요. 만약 파란색이라면 어떨지 상상해보세요. 스테이크를 남색으로 염색한 연구에 대해 읽은 기억이 나네요. 모르모트들은 그걸 먹지 못했대요.”

피에레트가 불쾌한 표정으로 자기 접시를 밀어냈다. 그나마 샤를로트가 아무 일도 없는 듯 맛있게 먹어준 것이 그녀에게는 유일한 기쁨이었다. 샤를로트는 한입을 삼킨 다음 또 먹었다.

“색이 바뀌면 맛도 바뀌어요. 스페인의 대학교수들이 똑같은 오렌지 주스를 세 가지 색으로 만들어 각각 다른 오렌지 주스인 것처럼 모르모트들에게 주었어요. 하나는 그냥 천연 오렌지 주스였고, 다른 하나는 빨간색으로 물들인 오렌지 주스, 나머지 하나는 녹색으로 물들인 오렌지 주스였죠. 모르모트들은 거의 만장일치로 ‘빨간’ 오렌지 주스를 가장 좋아했고, ‘녹색’ 오렌지 주스는 조금 시다고 여겼어요. 더 놀라운 사실이 있어요. 주황색으로 물들인 콜라를 맛보면, 환타 같은 오렌지 맛 탄산음료와 혼동할 가능성이 아주 높다는 거예요!”

“그건 너무하네.” 피에레트가 조금 기분이 상해서 대꾸했다.

“정말이라니까요, 제가 단언해요! 비슷한 일이 대형 유제품 제조사에서도 일어났어요. 파인애플 맛 요구르트에 사용하는 노란색 색소와 딸기 맛 요구르트에 사용하는 분홍색 색소를 서로 바꾸었어요. 소비자들은 아무 문제를 느끼지 못하고 그저 딸기 맛의 분홍색 요구르트와 파인애플 맛의 노란색 요구르트를 먹었다고 생각했죠…….
실은 두 제품의 색이 서로 바뀌었다고 말해주자, 그제야 자기들이
잘못 생각했다는 걸 깨달았어요."

피에레트는 다시 눈을 감고 혀의 미각 돌기만으로 자기 요리를 평
가해보았다. 그녀의 오리 가슴살 요리는 완벽했다.

"내가 제대로 이해한 거라면, 이제 색이 존재하지 않으니 우리가
모두 쉽게 다이어트를 할 수 있겠네. 사람들이 비만과 싸우는 데 도
움이 될 거야." 피에레트가 자신의 뱃살을 힐끗 내려다보며 말했다.

"이 상황이 두렵지만, 그나마 그게 유일하게 좋은 점일 거예요." 샤
를로트가 생각에 잠기며 결론짓듯 말했다.

4장

나무가 파란색이고
바다가 노란색인 곳

색이 사라지고 여섯 달이 흘렀다. 성인들조차 어둠을 무서워하게 된 여섯 달이었다. 놀라움이 두려움으로 변했고, 이어서 공포로 변했다.

색이 사라지고 정확히 사흘 뒤, 페르피냥 근처의 부가라치라는 작은 마을에서 모든 것이 시작되었다. 캠핑카와 밴들이 사방에서 물결을 이루어 끊임없이 그 마을로 몰려들었다. 그렇게 며칠이 지났고, 주민 수가 200명 정도밖에 안 되는, 피레네산맥 발치에 자리한 그 고요한 마을은 수만 명의 캠핑객에게 완전히 점령되어버렸다. 공포에 사로잡힌 군중은 경찰이 쳐놓은 바리케이드를 넘거나 들판을 건너가 마을이 굽어보이는 산봉우리 측면에 텐트를 치려고 몸싸움을 벌였다. 이어서 100명쯤 되는 기자들이 금세 그들에게 합류했다. 전 세계의 구루*들이 '예측을 수정'했다. 세상의 종말을 맞아 선택받은 자들을 구원해줄 외계 우주선, 은하계의 노아의 방주가 이 마을로 내려올 거라고 했다. 2012년에 세상의 종말이 온다고 했던 마야 문명의 예언은 몇 년을 잘못 계산했다는 것이다. 사람들은 눈물 흘리고, 소리 내어 울고, 변함없이 잿빛인 하늘을 보며 탄원했다. '죄인' 한 명이 산꼭대기에 올라가 스스로에게 채찍질을 했다. 그러다 균형을 잃고 수십 미터 아래로 추락해 몸이 으스러졌다. 그 장면이 흑백으로 전 세계 텔레비전에 방영되었다.

교조주의자 이맘**들은 이 모든 것이 신의 뜻이라고, 신이 요란한 색의 옷을 입은 여자들을 벌하신 거라고, 그리하여 여자들이 검은 니캅***을 쓰고 거리에 나갈 수밖에 없게 하신 거라고 설교했다.

콜롬비아의 코기 인디언들은 이 현상을 자연을 존중하지 않고 마구 파괴한 '어리석은 인간들'을 향한 지구의 경고로 해석했다.

기독교인들은 마태복음에서 "그날 환난 후에 즉시 해가 어두워지며 달이 빛을 내지 아니하며"****라고 예언했듯이, 우리의 세상이 암흑

* 힌두교, 불교, 시크교 등의 종교에서 '자아를 터득한 신성한 스승'을 일컫는 명칭.
** 이슬람교 교단의 지도자를 지칭하는 명칭.
*** 이슬람교도 여성들이 착용하는, 눈을 제외한 얼굴 전체를 덮는 가리개.
**** 마태복음 24장 29절.

이 되었다고 보았다. 주일마다, 심지어 주중에도 교회 예배당이 사람들로 꽉꽉 들어찼다. 주기도문과 성모송을 제대로 숙지하지 못한 새로운 기독교 신자들은 모범적인 신앙심으로 그 약점을 벌충했다. '종교 용품'을 파는 상점들은 루이비통의 **플래그십 스토어**보다 더 폭발적인 인기를 누렸다. 물건이 빠져 듬성듬성해진 선반 앞에 손님들의 대기 줄이 끝도 없이 길게 늘어섰다. 어떤 사람들은 늙은 이모들의 다락방을 공략해 예수 수난 상, 성모 마리아 상, 이베이에서 거금에 낙찰받은 진주, 죄를 사해달라고 아침부터 저녁까지 기도할 때 도움이 될 묵주를 먼지 속에서 건져내려고 급히 발걸음을 돌리기도 했다. 그렇게 함으로써 코앞에 닥쳐온 종말의 날에 자신을 올려놓은 성 베드로의 저울 눈금을 선한 쪽으로 기울일 수 있기를 기대했다.

메카에서 그러듯이, 루르드의 치안 담당자들은 수십만 명의 순례자들이 동굴로 향하는 긴 줄에서 절대 멈춰 서지 않고 일정한 보조로 걷게 해야 했다. 베르나데트 수비루*가 은신했던 동굴 내벽에 우글거리는, 세상에서 가장 빽빽이 밀집된 세균들을 손으로 만져보려면 열 시간 이상 기다려야 했다.

---

* Marie-Bernarde Soubirous(1844~1879), 가톨릭의 성녀聖女. 루르드 가브강 변의 마사비엘 바위에서 1858년 2월부터 7월까지 18회에 걸쳐 성모 마리아의 발현을 체험했다. 1862년 타르브 교구의 로랑스 주교가 그녀에게 나타난 성모 발현을 공식적으로 인정하면서 루르드는 가톨릭 역사상 가장 위대한 순례지 중 한 곳이 되었다.

〈왕좌의 게임〉 시리즈의 팬들은 이제 겨울이 왔고 언데드들의 도래를 살펴야 한다고 생각했다.

세상은 납빛 덮개 아래에서 경직되었다. 작은 톱니바퀴들이 맞물려 돌아가는 시장경제도 전복되었다. 크리스마스 시즌이 왔지만 상점들의 판매 실적은 재앙이나 다름없었다. 거미줄색의 배경에서 상품들은 그다지 매력적으로 보이지 않았다. 회색 옷을 입은 산타 할아버지를 믿으려는 사람 역시 아무도 없었다.

금융기관들은 새로운 질서가 잡힐 때까지 잠정적으로 문을 닫았다. 주식 대폭락이 일어나 1929년의 대공황에 버금갈 상황이었다. 경제학자들은 그들이 입은 정장만큼이나 잿빛이 된 얼굴로 '대규모 파산'이라는 말을 입에 담았다. G20 소속 국가의 대통령들이 모여 머리를 맞대었다. 그러나 그들이 하는 연설은 그들의 무능함만 보여줄 뿐이었다.

아르튀르는 매일 바게트를 사러 좀 더 멀리까지 가야 했다. 동네에 있는 빵집 세 곳이 문을 닫아버린 것이다. 그래서 14구에서 가장 번화한 다게르로路까지 걸어가기로 했다. '종말이 가까운데 계속 일을 해야 할까?' 많은 상인들이 이런 생각을 했다. 슈퍼마켓을 방문한 손님들은 자기들이 좋아하던 물건의 겉포장을 어렵사리 알아보았고, 최소한의 양만 구입했다.

아르튀르는 북한이라면 혹은 점령 기간이라면 비난받지 않을 듯한 상점들 앞을 지나갔다. 다게르로의 생선 가게 진열대 얼음 위에서 눈이 흐리멍덩한 생선 여남은 마리가 슬프게 손님을 기다리고 있었다.

어느 약국의 여자 직원은 '진정제와 우울증 치료제 없음'이라고 적힌 종이를 약국 문에 붙이고 있었다. 화학적 버팀목을 처방받기 위해 환자들은 참고 기다려야 했다. 정신과 의사들은 일을 중단하고 집에 있거나 다른 정신과 의사에게 진찰을 받았다.

세상이 침몰하고 있었다.

아르튀르는 알레지아 광장까지 걸어갔다. 주위가 이상하게 고요했다. 자동차 운전자들은 안개 낀 하늘을 반사하는 포장도로 위를 느린 속도로 달렸다. 몇 안 되는 행인들은 모두 등을 구부린 채 발을 끌며 걷고 있었다. 딱 한 사람만 예외였다. 키가 훌쩍 크고 뼈가 앙상한 남자인데, 껑충껑충 뛰듯이 걷고 있었다. 삼십 대로 보이는 그 남자가 걷는다기보다는 뛰어서 아르튀르 쪽으로 덤벼들었다. 그러더니 알 수 없는 의성어를 목청껏 내지르며 아르튀르에게 윙크를 했다.

"에에스디이이이이?"

"뭐라고요?" 아르튀르는 그 외마디가 캥거루의 울음소리와 비슷하다고 생각하며 남자에게 되물었다.

"에에에에엘에스디?"

"무슨 말인지 모르겠어요."

"L…… S…… D요." 유대류 같은 그 남자가 마침내 왼쪽 오른쪽으로 눈길을 던지며 제대로 발음하는 데 성공했다.

"아뇨, 됐습니다. 나는 백포도주를 진탕 마시고 취하는 게 더 좋아요." 아르튀르는 미소 지으며 남자에게 대답했다.

비현실적이 된 이 세상에서 벗어나기 위해, 많은 사람들이 인공의 세계로 도피하고 싶어 했다. 연령과 형편을 불문하고 많은 사람들이 강력한 향정신성 의약품이 선사하는 환각에 빠져들었다. 상업적으로 대량 생산한 LSD를 복용하면 색들을 부분적으로 다시 볼 수 있다고 했다. LSD를 복용하고 보는 세상은 하늘이 주황색이고 나뭇잎은 파란색이었다. 아스팔트는 분홍색일 때가 많았고, 바다는 노란색이었다. 그래도 상관없었다. 그 사이키델릭한 세상에는 적어도 색이 존재했다. 그러나 LSD의 그런 효과에는 이면이 있었다. 부작용 말이다. 정확하게 말하면 환각이다. 어떤 사람들은 자신이 새라고 생각하고 창밖으로 투신했다. 또 어떤 사람들은 자신이 용이나 사악한 괴물에게 공격을 받는다고 생각해 아내의 목을 졸랐다. 경찰들은 이 새로운 재앙에 적극적으로 맞서지 말라는 지시를 받았다. 오히려 악질 채무자들에 대한 재산 압류 처분에 공을 들였다. 그 공무원들 중 일부는 그 업무를 통해 받은 수당을 개인적 소비에 사용할 수 있어서 오히려 흡족해했다.

아자이는 한 달 전부터 매일 저녁 6시 정각에 택시에 올랐다. 맨해튼은 이미 어둠에 싸여 있었다. 가로등 몇 개가 유백색 빛을 토해냈다. 그는 키를 돌려 시동을 건 뒤, 눈을 감고 액셀러레이터를 밟았다. 그리고 엔진이 돌아가는 속도에 따라 자신에게 동력을 마련해주는 색들의 물결에 잠겨 들었다. 그의 공감각 능력은 여전히 강력했다. 엔진이 윙윙거릴 때 그의 눈꺼풀 속에 나타나는 색들은 정확히 똑같았다. 여전히 눈부셨다. 없어서 더욱 아쉬운 노란색을 제외하고는 전부. 감았던 눈을 다시 뜨고, 차 보닛의 색을 보고, 좌석에서 몸을 조금 일으켰을 때, 아자이는 울고 싶었다. 여전히 색 하나가 모자랐고, 색들로 이루어진 그의 세상은 빈약한 그대로였다. 한 달 전부터 매일 그랬듯이, 그는 택시의 시동을 끄고 집으로 돌아가 비디오 게임을 했다. 더 정확히 말하면 〈콜 오브 듀티Call of Duty〉 게임을. 이유는 알 수 없지만, 그 게임의 음향효과가 태양의 색을 제외한 모든 색을 그에게 선사해주었다. 그는 며칠 전부터 음식도 먹지 않았다. 그렇게 스스로 시들어갔다.

양로원의 몇몇 원생들은 지하 작업실에서 〈백 인 블랙Back in Black〉을 반복해서 연주했다. 그들 중 대다수가 청력에 문제가 있었지만, AC/DC*보다 더 강력하게 연주했다. 하지만 영 기분이 내키지 않았다. 특히 점심을 맛없게 먹은 뒤에는. 그래서 피에레트는 여러 날 동안 주방에 들어가기를 거부했다.

　몇 주 전부터 그들의 음악회에는 사람들이 거의 오지 않았다. 대부분의 원생들이 텔레비전 방의 의자에 붙박여 앉아 뉴스 채널을 연이어 시청했다. 그 뉴스들은 최고 시청률을 기록했다.

　뤼시앵이 가장 슬퍼하는 것 같았다. 30년 전 아내가 목숨을 잃었던 비극이 다시 생각났다. 그때의 영상들이 자꾸만 섬광처럼 눈앞에 떠올랐다. 40피트짜리 요트. 돛과 아내의 머리칼을 비추던 햇빛. 당시 그의 아내는 임신 7개월이었고 한 번도 산통을 경험하지 않았다. 일기예보는 기껏해야 바람이 15노트 속도로 불 거라고 알려주었다. 게다가 아내가 괜찮다고 고집을 부렸다. 하지만 항구에서 5마일 떨어진 곳에서 갑자기 양수가 터졌다. 엔진을 최대 속도로 높이고 돛

---

*　1973년 호주 시드니에서 앵거스 영, 맬컴 영 형제를 중심으로 결성된 하드록 밴드.

을 팽팽히 펴 육지로 돌아가는 동안 그의 아내는 목숨을 잃었고, 딸 아이는 무사히 태어났다. 그 사건 이후 그는 죄책감을 떨쳐내지 못했다.

"아빠, 제발 부탁이에요. 좀 웃어보세요." 샤를로트가 중얼거렸다. 아버지가 의기소침해 있다고 느낄수록 그녀는 양로원을 더 자주 방문했다. "아빠가 웃으면 제가 그걸 느낀다는 걸 아빠도 아시잖아요."

"그동안 그나마 색들이 내 불행을 조금 감춰주었다는 걸 깨닫는 중이다."

"그만하세요. 그리고 다시 말씀드리는데, 저는 완전히 보지 못하는 건 아니에요. 강한 빛은 감지한다고요."

"나에겐 색이 필요해."

샤를로트는 테이블 위를 더듬어 과일 바구니를 찾아냈고, 거기서 바나나 한 개를 집어 들었다.

"이 과일 좀 드셔보세요, 아빠."

"배고프지 않아."

"아빠가 이 바나나를 보면, 노란색에 민감한 아빠 뇌의 한 영역이 활성화돼요. 흑백을 컬러로 번역한다는 뜻이죠. 마찬가지로, 아빠가 흑백영화를 볼 때, 아빠의 뇌는 몇 초 만에 그것을 컬러로 변형해요. 색들이 사라지기 전까지는 이것이 진실이었죠. 그리고 제 동료들이 현재에도 여전히 그렇다고 저에게 확인해줬어요. 그러니까 눈을 감고 이 바나나의 모습을 마음속에 그려보세요."

뤼시앵은 샤를로트의 말대로 했다.

10초쯤 지난 뒤 뤼시앵이 말했다. "네 말이 옳아. 집중하면 적어도 머릿속에 색이 나타나게 할 수는 있지."

뤼시앵이 다시 눈을 떴다. 그리고 바나나가 여전히 회색인 것을 알고 실망했다. 하지만 딸의 마음을 기쁘게 해주기 위해, 껍질을 벗기고 바나나를 먹었다.

메흐디 토크는 프랑스 앵테르 라디오 방송국의 편성표를 다시 검
토했다. 모토는 하나뿐이었다. 실증적일 것! 그들은 가볍고 소소한
주제를 채택하고 즐거운 음악을 틀었다. 그것이 청취자들의 정신 건
강에 도움이 되었고 청취율에도 유익했다. 샤를로트의 색채 시평이
점점 더 인기를 끌었고, 프랑스 앵테르에서는 그녀의 색채 시평 코
너를 특별히 감독했다. 그녀에게 매일 시평을 진행하게 했고, 하루
에도 여러 번 재방송했다.

친구 여러분, 인류는 색에 대한 지각을 잃었습니다. 그렇습니다. 하지만 검은
색과 흰색이 아직 우리 곁에 있는 한, 모든 것을 잃은 건 아닐 겁니다! 여러분은
저에게 이렇게 물으시겠죠. "그렇다고는 하지만, 검은색과 흰색도 색인가요?"
글쎄요. 호기심 많은 청취자 여러분, 우선 20세기 초 이전에는 그런 질문이 제
기되지 않았다는 점을 알아두세요. 우리 조상들에게 '무색無色'은 수도사들이 입
는 자연색 그대로의 옷 같은, 염색되지 않은 모든 색을 뜻했습니다. 그런데 오
늘날 우리는 왜 이런 질문을 제기할까요? 부분적으로는 에드몽 베크렐*과 에밀

* Alexandre Edmond Becquerel(1820~1891), 프랑스의 과학자. 1849년 컬러사진을 찍
  는 데 성공했지만 영구 보존에는 실패했다.

레노* 때문입니다. 이들의 훌륭한 아이디어가 각각 컬러사진과 컬러 총천연색 영화를 태동시켰죠. 시간이 흐르면서 이들의 기술은 상당 부분 개선되었지만, 오늘날에도 우리는 흑백사진과 흑백영화를 컬러사진과 컬러영화에 대립시킵니다. 그러니 색, 무색, 흑백 중 무엇이 좋을까요?

내일 뵙겠습니다, 청취자 여러분.

"좋은 질문이야!" 실비가 음울한 목소리로 말했다.

공감을 관장하는 부위인 샤를로트의 전방 대상피질에 연쇄 화학 반응이 일어났다.

"그렇게나 색이 그리워?"

"응…… 아니…… 단지 그것 때문만은 아니야."

"그럼 무슨 일 때문인지 나한테 이야기해줄래?"

"그 이야기를 들으면 날 비웃을걸."

"내가 그런 성향이야?"

"그게 말이야, 너도 알겠지만……."

실비는 말을 꺼내긴 했지만 끝을 맺지 못했다.

"아, 아니야. 난 전혀 몰라!" 샤를로트는 애써 심각하지 않은 척 말했다.

---

* Charles-Émile Reynaud(1844~1918), 프랑스의 발명가, 흥행사. 에디슨의 키네토스코프, L. 뤼미에르의 시네마토그라프에 앞서 컬러영화 프락시노스코프Praxinoscope를 발명, 1872년에서 1900년까지 파리에서 공개했다.

"외롭다는 느낌이 들어……." 실비가 다시 입을 열었다. "너도 알겠지만, 메흐디와 함께 있을 때 난……."

샤를로트는 실비의 마음이 진정되었는지 확인하기 위해 마이크의 상태를 알려주는 버튼을 건드렸고, 아무도 그들의 대화를 듣지 못한다는 것을 확인했다.

"그래, 넌 우리 보스와 특별한 관계지." 샤를로트가 신중하게 말했다.

"너 지금 관계라고 말했니! 이젠 비아그라도 효과가 없는데……."

"그건 아마도 비아그라에서 파란색이 없어졌기 때문일 거야. 약을 복용할 때 플라세보 효과가 큰 역할을 하는 것처럼. 그 사람이 비아그라의 효력이 덜할 거라고 무의식적으로 생각해서 그런 거야."

"아니, 내 생각엔 오히려…… 그 사람이 날 더 이상 좋아하지 않아서 그런 것 같아."

샤를로트는 실비의 입술이 예전처럼 빨갛지 않아서 매력이 훨씬 줄었을 거라는 사실을 깨달았다. 몇 년 전에 행해진 무척 진지한 어느 연구에 따르면, 그런 경우 매력이 25퍼센트 감소한다고 한다. 하지만 샤를로트는 실비에게 이 이야기를 하지 않았다.

"우리를 더 이상 좋아하지 않는 남자 이야기가 나왔으니 말인데, 이번에도 여기에 누군가가 보여?" 샤를로트가 자기 집 창문에서 휴대전화로 찍은 새로운 사진을 실비에게 보여주며 말했다.

이번에도 아르튀르가 샤를로트를 몰래 훔쳐보고 있었다. 샤를로트는 격분한 채 라디오 방송국을 나서, 이제 지체 없이 행동에 나서야겠다고 다짐하며 지하철 안으로 밀려 들어갔다.

구글에서 '색'이 '섹스'를 누르고 검색어 1위에 올랐습니다.

_《르몽드》 인터넷판

샤를로트는 딸아이의 학교와 가장 가까운 지하철역에서 내렸다. 그리고 하얀 지팡이로 앞을 짚어가며 천천히 걸었다. 옆에서 본 사람들은 분명 그녀가 자신이 걸어가는 길에 집중하고 있다고 생각했을 것이다. 그러나 실은 그렇지가 않았다. 샤를로트는 루이즈의 학교로 가는 길을 훤히 외우고 있었다. 무의식도 그녀를 이끌었다. 그녀는 주위의 사물을 지각하는 데 집중했다. 행인 한 명과 마주쳤을 때는 그의 냄새를 맡고 무슨 향수인지 알아맞혀보려 했다. 가죽 구두의 걸음에 보조를 맞추는 바쁜 하이힐 소리가 들렸다. 꽤나 세련된 커플 같았다. 이어서 지나간 고무창 달린 운동화를 신은 젊은이 무리 속에서, 그녀는 조금 무기력한 걸음걸이 하나를 식별해냈다. 지하철 통풍구 위를 지나갈 때는 축축하고 좋지 않은 냄새가 나는 가벼운 바람이 느껴졌고, 문이 열린 상점 앞을 지나갈 때는 에어컨의 냉기도 느껴졌다.

예전 세상과 새로운 세상의 차이점을 파악해보려 했다. 하지만 그녀에게는 변한 것이 아무것도 없었다. 학교 앞에서 아이들을 기다리는 학부모들의 목소리에 매일 불안감이 더 뚜렷하게 묻어나는 것을 제외하면. 한 아버지가 아들이 유도 배우는 것을 싫어하게 되었다고 걱정했다. 띠가 전부 회색이 되어버려 유도에 대한 흥미를 몽땅 잃었다는 것이다. 어떤 엄마는 남편이 의기소침해진 일을 화가 나서 자세히 이야기했다. "그 사람이 오늘 아침에 저한테 뭐라고 했는지 아세요? 불면증이 생겼대요. 9시에 잠이 깨면 더 이상 잠들 수가 없다나요!"

하지만 뭐니 뭐니 해도 아이들이 식욕을 잃은 것이 주요 화제였다. 아이들이 도무지 먹고 싶어 하질 않았다. 심지어 과자조차도!

좋은 면을 보려고 애쓰는 부모들도 있긴 했다. 샤를로트는 처음으로 그런 이야기를 들었다.

"시금치의 녹색이 없어지니 아이가 처음으로 시금치를 먹더라고요." 한 엄마가 말했다.

"우리 아이는 감초를 먹었습니다. 먹어보더니 좋아하더라고요." 어떤 아빠가 높고 가느다란 목소리로 덧붙였다.

"우리 아이는 더 이상 시리즈 장르물을 읽지 않아요. 흑백으로 변해서 옛날 책을 보는 기분이래요. 그런데 놀라운 일은 그 아이가 장편소설을 읽기 시작했다는 거예요!"

하얀 종이에 검은 글자……. 적어도 책 속에서는 색들이 변하지 않았구나, 샤를로트는 속으로 생각했다.

학부모들이 수런거리며 대화를 나누는 가운데, 샤를로트는 10미터쯤 떨어진 곳에서 "엄마아아" 하고 부르는 작은 소리가 나는 것을 알아차렸다. 그녀를 향해 달려오는 루이즈의 목소리였다. 샤를로트는 딸아이의 부드러운 입술이 뺨에 닿기를 기대하며 몸을 낮추고 얼굴을 갖다 댔다.

"엄마, 이거!" 루이즈가 샤를로트의 뺨에 입을 맞춘 뒤, 뒤로 조금 물러서서 종이 한 장을 내밀었다.

샤를로트는 펄럭거리는 종이 소리를 듣고 그것을 손에 받아 들었다.

"오늘은 무슨 예쁜 그림을 그렸니?"

"바다 위에서 해가 지는 모습……. 전부 회색이야……. 그런데 엄마, 나 뭐 하나 물어봐도 돼?" 루이즈가 망설이는 목소리로 말했다. "엄마는 왜 슬퍼하지 않아?"

"왜 내가 슬퍼하길 바라는데?"

"엄마는 색들을 보지 못하니까. 난 이제야 그게 뭔지 알겠어."

"어쩌면 엄마는 색들을 보는지도 몰라, 루이즈. 눈으로 보지는 못하지만 온몸으로. 네가 눈부시게 예쁜 공주님인 것도 잘 보여. 무슨 뜻인지 알지?"

11월의 파리는 우울했고, 여름은 떠나기를 거부하며 미적거렸다. 아르튀르는 매일 QG 카페의 테라스 좌석에 앉아 하얀 거품이 이는 반투명한 생맥주에 입술을 적셨다. 단골손님 한 명이 카페 안으로 들어왔다. 그러나 그 손님의 양쪽 볼에서 예전의 홍조가 사라져, 아르튀르는 그를 알아보는 데 애를 먹었다.

그 단골손님은 야구 모자 대신 펠트 천으로 된 중절모를 쓰고 있었다. 중절모가 남자들 사이에서 다시 유행이었다. 이 현상에 대해 사회학자들은 현대의 패션 아이콘들이 험프리 보가트*나 캐리 그랜트** 같은 옛날 흑백영화의 주인공들에게 자리를 내주었다고 설명했다. 옛날 영화들도 다시 인기를 누렸다. 적어도 그 영화들을 색 없이 보는 것은 '정상'이었다.

아르튀르는 자신에게 온 이메일들을 건성으로 훑어보았다. 그 많은 메일이 다 스팸 메일이었다. 옛 동료 솔랑주로부터 온 상냥한 메

* Humphrey Bogart(1899~1957), 미국의 영화배우. 냉혹한 개성이 돋보이는 연기로 주목받았다. 〈카사블랑카〉, 〈사브리나〉 등의 영화에 출연했다.
** Cary Grant(1904~1986), 영국 출신의 할리우드 배우. 〈북북서로 진로를 돌려라〉, 〈나는 결백하다〉 등의 영화에 출연했다.

일 한 통을 제외하면. 솔랑주는 자신의 소식을 전하고 그의 행운을 빌어주었다. 그리고 마지막 날 공장 앞에서 찍은 단체 사진을 첨부 파일로 보내주었다. 갑자기 휴대전화가 울렸다. 고용센터의 담당 직원이 다음번 면접 약속을 잡으려고 전화를 걸어온 것이다.

주머니를 이리저리 뒤져 펜을 찾다가, 아르튀르는 웃옷 주머니 안에서 전에는 분홍색이었던 가스통 클뤼젤 색연필 한 자루를 발견했다. 그 색연필로 맥주잔 받침에 약속 장소와 시간을 그럭저럭 적었다. 밝은 회색 잔 받침에 쓴 글자들이 겨우 보였다.

바로 그때, 샤를로트가 딸아이의 손을 잡고 걸어오는 모습이 보였다. 두 모녀가 점차 그와 가까워졌다. 사실 루이즈가 엄마 손을 잡고 걸어가고 있다고 보아야 했다. 아르튀르는 자기 앞을 지나가는 그들의 모습을 감탄하며 바라보았다.

"아! 저 아저씨 색연필 예쁘다." 갑자기 루이즈가 외쳤다.

아르튀르는 그 기회를 놓칠 수 없어서 고용센터 직원과의 통화를 서둘러 끝내버렸다.

그리고 미소를 한껏 머금은 얼굴로 루이즈에게 색연필을 내밀며 말했다. "그럼 아저씨가 이거 줄까?"

루이즈는 미간을 조금 찡그리며 아르튀르의 얼굴을 뚫어져라 쳐다보았다.

"나 아저씨 알아요." 루이즈가 말했다.

"그렇구나, 꼬마 아가씨. 난 이 카페 바로 위, 너희 집 맞은편에 산

단다."

"혹시 코가 좀 납작하신가요?" 샤를로트가 경계하는 목소리로 물었다.

"아…… 제가 어렸을 때 럭비를 해서요. 하지만 그렇게 많이 납작하진 않습니다!"

"부끄러운 줄 아세요! 이리 와, 루이즈, 그만 가자." 샤를로트가 루이즈의 팔을 끌어당기며 말했다.

"왜 저 아저씨가 코가 납작한 걸 부끄러워해야 돼?" 루이즈가 물었다.

"내가 왜 그렇게 말했는지는 저 아저씨 자신이 잘 알고 있어!"

"왜 그런 말씀을 하십니까?" 아르튀르는 그녀가 왜 그런 말을 했는지 잘 알면서도 이렇게 되물었다.

어떻게 눈치챘지? 앞을 전혀 못 보는 거 아니었나? 아르튀르는 속으로 생각했다.

"미안합니다, 저는 아르튀르라고 해요." 그가 변명처럼 덧붙여 말했다. 그런 다음 무작정 그녀에게 손을 내밀었다. "이렇게 만나 뵙게 되어 정말……."

그러나 샤를로트는 그의 말을 무시하고 반쯤 보행자 전용인 길을 재빨리 건너 자신이 사는 건물 정문까지 갔다. 아르튀르는 그들을 뒤따라가 루이즈에게 말을 건네며 국면 전환을 꾀했다.

"자, 이 색연필을 가지려무나, 이제 네 거야!"

“말도 안 돼요.” 샤를로트가 화가 나서 짙은 회색이 된 낯빛으로 말했다. “우린 당신하고 아무 볼일 없어요!”

화가 났는데도 그녀의 목소리는 믿을 수 없을 만큼 부드러웠다. 그러나 무엇보다 놀라운 것은 그 목소리가 친숙하게 느껴진다는 점이었다.

아르튀르는 무슨 말이든 하려고 입을 열었지만, 아무 소리도 낼 수가 없었다. 그래서 어깨를 축 늘어뜨리고 카페 테이블로 다시 돌아가 남은 맥주를 마셨다. 다 그만둬야 해, 아르튀르는 카페 주인에게 맥주 한 잔을 더 갖다달라고 손짓하며 스스로를 질책했다……

루이즈와 샤를로트가 손을 잡고 건물 안으로 들어갔다. 그때 루이즈가 뒤를 돌아보았고, 아르튀르와 눈이 마주쳤다. 루이즈는 활짝 웃더니, 아르튀르가 조심스레 손에 쥐여준 색연필을 매우 자랑스러운 표정으로 보여주었다.

집에 도착한 루이즈는 제 방으로 쏜살같이 달려 들어갔다. 그런 다음 웃옷을 벗지도 책가방을 내려놓지도 않은 채, 조그만 책상 위에 놓여 있던 메모장을 집어 들고 바닥에 길게 누웠다. 그렇게 바닥에 배를 깔고 두 발을 허공으로 쳐든 채, 혀끝을 입술에 고정하고 가스통 클뤼젤 색연필로 그림을 그리기 시작했다.

어둠이 잿빛의 낮과 창백한 해를 쫓아냈다. 날씨가 조금 서늘해지기 시작했다. 아르튀르는 카페 안으로 들어갔다. 키가 크고 야윈 카페 주인 '그로'가 카운터 뒤에서 잔을 닦고 있었다. 그로는 파리에 정착한 오베르뉴 출신 남자로서 노래하는 듯한 악센트를 구사한다는 점이 좀 이상하긴 했지만, 하얀 셔츠에 핀으로 고정한 검은 넥타이가 기품 있는 미중년의 분위기를 풍겼다. 카페 실내장식이 1970년대 스타일인 것은 정확히 1970년대에 만들어졌기 때문이다. 핀볼 게임기와 미니축구 놀이판 대신 커다란 평판 모니터가 설치된 것 말고는, 그때 이후로 달라진 것이 없었다. 실내장식은 그로의 전문 분야가 아니었다. 청결도 마찬가지였다. 그러나 색이 없어지니 청결 상태가 눈에 잘 띄지 않았다.

그로가 리모컨을 집어 들더니, 축구 경기들이 연이어 중계되는 스포츠 방송에서 뉴스 방송으로 채널을 바꾸었다. 불과 여섯 달 전만 해도 그런 행동은 카페 안에 몸싸움을 유발했을 테고, 술 취한 손님들이 떠들썩하게 난동을 부리며 다른 카페로 옮겨 갔을 것이다. 하지만 지금은 아무도 불평하지 않았다. 뉴스 방송에서처럼 카페 안의 손님들도 색에 대해, 색이 사라진 여파에 대해 여러 각도에서 이야기했다. 어느 회사 사장이 텔레비전 화면에 나와 자기 공장의 결근율이 최고치를 기록했다고 불평했다. 루브르 박물관의 관리인은 관람객 감소를 걱정하고, 거드름 피우며 〈모나리자〉에 관해 이야기했다. 그는 모나리자가 더 이상 미소 짓지 않는다고 주장했다.

"모나리자를 위해." 모모가 잔을 높이 들어 올렸다가 비웠다. "그로, 회색 한 잔만 더 갖다줘요……."

"뭐라고?"

"아, 전에는 노란색이었던 거요." 모모가 자신의 2.30유로짜리 농담에 흡족해하며 껄껄 웃음을 터뜨렸다. 그가 마시려고 하는 아니스 술의 가격이었다.

청취자들은 그 어느 때보다 열광적으로 샤를로트 다 폰세카의 말을 신임했다. 그러나 이메일을 통해 계속 똑같은 질문을 했다. 도대체 왜 이런 일이 일어난 거죠?

　이때껏 샤를로트는 그 질문에 대한 답변을 철저히 거부해왔다. 타당한 과학적 설명을 할 수 없었기 때문이다. 전 세계의 명망 높은 학자들이 모인 심포지엄들도 아무런 답을 이끌어내지 못했다. 그러나 메흐디 토크는 이렇게 역설했다.

　"우리는 막연한 불안이 아니라 두려움에 맞서 싸워야 해요. 불안은 실체가 없지만, 두려움은 실제적이고 구체적이니까. 9·11 사건 이후 미국인들은 책임자가 정말로 누구인지 확실하게 밝혀내지도 않은 채 빈 라덴을 찾아내 서둘러 사살해버렸죠. 중요한 것은 사람들을 안심시키는 것이었는데 말입니다. 우리가 무엇에 맞서 싸우고 있는지를 알아야 해요. 그러니 당신이 원하는 것을 말해줘요. 당신에겐 그것이 당연한 것일 수도 있어요. 하지만 제발 우리 청취자들에게 그 빌어먹을 놈의 설명을 좀 해달란 말입니다! 한 시간 후에 인터뷰합시다."

　"알았어요, 국장님!" 샤를로트는 드골이 한 유명한 말 '연구자는 많다. 그러나 내가 원하는 것은 발견자이다'를 떠올리며 편집국장의 말을 받아들였다.

50분 뒤 스튜디오에 가서 앉으며 샤를로트는 생각했다. 신경과학자들이 이 현상에 관해 설명하지 못한다면, 사회학자들이라도 뭔가 설명을 찾아야 하지 않을까?

"샤를로트 다 폰세카, 이제 우리가 이 끔찍한 현상에 관한 설명을 들을 수 있을까요?"

"말씀하신 대로 이 끔찍한 현상은 오직 인간들에게만 해당됩니다, 메흐디. 동물들의 지각에는 아무런 변화도 없어요."

"왜 인간들에게만 이런 현상이 일어난 겁니까?"

"아마도 우리 인간들에게 색이 별 쓸모가 없다는 걸 자연이 깨달았기 때문일 거예요. 선사시대의 인간들은 멀리서도 포식자를 감지하기 위해 혹은 아주 단순하게 나무에 매달린 열매가 잘 익었는지 판단하기 위해 색을 필요로 했죠. 그런데 지금은 상황이 달라졌어요. 현 시점에서 우리의 미래를 예측한다면, 우리는 무의식적으로 색이 없는 세계를 상상할 거예요."

"그건 또 무슨 말씀인가요?"

"유명한 SF 영화들을 생각해보세요. 〈2001 스페이스 오디세이〉에서 〈매트릭스〉, 〈매드맥스〉, 〈스타워즈〉 혹은 〈맨 인 블랙〉을 거쳐 〈가타카〉에 이르기까지, 그 속에 나오는 인간들은 색이 거의 없는 옷을 입고 무색의 환경에서 살아요."

"하지만 얼마 전까지 우리가 살던 세상은 색이 무척 다채로웠잖습니까!"

"사실 다채로움의 정도가 점점 덜해지고 있었죠. 최근에 유행하던 실내장식을 생각해보세요. 오래된 집을 구입하면 제일 먼저 하는 일이 벽지를 뜯어내고 벽을 흰색으로 칠하는 거예요. 우리 조부모님 시절에는 실내장식에 훨씬 더 다양한 색을 사용했어요. 그래서 각각의 방들을 그 색에 따라 파란 방, 빨간 방, 노란 방이라고 불렀죠⋯⋯. 그런데 우리 시대에는 하얀 방, 하얀 방, 하얀 방뿐이에요."

"자동차의 경우도 마찬가지일까요?"

"맞아요. 쿠바에 가보신 분들은 다채로운 색의 오래된 자동차들을 보고 놀라셨을 겁니다. 우리가 잊고 있는 것이 있는데, 과거에는 파리도 지금의 쿠바와 똑같았다는 사실이에요. 최근 몇 년 동안 전 세계에서 생산된 자동차의 4분의 3이 검은색, 흰색 아니면 회색이었습니다. 그런데 1950년대에만 해도 녹색, 빨간색, 파란색이 주조를 이루었죠. 자동차 제조업체들은 마케팅적 논거에서 자동차의 색 선택에 무한한 가능성을 제공했지만, 막상 자동차 운전자들은 색을 기피한 거예요."

"옷의 유행에서는 어땠나요?"

"검은색이 필수였던 프랑수아 1세* 시대를 제외하고는, 19세기 말까지 남자들도 여자들과 마찬가지로 다양한 색의 옷을 입었어요. 빨간색 웨딩드레스도 있었죠. 색들의 유명한 배합도 존재했고요. 괴테의 소설 주인공 베르테르

---

* François I(1494~1547, 재위 기간 1515~1547), 프랑스의 왕. 이탈리아 원정에서 승리해 밀라노를 손에 넣었으며, 이탈리아 고대 학문과 예술을 프랑스에 도입, 인문주의의 발전에 힘을 기울였다.

를 떠올려보세요. 그는 파란 프록코트에 노란 조끼를 받쳐 입었잖아요. 그 시대의 부유한 젊은 남성들은 그런 배합을 즐겨 입었습니다. 그런데 20세기 초부터 우리의 옷장에서 선명한 색들이 거의 사라졌어요. 검은색의 유행도 유례 없이 강세를 띠었고요."

"그러니까 요약해서 말하면, 색이 사라진 것은 세계화되고 현대화된 세상의 논리적, 필연적 진화라는 이야기군요. 그렇다면 우리는 이 현상을 받아들이고, 더 나아가 즐겨야 합니까?"

"글쎄요, 우리에게 선택의 여지가 있을까요?"

올겨울로 예약되었던 몰디브, 세이셸, 폴리네시아 여행이 다수 취소되었습니다. 색이 없어져 그곳 함수호들의 매력이 반감된 때문으로 추측됩니다.

_《르몽드》 인터넷판

어둠이 내려앉은 지 오래이다. 샤를로트는 창가 식탁 앞에 앉아 파리의 가로등들이 퍼뜨리는 희미한 불빛을 감지했다. 낮에 한 인터뷰 내용을 곱씹어보았다. '편집국장은 검은색과 흰색이 색의 미래라고 말하도록 나를 유도했어. 함정에 빠진 기분이야……'

그렇게 생각에 잠겨 있긴 했지만, 루이즈가 자기 의자에서 펄쩍펄쩍 뛰는 소리, "고마워요, 엄마아아아아" 하는 말이 점점 멀어져가는 소리도 잘 들렸다. 접시에 손가락을 대어본 샤를로트는 루이즈가 음식을 깨끗이 먹은 것을 알아차렸다. 키우기 수월한 아이야, 그녀는 생각했다, '특별한' 엄마에게 본능적으로 잘 적응하는. 샤를로트는 자신 있는 요리가 몇 가지 있었다. 소스를 사용하는 요리와 과자 굽기였다. 말하는 요리용 저울 덕분에 재료의 양을 완벽하게 계량할 수 있었다. 루이즈가 그것을 맛있게 먹어주는 것이 샤를로트에게는 커다란 자부심이었다.

식탁을 치우면서 샤를로트는 루이즈가 제 방에서 활발히 움직이고 있을 거라 생각했다. 몇 분 뒤, 뒤에서 희미한 비누 냄새가 났다. 샤를로트는 그쪽으로 다가갔고, 더듬거리며 딸아이의 어깨를 찾아냈다. 도톰한 면의 촉감으로, 딸아이가 제 스스로 깨끗한 잠옷으로 갈아입었음을 알 수 있었다.

"잘했구나, 루이즈. 이제 가서 잘 시간이네. 시간이 늦었어."

"자, 이거, 엄마." 루이즈가 그녀에게 그림 한 장을 내밀었다.

"이게 뭔데?"

"분홍색 풀밭에서 뛰어다니는 분홍색 생쥐야."

"노래에서는 녹색 생쥐 아니었니?"

"응. 하지만 분홍색밖에 없어서. 게다가 생쥐가 분홍색이면 더 예쁘잖아."

이것이 바로 어린아이들의 힘이야, 샤를로트는 생각했다. 어린아이들은 상상력이 풍부해서 머릿속에서 이상적인 세계를 만들어낼 수가 있는 거지.

"그런데 누굴 위해 이 분홍색 생쥐를 그렸어?"

"당연히 할아버지를 위해서지!"

"할아버지가 보시면 무척 좋아하시겠구나. 자, 이제 침대로 가자. 내일 학교 가야 되잖아!"

텔레비전 앞 소파에 앉은 아르튀르는 주먹을 꽉 쥐어 빈 맥주 캔을 우그러뜨렸다. 그렇게 처리한 맥주 캔이 오늘 저녁에만 벌써 여섯 개째였다. 이탈리아, 벨기에, 아일랜드 등의 국기와 혼동되지 않도록 새로운 프랑스 국기를 만들기로 했으며 그 디자인을 놓고 벌어진 공모전 소식이 뉴스에 나왔다.

예심을 통과한 디자인 몇 개가 공개되었다. 과거에 대한 향수 때문인지 몰라도, 백합꽃을 도안으로 사용한 디자인이 많았다. 아르튀르는 여전히 궁금했다. 그녀는 어떻게 창문 너머로 그를 볼 수 있었던 걸까? 장 봐 온 식료품들을 꼼꼼히 정리하는 샤를로트에게 눈길을 주며 그는 계속 궁금해했다.

그 모습을 보니 배가 고팠다. 배 속에서 불만스러운 듯 꼬르륵거리는 소리가 났다. 어제부터 먹은 것이 아무것도 없었다. 아르튀르는 주방 찬장을 열어보았다. 텅 비어 있었다. 병 밑바닥에 조금 남은 파스티스 51*과 일본 요리를 시켜 먹고 남은, 투명한 원형 통 안에 든 생강 절임뿐이었다. 그는 개수대에서 지저분한 유리잔 하나를 가져

---

* 아니스 향이 나는 프랑스의 식전주. 알코올 도수는 40~45도이며 일반적으로 물에 희석해서 마신다. '파스티스 102'는 '파스티스 51'의 더블이다.

와 병에 든 술을 따르고, 회색을 띤 생강 절임을 꿀꺽 삼켰다. 102로군! 그는 갱스부르*를 생각하며 더블 파스티스에 물을 조금 타면서 중얼거렸다. 그 뮤지션을 추모하며 건배하고, 현재 자신의 상태를 점검했다. 알코올중독자? 그렇다! 실직자? 그렇다! 빈털터리? 그렇다! 사회의 낙오자? **노 코멘트!**

그는 소파에서 마신 맥주 캔 여섯 개를 쓰레기통을 향해 차례로 던졌다. 여섯 번째 캔이 과녁에 명중했다. 3점 슛! 아무래도 프로 농구 선수를 해야겠어, 그는 식도에 걸린 생강 절임을 아래로 넘기기 위해 술잔을 비우며 스스로를 조롱했다.

그런 다음 눈을 반쯤 감은 채 이웃집 여자가 딸아이의 그림을 주방 냉장고에 자석으로 붙이는 모습을 지켜보았다. 분홍색 생쥐 그림이었다. 그 사실을 알아차린 뒤 소파에 쓰러졌다. 몇 초 뒤, 그는 흑백의 이미지들이 진동하는 텔레비전 앞에서 잠이 들었다.

---

* Serge Gainsbourg(1928~1991), 프랑스의 뮤지션이자 배우. 록, 재즈, 레게 등 다양한 장르의 음악을 샹송에 접목해 프랑스 음악의 발전에 기여했다.

5장

로제와인이 오렌지색임을
깨닫는 곳

지난밤 이슬람 테러리스트들이 폭탄을 제조하던 중 자폭했습니다. 전문가들은 그들이 전선을 접속할 때 예전에 파란색이었던 전선과 빨간색이었던 전선을 혼동한 탓에 그런 사고가 일어났을 것으로 추정하고 있습니다.

이 뉴스가 모든 방송에 반복적으로 보도되었다. 아르튀르는 반쯤 잠든 상태에서 이 뉴스를 족히 열 번은 들었다. 어쩌면 그 이상인지도 몰랐다. 신이 정말로 존재하는지는 몰라도 가끔은 일을 잘하는군, 아르튀르는 목덜미를 문지르며 생각했다. 숙취가 지독했다.

옷을 전부 입은 채 소파에서 잠을 자서인지 관절 여기저기가 아팠다. 그는 리모컨 버튼을 눌러 텔레비전 전원을 끄고 몸을 일으켰다. 바닥에 발을 딛는 순간, 맨발이 끈적거리는 뭔가에 푹 빠졌다. 간밤에 토한 흔적이었다. 그러나 아무것도 기억나지 않았다. 완전히 블랙아웃이었다. 도대체 간밤에 무슨 일이 있었던 거지? 그는 상황증거를 찾아 주위를 둘러보았다. 아파트 안은 쓰레기투성이였다. 몇 주, 아니, 몇 달 동안 청소를 전혀 하지 않았기 때문이다. 그는 자신이 토한 흔적을 뚫어져라 바라보았다. 죽고만 싶었다. 난 아무것도 아니고 아무짝에도 쓸모없는 사람이야, 그는 생각했다. 그가 이 세상에서 사라져버린다 해도 아무도 알아차리지 못할 것이다. 이런 식으로 살다 보면 결국에 그는 악취 나는 하나의 덩어리로 변할 것이다. 어떤 사람들은 커피 찌꺼기에서 미래를 점친다지만, 아르튀르는 그 토사물에서 자신의 미래를 보고 그 구역질 나는 냄새에서 자신의 미래를 느꼈다. 그런데 뭔가 좀 이상했다. 생강 절임의 형태가 완벽하게 식별되었다. 아, 아니지, 그는 그 음식물을 식별하며 혐오감에 얼굴을 찌푸렸다. 내가 이런 오래된 음식을 먹었다고! 이건 찬장 속에 적어도 1년은 보관되어 있었을 거야!

다른 점이 그의 주의를 환기시켰다. 알코올 때문에 마비되었던 그의 뉴런 결합이 그럭저럭 일관성 있는 활동을 재개하려 했다. 특히 대뇌피질이 의식을 활성화하는 모든 영역에 정보를 보내려고 필사적으로 애썼다. 뿌옇던 머릿속이 차츰 맑아지면서, 아르튀르는 이상한 점이 무엇인지 깨달았다. 생강의 색이었다. 회색 토사물 한가운데에 생강이 분홍빛을 되찾은 모습으로 놓여 있었다.

아르튀르는 위액 때문에 일부가 녹아버린 그 생강 조각을 손으로 집어 올려 종이 냅킨으로 닦아냈다. 그것은 분명 정통 일본 요리를 낸다고 자부하는 중국 식당에서 내놓는 생강 절임 특유의 화학적 분홍색을 띠고 있었다.

아르튀르는 생강 조각들을 전부 모아 정성 들여 씻은 뒤, 낮은 유리 테이블 한가운데 있는 커피 잔 받침 위에 올려놓았다. 그런 다음 신자가 종교의 상징물을 바라보듯 그것을 응시했다. 매혹, 두려움, 놀라움 그리고 희망을 느끼며. 온통 회색뿐인 세상에서 만난 색과의 단비 같은 접촉이었다.

이윽고 아르튀르는 아파트 안을 정돈하기로 결심했다. 즐거운 기분이 되어, 이곳저곳에 흩어져 있던 온갖 종류의 쓰레기들을 커다란 쓰레기봉투에 가득 채웠다. 침실 침대 발치에 옷가지들이 무슨 침전물마냥 쌓여 있었다. 청석돌, 석회암 혹은 화강암색이었다. 매일 새로운 양말, 팬티 그리고 티셔츠가 전날까지 쌓여 있던 옷들의 층을 덮어버렸다. 그는 그 옷들을 세탁기에 갖다 넣고, 대청소에 돌입했다. 그런 다음 샤워를 했다. 따뜻한 물이 등을 타고 흘러내려 숙취를 덜어주는 것을 느끼며 그는 속으로 생각했다. 저 생강 조각을 친구들에게 반드시 보여줘야 해.

샤워를 마친 아르튀르는 젖은 머리 그대로 급히 옷만 입고서 QG 카페로 내려갔다. 아직 이른 시간이었고, 카페 안에는 주인 그로와 카운터에 앉아 커피를 마시며 《레퀴프》*를 읽는 질베르 말고는 아무도 없었다. 색이 사라진 탓에 스키장들이 스키 코스를 다시 분류할 거라고 했다. 녹색과 파란색 코스가 흰색 코스, 빨간색 코스는 회색 코스가 될 거라는 것이다. 검은색 코스만 바뀌지 않을 거란다.

"난 스키를 싫어해." 질베르가 얼굴을 찌푸리며 말했다. "게다가 고소공포증이 있어."

아르튀르는 생강 조각이 담긴 작은 잔을 그로의 코밑에 들이밀며 의기양양하게 외쳤다. "이거 봐요, 그로. 내가 토한 거예요."

"에이, 더럽게. 저리 치워!"

"이 색을 좀 보라고요!"

"이 친구 벌써 취했군." 그로가 한숨을 쉬며 질베르에게 말했다. 질

---

* L'Équipe, 프랑스의 타블로이드판 일간지.

베르가 읽고 있던 신문에서 얼굴을 들었다.

아르튀르가 생강 조각이 든 잔을 질베르의 신문 위에 내려놓았다.

질베르는 친구가 되면 좋을 타입의 남자였다. 키가 작고, 특별히 힘이 세지 않고, 매우 무뚝뚝했다. 그러나 콕 집어 말하기 힘든 신비한 분위기로 사람들에게 깊은 인상을 남겼다. 그의 회색 얼굴은 피부가 얽어서 마치 굴 껍데기처럼 보였다. 50년 동안 바다 밑에 잠들어 있는, 깨어나기만을 꿈꾸는 화산 같았다. 고요한 폭력이 잠재된. 그는 매일 똑같은 검은색의 100퍼센트 캐시미어 외투를 입었고, 고급 구두를 수집했다. 형편이 어렵지 않다는 증거였다. 그러나 사생활에 관해 질문이라도 할라치면 상대를 꿰뚫을 듯이 노려보는 통에 즉시 호기심을 거둬야 했다.

"그 색이 뭐 어떤데?"

"저리 치워." 질베르가 다시 신문을 들여다보며 얼굴을 찌푸렸다.

"이게 분홍색인 거 안 보여요?" 아르튀르가 필사적으로 말했다.

질베르가 캐시미어 외투 색깔의 눈을 들어 아르튀르를 바라보았다. 아르튀르는 뒤로 한 걸음 물러났다.

"아 참, 자네 어제 이것을 놓고 갔더군." 그로가 고용센터와의 약속 시간이 적힌 맥주잔 받침을 아르튀르에게 건네며 말했다.

"이것도 분홍색이에요!" 아르튀르가 잔 받침에 적힌 자기 글씨를 보며 부르짖듯 말했다. "예전에 분홍색이었던 색연필로 이 글씨를 썼거든요. 분홍색이 다시 나타난 거예요. 안 보여요?"

"그만 좀 하라고, 진저리 나니까." 질베르가 아까보다 더 위협적인 말투로 말했다.

"내 말 잘 들어, 아르튀르. 이건 자네뿐만 아니라 모든 사람에게 힘든 일이야." 그로가 말했다. 그의 눈 밑에 생긴 깊은 다크서클이 그가 한 말을 증명해주었다. "우리 모두가 기진맥진한 상태라고. 내가 진한 커피 한 잔 만들어줄게."

라 부르스 구역. 피에레트는 찻집의 유리문을 조금 신경질적으로 밀어 열었다. "여기예요." 그녀는 주위를 두리번거리며 자기를 따라온 시몬에게 말했다. 피에레트는 찻집 안 진열대에 놓인 맛있어 보이는 케이크들, 특히 그녀가 파리에서 가장 맛있다고 생각하는 밀푀유들을 힐끗 바라보았다. 제과사와 요리사는 정말이지 다른 별에 살고 있다니까, 스타 요리사인 그녀는 그것들을 맛볼 때마다 이렇게 생각했다.

"우리 여기 앉을까요?" 시몬이 낡은 벨벳 안락의자에 몸을 던지며 말했다. 아픈 발을 마침내 쉴 수 있게 되어 고마운 마음이었다. 데이비드 보위*가 스타더스트 순회공연 뒤 그녀에게 직접 선물해준, 예전에는 주홍색이었던 비닐 부츠가 그녀의 발에는 조금 컸다. 그 부츠는 시몬에게 시간을 거슬러 올라가게 해주는 물건이었다. 금지된 것을 포함해 모든 것이 허락되었던 무사태평의 시대로.

피에레트는 낮은 테이블을 사이에 둔 건너편 소파에 쓰러지듯 앉았다. 찻집에서 키우는 커다란 고양이가 그녀에게 다가와 무릎 위로

* David Bowie(1947~2016), 1970년대에 유행한 글램록을 대표하는 영국의 싱어송라이터.

뛰어올랐다.

"너 왔구나." 피에레트가 고양이에게 말했다.

그녀는 아침에 통화했던 찻집 주인을 눈으로 찾았다. 하지만 그는 찻집 안에 없었다. 짧은 재킷에 나비넥타이를 맨 젊은 웨이터가 주문을 받으려고 그들에게 다가왔다.

"밀푀유 하나 주문할게요." 피에레트가 조금 흥분하며 말했다.

"좋지. 밀푀유 하나랑 무지개 차 한 잔." 시몬이 추파로 여겨질 수도 있는 윙크를 날리며 웨이터에게 말했다.

웨이터는 호텔학교에서 배운 대로 몸을 조금 굽혀 그녀를 응대했다.

"나도 똑같은 차로 마실게요." 피에레트가 입술 끝으로 덧붙였다.

옆 테이블에서는 머리칼을 완벽하게 세팅한 노부인 세 명이, 흥분한 채 가르랑거리는 고양이를 쓰다듬는 피에레트의 눈길을 끌어보려 애쓰며 미소 짓고 있었다.

몇 분 뒤, 피에레트가 찻주전자 뚜껑을 들어 올렸다. 찻주전자 안에는 티백 대신 LSD가 스며든 작은 압지 두 장이 들어 있었다. 그 압지에 인쇄된 스마일 이모티콘이 그녀를 향해 미소 지었다.

어떻게 내 눈에만 분홍색이 보이는 거지? 아르튀르는 카페를 나서며 궁금해했다. 길에서 그는 푸크시아색 타티Tati 쇼핑백을 든 잘생긴 젊은이와 마주쳤다. 아르튀르가 흐뭇한 얼굴로 미소 지었지만, 젊은이는 그 공감의 표시를 잘못 해석하고 눈을 내리깔았다. 유아 용품을 파는 상점 앞에서, 아르튀르는 아기용 점프슈트를 보며 감탄했다. 한 벌 살 뻔했지만, 그 조그만 분홍색 천 조각의 가격을 알고 깜짝 놀랐다.

그는 분홍색이 보일 때마다 감탄하며 하루 종일 파리 시내를 돌아다녔다. 분홍색은 도처에 존재했고, 그는 그 상황을 도무지 이해하지 못했다! 엷게 바랜 분홍색, 선명한 분홍색, 낡은 분홍색, 장밋빛 분홍색, 족히 100가지 색조의 분홍색이 있었다! 그것들은 잿빛 사막 안의 알록달록한 오아시스처럼 사방에 넘쳐흘렀다.

벤치들은 연령을 불문하고 책 속으로 도피하려는 사람들에게 점령되어 있었다. 어느 노부인이 읽고 있는 소설책의 표지를 보며 그가 속삭여 말했다. "저도 바버라 카틀랜드* 참 좋아합니다."

---

* Barbara Cartland(1901~2000), 영국의 로맨스 소설 작가. 세계적으로 10억 부 이상 팔려 '로맨스의 여왕'이라 불린다.

헌 옷 가게에서는 반짝이는 금장식이 달린 진분홍색 남성용 재킷에 감탄해 발을 멈췄다. 인기 댄스 가수가 입던 의상 같았다. 그가 입기에는 너무 컸다. 그래서 점원은 그 옷을 사라고 권하지 못하고 얼굴을 조금 찡그렸지만, 아르튀르는 신경 쓰지 않았다. '멋진 옷이야.' 그는 활짝 웃으며 열광했다.

진분홍색 재킷으로 갈아입고 다시 산책에 나선 아르튀르는 어느 찻집 안에 분홍색 그릇이 반짝이는 것을 보았다. 찻집 안에서는 세련된 노부인 대여섯 명이 앉아 앞다투어 흠흠거리고 고양이 울음소리를 냈다. 늙은 여성 록 가수가 커다란 몸짓으로 자기 귀를 긁는 동안, 그녀의 친구가 매우 짧게 자른 그녀의 머리카락을 핥았다. 아르튀르는 LSD가 불러온 그 참화 앞에서 한숨이 나오려는 것을 애써 참았다. 몇 분 동안 그 모습을 바라보다가 어느 꽃집 안으로 들어가, 분홍색에서 흰색으로 그러데이션 된 멋진 다마스쿠스 장미 한 다발을 샀다. 자신을 위해 꽃을 사보기는 난생처음이었다.

동네로 돌아온 아르튀르는 50미터쯤 앞에 샤를로트와 루이즈가 걸어가는 것을 보았다. 외출했다가 집으로 돌아가는 듯했다. 어느 때보다 기분이 좋아진 아르튀르는 그들에게 달려갔다. 건물 현관의 디지털 키 버튼을 누르던 샤를로트는 뒤에서 꽃향기가 나는 것을 느꼈다.

"제가 귀찮게 해드렸다면 사과하고 싶습니다, 부인."

샤를로트는 조금 숨 가빠하는 그 목소리를 듣고 아르튀르임을 눈치챘다.

그녀가 아르튀르 쪽으로 몸을 돌렸다.

"사과의 의미로 이 꽃을 드려도 될까요?" 이렇게 말한 뒤 아르튀르는 어쨌든 자기 집엔 꽃병도 없다고 덧붙였다.

"안 될 말이죠!" 샤를로트가 냉정하게 거절했다.

"아니면 커튼은요?" 아르튀르가 시험 삼아 말해보았다.

"아뇨, 됐어요!"

"색연필 주셔서 고마워요." 옆에 있던 루이즈가 눈을 반짝이며 끼어들어 말했다.

아르튀르는 아이의 양쪽 뺨이 분홍빛인 것을 눈여겨 보았다.

그런 다음 아이 키 높이로 몸을 숙이고 최대한 부드러운 목소리로 물었다.

"그 색연필이 무슨 색이었는지 아니?"

루이즈가 잽싸게 대답했다. "분홍색. 아저씨가 입은 재킷처럼요!"

"이제 저를 좀 놔주시죠." 샤를로트가 짜증을 냈다. "제 아이도 가만히 놔두시고요. 계속 이러면 경찰을 부를 거예요!"

"잠깐만요, 이건 굉장한 일입니다. 따님이 색을 보⋯⋯."

하지만 샤를로트는 이미 건물 안으로 들어가 육중한 문을 닫아버린 뒤였다.

"지금 저희 가게에서는 진회색 동그라미 무늬의 회색 커튼을 세일하고 있어요."

샤를로트가 지난 사흘 동안 그 커튼 가게에 들어온 첫 손님이었다. 여자 점원이 깜짝 놀라며 말했다. 그 상점의 유일한 색은 적자를 의미하는 붉은색이었다. 타는 듯한 붉은색. 여자 점원은 손님이 시각장애인임을 알아차리고 바꿔 말했다.

"촉감이 무척 부드러운 대형 커튼도 있어요."

샤를로트는 목소리의 음색으로 그 점원이 키가 크고 건장한 여자일 거라 상상했고, 미묘한 향수 냄새로 아양을 떠는 성격일 거라 예상했다. 그리고 어떻게 아는지 설명할 수는 없지만, 그녀가 웨이브진 머리를 하고 있을 거라 짐작했다.

"난 저게 좋아, 엄마." 온통 분홍색으로 차려입은 루이즈가 프레즈 타가다* 색의 천을 가리키며 말했다.

"아주 예쁜 담회색이에요! 그것도 세일 중이랍니다."

샤를로트는 진즉에 이 생각을 하지 못한 것을 후회했다. 그녀는 해

---

* 1969년 하리보Haribo사에서 출시한 사탕의 상표명.

가 떴음을 알려주는 태양의 직사광선을 식별하는 것, 혹은 어둠이 내렸음을 알려주는 가로등의 나트륨 전구 불빛을 식별하는 것을 좋아했다. 하지만 사람들의 시선에서 스스로를 보호하기 위해 창에 커튼을 달 필요가 있었다. 눈이 보이는 사람들이 모두 그렇게 하는 데는 분명 이유가 있다. 아마도 그 이웃 남자는 나를 노출증 환자로 여긴 것 같아, 샤를로트는 속으로 생각했다.

집으로 돌아가기 전, 그녀는 난생처음으로 QG 카페에 들렀다. 그녀는 담배 냄새, 땀 냄새, 술 냄새를 길거리까지 풍겨대는 그곳이 싫었다. 그 카페는 전에 없이 사람들로 가득 차 있었다. 요즘 카페는 서점과 더불어 유일하게 매출이 오르는 업종이었다.

"안녕하세요! 혹시 여기 아르튀르라는 분 계신가요?"

로스코*의 그림 가격이 대폭 하락해 겨우 5만 유로에 팔렸습니다.

_《르몽드》 인터넷판

---

* Mark Rothko(1903~1970), 러시아 출신의 미국 화가. '색면추상'이라 불리는 추상표현주의의 선구자로, 인간의 근본적 감성을 거대한 캔버스에 스며든 모호한 경계의 색채 덩어리로 표현했다.

아르튀르는 소파에 길게 누워 아이폰 화면에 페이스북을 띄웠다. 다른 사람들도 적어도 한 가지 색을 지각한다는 것을 알고 나니 외로운 기분이 덜했다.

그래서 페이스북에 자신의 '기분'에 대해 글을 올렸다.

LSD를 복용하지 않아도 분홍색이 보여! 기분이 너무 좋아! 다른 사람들은 어때?

'친구들'의 반응이 지체 없이 올라왔다.

안 웃겨.

그러니까 술 좀 끊어.

너 진짜 바보다.

아르튀르가 글을 삭제하려는 순간, 전화벨이 울렸다.

"안녕하세요, 아르튀르. 맞은편 건물에 사는 샤를로트예요. QG 카페 사장님이 전화번호를 알려주셨어요." 대학 식당의 스테이크처럼 부드러운 목소리였다.

"죄송합니다. 제 말을 좀 들어주세요, 저는……."

샤를로트가 아르튀르의 말을 자르고 계속 이야기했다.

"제 아버지는 악은 악으로 해결해야 한다고 늘 말씀하셨어요. 그래서 말인데, 우리 집 창문에 커튼 다는 걸 좀 도와주시면 좋겠는데요."

창밖을 내다보니, 이웃집 여자가 분홍색 천을 손에 들고 창문 앞에 서서 전화를 하고 있는 모습이 보였다.

"5분만 기다리세요. 바로 가겠습니다."

샤를로트는 우리에게 일어나는 일은 부정적인 일이라도 받아들이고 거기서 이로운 점을 끌어내야 한다는, 불교에서 나온 개념인 마음챙김mindfulness 신봉자였다. 그녀는 대학에서 들은 마음챙김 강연을 의식 가득히 떠올렸다. 강사는 실질적인 훈련부터 시작하라고 학생들에게 권했었다.

"자, 이런 상상을 해보세요. 여러분은 중요한 약속 자리에 가기 위해 자동차를 운전하고 있어요. 그런데 주차 공간을 찾지 못해 20분을 허비했고, 약속 시간에 늦어버렸습니다. 드디어 두 자동차 사이에 자리 하나가 비어 있는 것을 발견했어요. 후진해서 주차하려고 그쪽으로 차를 몰고 가는데, 당신을 따라오던 자동차 운전자가 그 자리를 가로채 먼저 주차해버립니다. 심지어 그 운전자는 차에서 내리면서 여러분을 향해 조소를 보내요. 이 상황에서 이로운 점 세 가지를 찾아보세요. 이로운 점에 대해서는 아까 말씀드렸죠!"

강연장에 깊은 침묵이 내려앉았다. 학생 한 명이 손을 들고 말했다.

"제 야구 방망이가 자동차 유리창보다 더 단단하다는 사실을 알게 되는 거요."

"그건 별로 이로움 같지 않은데요." 강사가 그 학생을 진정시키며 말했다. "더 찾아보세요."

강연장이 다시 조용해졌다.

"자, 이 역학을 설명해드리죠. 심한 스트레스 상황에 처하면, 우리 뇌 속의 뉴런 결합이 즉각적으로 자극을 받습니다. 덕분에 인간들은 태곳적부터 위험한 상황에 대비하고 생존할 수 있었지요. 하지만 뇌의 그 부위는 무척 제한돼 있어요. 감정을 다루는 데만 한정되고, 성찰에는 유리하게 작용하지 않습니다. 모든 것은 전두엽 피질 속 뉴런들의 활성화에 달려 있어요. 전두엽 피질이 상상력과 추론을 주관하는 부위거든요. 우리는 그런 식으로 감정을 억제할 수 있는 겁니다."

학생들이 또다시 침묵했고, 강연장에는 회의적인 분위기가 감돌았다.

"저는 자동차용 라디오로 음악을 듣는 것을 이로운 점으로 여길 수 있을 것 같아요." 샤를로트가 침묵을 깨뜨리고 말했다.

"강연에 지각해서 죄송하고요, 저는 그 사건을 농담조로 사람들에게 이야기할 수 있을 것 같아요." 두 번째 학생이 말했다.

"그 사건이 저에게 교훈이 될 거라고 생각합니다. 다음에 중요한 약속이 있으면, 그런 일이 생기지 않도록 시간을 넉넉히 잡고 미리 출발할 거예요." 세 번째 학생이 덧붙였다.

강사가 만족스러운 듯 웃음을 터뜨렸다.

"다행히도 우리의 전두엽 피질은 유연성이 좋아요. 신경과학을 공부하는 학생들로서, 여러분은 사람들이 일반적으로 생각하는 것과 달리 모든 연령대의 사람들에게 신경세포가 새롭게 만들어진다는 사실을 알고 있을 거예요. 훈련을 많이 할수록 우리의 뇌는 어떤 상황에서도 전두엽 피질을 활성화하는 습관을 갖게 됩니다. 우리가 현자라고 부르는 위대한 인물들은 대부분 이런 능력을 가진 사람들이에요."

거울 앞에서 머리를 매만지면서, 아르튀르는 이웃집 여자를 유혹하기에는 자신의 외모가 조금 부족하다는 걸 깨달았다. 그래서 벽장을 뒤져 오래된 조르지오 아르마니 향수를 찾아냈다. 그 향수를 아낌없이 뿌린 다음, 장비들을 챙겼다. 드릴, 줄자, 볼트들을. 몇 초 뒤, 그는 샤를로트의 집 초인종을 눌렀다. 루이즈가 나와서 문을 열어주었다.

"제가 골랐어요." 루이즈가 그에게 커튼을 보여주며 자랑스러운 표정으로 말했다. "다른 것들은 전부 회색이었거든요."

"어느 창문에 커튼을 달 건지는 설명 안 해드려도 되겠죠." 샤를로트가 놀라울 만큼 온화한 목소리로 중얼거렸다.

반 시간 뒤, 아르튀르는 허리 양쪽에 손을 짚은 채 자신의 작업 결과를 찬찬히 살폈다. 그는 이런 일에 소질이 없었지만, 작업 결과는 퀘벡 사람들의 표현을 빌리자면 '나쁘지 않았'다. 볼트들이 조금 크긴 했지만 커튼은 잘 매달려 있는 것 같았다. 루이즈가 다가왔다. 아르튀르는 루이즈가 조그만 손에 로다민 분홍색 색연필을 꼭 쥐고 있는 것을 알아차렸다.

"자요!" 루이즈가 그에게 종이 한 장을 내밀었다.

메모지철에서 뜯어낸 조그만 종이에 그린 그림이었다. 잘 들여다
보니, 분홍색 커튼을 달기 위해 분홍색 재킷 차림으로 회색 창문 앞
나무 걸상 위에 올라가 있는 회색 사람의 윤곽을 식별할 수 있었다.
루이즈의 그림에 따르면, 그는 배가 나왔고, 커튼 봉은 가로로 똑바
로 설치되지 못했다. 아르튀르는 정말로 그런지 그 두 가지를 확인
했다. 불행히도 둘 다 사실이었다.

"내가 선물받은 가장 예쁜 그림이구나." 아르튀르는 아이에게 말
했다. 그것이 그가 태어나서 처음으로 선물받은 그림이니 거짓말은
아니었다.

아르튀르는 당신 딸아이와 내가 분홍색을 본다고 샤를로트에게
말하고 싶어 죽을 지경이었다. 하지만 또 미친 사람 취급을 받을까
봐 감히 그러지 못했다.

"그런데 무슨 일을 하십니까?" 마땅한 화젯거리를 찾지 못한 그는
결국 이렇게 물었다.

샤를로트가 대답했다. "저는 색채 전문가예요."

맙소사! 그녀는 아르튀르를 놀리고 있었다. 아르튀르는 더 이상
묻지 못했다. 그는 루이즈가 준 조그만 종이를 접어 재킷 안주머니
에 넣었다.

"그럼 저는 이만 가보겠습니다. 무엇이든 더 필요한 것이 있으면
도와드릴 테니 연락 주십시오."

"고마워요." 샤를로트가 문을 탁 닫으며 간단히 대답했다.

아르튀르는 QG 카페 앞에서 걸음을 멈추었다. 마침내 영업시간이 되었다. 고된 영업. 게다가 오늘은 보졸레 누보가 출시되는 날이었다. 새날을 맞이하는 포도주.

E L 제임스의 새 장편소설 《그레이의 100만 가지 색조》가 곧 출간될 예정입니다. _《르몽드》 인터넷판

"내 눈엔 이 포도주 색이 보인다니까." 아르튀르가 택배 배달원인 친구 모모에게 되풀이해 말했다.

"포도주 색에 대해 이야기하지 말고, 외양에 대해 이야기하자고." 모모가 대꾸했다.

"그래서 이 보졸레 누보의 외양이 어떤데?"

"이거? 물에 희석한 시멘트 아니면 기네스 맥주와 비앙독스*의 중간쯤 된달까."

"전에는 어땠는데?"

아르튀르의 질문에 모모는 상반신을 부풀려서 전문가 같은 자세를 취하고는, 잔에 담긴 포도주를 굴려 그 광채를 주의 깊게 살펴보았다.

"전문가들은 연한 체리색, 담홍색 같은 묘사로 포도주의 신선함을 이야기하지."

"그래서 이 색깔이 뭔데. 담홍색? 분홍색? 나는 올해에 출시된 보졸레 누보가 분홍색이라는 걸 단언할 수 있어!"

---

* Viandox, 프랑스에서 파는 간장의 상표명.

"아니야, 보졸레 누보는 로제와인이 아니라고."

한 가지 생각이 아르튀르의 술 취한 머릿속을 스치고 지나갔다.

"나에게 좋은 생각이 떠올랐어. 비교를 해봐야겠어. 그로, 여기 로제와인 한 잔 갖다줘요!"

그로가 천장을 올려다보고는 아르튀르에게 새 포도주 한 잔을 가져다주었다.

"자, 자네도 잘 보이지. 이제 우리는 로제와인을 로제라고 부르지 못할 거야." 아르튀르가 실망해서 말했다. "거의 회색으로 보이는군. 표면에 분홍색의 반사광이 조금 보이긴 하지만 그것뿐이야. 이제 나는 분홍색 전문가라고 자부할 수 있어. 그런데 잘 보니 이 로제와인엔 오히려 오렌지빛이 조금 도는 것 같군. 낭패야, 그냥 놔두면 안 되겠어." 아르튀르는 이렇게 말한 다음 고개를 뒤로 젖히고 잔을 입술에 갖다 댔다.

"자네 그놈의 분홍색 이야기로 또 사람들을 성가시게 하는구먼." 질베르가 보졸레 잔을 가져가기 위해 바 쪽으로 다가오며 투덜거렸다.

"그러니까 자네 눈엔 이 색이 보인다는 거야?" 질베르가 거만한 표정으로 물었다.

"물론이죠!"

"그럼 테스트를 해봐야겠군. 전에 분홍색이었던 물건이 나에게 하나 있을 거야."

질베르가 자기 지갑을 열었다.

"운전면허증이 분홍색이네요." 아르튀르가 즐거운 표정으로 말했다.

"자네는 나를 둥지에서 떨어진 자고새 새끼로 취급하는군. 운전면허증이 분홍색인 건 누구나 아는 사실이잖아. 자, 이 사진을 좀 보게나." 질베르가 지갑에서 사진 한 장을 꺼냈다.

신혼부부 한 쌍이 스무 명쯤 되는 하객과 대부분 아시아 출신인 모자 쓴 여자들 사이에서 웨딩 케이크를 앞에 두고 서 있었다. 신부처럼 보이는 여자는 머랭색 드레스 차림이었다. 아르튀르는 질베르의 얼굴을 뚫어져라 바라보았다.

"사람들은 술이 기분을 유지시켜준다고 말하죠. 이 사진 속에 있는 신랑이 당신인가요?"

"맞아, 그 사진 속에 분홍색이 보이나?"

"분홍색 옷을 입은 사람은 아무도 없는데요." 아르튀르가 자기 술잔으로 다시 눈길을 돌리며 대꾸했다.

"잘 봐!"

"글쎄요……. 아, 당신이 분홍색 구두를 신었네요!"

질베르는 깜짝 놀라 입을 쩍 벌리고 아르튀르를 응시했다.

그러고는 여전히 놀란 표정으로 모모를 향해 횡설수설 말했다. "이 친구가 괜한 말을 한 게 아니었구먼그래."

"페타르* 분홍색 구두를 신었네요. 이 분홍색이랑 조금 비슷해요."

---

* Pétard, '폭죽'을 뜻한다.

아르튀르가 루이즈의 그림을 꺼내며 말했다. "제 맞은편 집에 사는 여자아이가 저에게 준 겁니다."

"맙소사!" 질베르가 그 그림을 보며 울부짖었다.

"왜요?" 아르튀르가 물었다.

"오, 빌어먹을." 그로가 속삭이듯 말했다.

"젠장!" 모모가 마지막으로 내뱉어 감탄사들의 행진을 마무리 지었다.

"왜 그러는데?"

"나도 이 그림에서 분홍색이 보여!" 카페 주인 그로가 성모 마리아라도 본 듯 불분명한 소리로 더듬거렸다.

"나도 마찬가지야! 보졸레 누보도 보여, 지금은 분홍색이네!" 모모가 감탄해서 말했다.

"내 눈에는 이 사진 속의 내 분홍색 구두도 보여!" 질베르가 외쳤다.

아르튀르는 바 위로 올라가 머리 높이에서 그림을 흔들어 열 명쯤 되는 카페 안의 술꾼들에게 보여주었다. 누가 그 모습을 봤다면, 권투 경기의 다음 라운드를 알리기 위해 링 위에 올라간 라운드 걸인 줄 알았을 것이다.

"에잇, 기분이다. 제가 손님들에게 한 잔씩 돌리겠습니다!" 그로가 종을 울리며 떨리는 목소리로 외쳤다.

피에르 술라주*의 '우트르누아르' 연작 한 점이 3억 1,000만 달러에 팔려 전 세계에서 가장 비싼 그림이 되었습니다. _《르몽드》 인터넷판

---

* Pierre Soulages(1919~), 프랑스의 화가이자 판화가, 조각가. 검은색을 주조로 추상회화를 선보였다. 1979년부터는 화폭 전체를 검은색으로 칠하고 그린 작품들을 '우트르누아르Outre-Noir'라고 불렀다. '우트르누아르'에서는 검은색이 빛과 만나 조형적 힘을 발휘한다.

아르튀르는 잠을 이루지 못했다. 숨이 막히고 머리가 핑핑 돌았다. 숨을 좀 쉬어보려고 창문을 열었다. 추위가 본격적으로 파리를 점령했고 그가 알몸 상태임에도 불구하고 자꾸 땀이 났다. "술을 끊어야 돼." 이마에 맺힌 싸구려 포도주 냄새가 역겨워 이번 주 들어 벌써 서른 번째 이 말을 되풀이했다. 그의 손에는 루이즈가 준 그림이 둥글게 뭉쳐진 채 소중하게 쥐어져 있었다. QG 카페에서 손님 하나가 그것을 훔쳐 가려고 했었다. 험한 말이 오가고 어조가 격앙되었다. 아르튀르는 몸싸움을 두려워하지 않았다. 몸싸움은 럭비 선수 시절을 생각나게 했다. 그러나 그는 정상적인 상태가 아니었다. 술값을 내는 것조차 '잊을' 정도로 쇠락해버렸다. 날카로운 초인종 소리가 그를 반수 상태에서 끄집어냈다. 방금 초인종이 울렸나? 마지막으로 이 집 초인종을 누른 사람이 편지를 전달하러 온 건물 경비원이었지. 그런데 대체 누가 밤 11시에 남의 집 초인종을 누르는 거지? 그로가 외상값을 받으러 왔나? 침대에 알몸으로 누운 아르튀르는 몸이 마비되는 느낌이었다.

"누구세요?" 그가 외쳐 물었다.

"밤늦게 죄송합니다, 저는 기자인데요." 낯선 악센트의 목소리가 대답했다.

"내일 다시 오세요. 지금 제 몸 상태가 별로 좋지 않습니다."

"잠시만 이야기 나눌 수 없을까요."

하지만 아르튀르는 머릿속에 소용돌이치는 현기증을 쫓아내기 위해 잠을 자고 싶은 마음뿐이었다.

"내일 오세요!"

갑자기 어렴풋한 소음이 들려왔다. 밖에서 현관문을 강제로 연 것이다. 희미한 빛 속에서, 복면을 쓰고 무장한 두 남자가 그의 앞에 불쑥 모습을 드러냈다.

술기운이 아직 가시지 않은 탓인지 아르튀르는 두려움조차 느끼지 못했고, 오히려 짜증이 났다. 그러나 다음 순간 깨달았다. 이들도 그에게서 그 그림을 훔쳐 가려는 것이다.

"그건 선물이야, 내가 받은 하나뿐인 선물이라고. 내 거야!" 아르튀르는 종이를 손에 쥔 채 외쳤다.

"그 그림 어디 있어?" 첫 번째 남자가 불을 켜면서 물었다.

그 남자는 몰로스 개처럼 덩치가 컸다.

아르튀르는 그 종이 뭉치를 얼른 입 속에 쑤셔 넣고 잇몸과 뺨 사이로 밀었다.

두 남자가 그를 침대에서 거칠게 끌어내 엎드린 자세로 바닥에 밀어붙인 뒤 두 손을 뒤로 돌려 움직이지 못하게 했다. 능숙한 몸짓이었다. 전문가들이 틀림없었다. 아르튀르는 종이가 입 속에서 녹는 것을 느꼈다.

"그 그림 어디 있냐고!" 그들이 단호한 어조로 다시 물었다.

"엿이나 먹어." 아르튀르가 잇새로 중얼거렸다.

두 번째 남자가 아파트 구석구석을 함부로 뒤지기 시작했다. 테이블들을 넘어뜨리고, 서랍과 옷장들을 모조리 비워냈다. 아르튀르는 이 상황이 웃기다고 생각했다. 마치 액션 연기에 몰두하는 히치콕 영화의 주인공이 된 기분이었다. 주인공들은 늘 궁지에서 잘 벗어난다. 게다가 항상 금발 미녀와 함께 침대 속에 있는 장면으로 영화가 끝난다.

"젠장맞을, 얼마 전에 청소했는데!"

덩치 큰 남자가 아르튀르의 머리카락을 움켜쥐더니 고개를 들게 했다.

"어디다 숨겼어?"

이 두 녀석 마치 로럴과 하디* 같군, 두 침입자를 똑바로 쳐다보면서 아르튀르는 갑자기 이런 생각을 했다. 중산모를 턱까지 눌러쓴 로럴과 하디.

아르튀르가 바보 같은 미소를 짓자, 곧바로 하디가 한쪽 손으로 그의 따귀를 철썩 올려붙였다. 그런 바람에 입 속의 종이 뭉치가 목구

---

* 스탠 로럴(Stan Laurel, 1890~1965)과 올리버 하디(Oliver Hardy, 1892~1957)가 1927년에 결성한 코믹 듀오. 25년 가까이 활동하며 100편이 넘는 영화를 찍었다.

멍으로 넘어가 박혔다. 아르튀르는 숨이 막혀서 입을 벌렸고, 그 통에 하디가 그 종이 뭉치를 보았다.

"뱉어!" 그가 소리쳤다.

그렇지만 너무 늦었다. 아르튀르는 이미 종이 뭉치를 삼켜버린 뒤였다.

하디가 아르튀르의 몸을 번쩍 쳐들더니, 고개를 숙이게 하고 그의 등을 마구 두들겼다.

"술을 찾아봐." 그가 아르튀르의 몸을 다시 뒤집으며 로럴에게 지시했다. "토하게 만들어야겠어."

하지만 로럴의 눈에 보인 것은 쓰레기통 옆에 있는 빈 파스티스 병뿐이었다. 빌어먹게도 아르튀르가 그 술을 전부 마셔버린 것이다. 로럴이 욕실 세면대 위에 놓인 향수병을 발견했다. 그들은 그 향수병을 가져와 그의 입 속에 처박았다. 하지만 예상과 달리 아르튀르는 발버둥치지 않았고, 더 달라고 부탁이라도 할 기세로 향수를 꿀꺽꿀꺽 마셨다.

"이걸로는 소용없겠어. 이제 어쩌지?" 로럴이 물었다.

"내가 알아!" 하디가 무거운 한쪽 발로 아르튀르의 머리를 짓누르며 대답했다.

하디는 텔레비전 퀴즈 프로그램에라도 나온 양, 아르튀르의 머리를 마치 부저처럼 사용했다. 그의 머리를 있는 힘껏 연거푸 내리쳤다. 그때마다 아르튀르는 소리 나는 부저처럼 비명을 내질렀고, 그

때마다 뇌 척수액 속에 담긴 그의 뇌가 두개頭蓋 내의 판에 부딪치며 그의 의식 안에 여러 색의 불꽃을 만들어냈다. 오, 예쁜 파란색! 오, 예쁜 빨간색! 마지막 충격은 훨씬 더 강력했다. 다양한 색으로 이루어진 마지막 불꽃 다발을 보고 그는 의식을 잃었다. 하디가 이렇게 말하는 소리만 간신히 들었을 뿐이다. "아무래도 이놈 배를 갈라야겠어!"

아르튀르는 침실 바닥에 알몸으로 쓰러져 있었다. 몇 초, 몇 분, 몇 시간이 흘렀는지 알 수 없었다. 두 남자는 거실에서 열심히 토론 중이었다. 아르튀르는 몸은 움직이지 않고 한쪽 눈만 조심스레 떠보았다. 배에서 피가 나지는 않았다. 그러니까 그는 아직 살아 있는 것이다. 손에 식칼을 든 로럴의 모습이 문밖으로 보였다. 그의 식칼이었다! 다행인 점은 그가 지난 몇 년 동안 그 칼을 갈지 않았다는 사실이고, 불행인 점은 마비 상태에서 점차 빠져나오면서 두 남자가 나누는 대화 소리가 그의 귀에 또렷이 들려온다는 사실이었다.

"내가 저 녀석의 배를 가를 테니까, 너는 배 속을 뒤져서 그 종이를 빼내!" 로럴이 말했다.

"그 반대로 하면 안 돼? 내가 입은 이 옷 완전 새거라고. 피가 묻으면 세탁소에 맡겨야 하잖아. 게다가 담즙의 산성 성분 때문에 색이 변할 거야."

"지금 네가 입은 옷은 회색이잖아."

"진회색이야! 옷에 얼룩지는 것도 싫고!"

"그럼 동전을 던져서 결정하자고." 하디가 주머니에서 동전 하나를 꺼내며 말했다.

아르튀르는 머리가 아팠다. 몇 초 뒤면 배가 엄청 아프겠지, 차라리 다리가 아픈 게 나을 거야, 그는 벌떡 몸을 일으켜 열린 창가로 쏜살같이 달려가며 생각했다. 그런 다음 앞뒤 생각하지 않고 3층에서 몸을 날려 QG 카페의 차양 위로 뛰어내렸다. 왼쪽 발로 바닥을 디뎠고, 일진이 사나운 것을 증명하듯 곧장 발목을 접질렸다. 생존 본능이 불타올랐다. 발목의 고통도 잊고 가능한 한 빠르게 14구 경찰서 쪽으로 달려갔다. 달리던 그를 멈춰 세운 것은 피가 나는 두 발도, 아픈 발목도 아니었다. 오히려 그가 한 손으로 가리고 있던 남성의 심벌이 그를 멈춰 서게 했다. 경찰서에 있던 얼빠진 순경이 애벌레처럼 홀딱 벗은 남자가 자기를 향해 달려오는 것을 보고 부끄러워하는 몸짓을 했기 때문이다.

기상 캐스터가 두 발이 엉킨 채 회색으로 표시된 프랑스 북쪽 절반 그리고 구름이 없음에도 회색으로 표시된 남쪽 절반의 날씨에 대해 혼란스러운 표정으로 횡설수설 설명한 다음 샤를로트에게 마이크를 넘겼다.

좋은 소식이 있습니다. 색이 사라진 현상이 흰색, 회색 그리고 검은색에 대한 우리의 지각 능력을 날카롭게 벼리고 있습니다. 극권極圈에 사는 에스키모들을 생각해보십시오. 그들에게는 흰색을 뜻하는 단어가 스물다섯 개 이상 있습니다. 오래전부터 매일 눈과 접촉해온 덕분에 흰색에 대한 감수성이 예리해졌다는 증거지요. 비디오 게임, 특히 전쟁 게임을 하며 많은 시간을 보내는 우리의 젊은이들을 떠올려보십시오. 무슨 생각이 떠오릅니까? 오래전부터 그들은 회색에서 훌륭한 대비 감각을 발전시켜왔습니다. 덕분에 어둠을 더 잘 볼 수 있었지요.

네, 그렇습니다. 색에 대한 감각은 시대와 문화에 따라 변합니다. 예를 들어 아리스토텔레스 시대에는 색을 일컫는 명칭이 흰색, 빨간색, 녹색, 파란색, 검은색, 이렇게 다섯 가지뿐이었습니다. 다른 색을 뜻하는 단어는 존재하지 않았죠. 아마도 그래서 그리스 사람들이 색에 특별히 민감하지는 못했던 것 같습니다. 그들에게는 밝음과 어둠이 지배적인 개념이었습니다. 그래서 색을 흰색과 검은색 사이의 광도光度로만 분류했습니다……. 고대에는 무척 환한 노란색을 흰색이라고 했고, 무척 어두운 파란색을 검은색이라고 했습니다…….

아즈텍인과 일본인 등 많은 민족이 오랫동안 파란색과 녹색을 혼동했습니다. 몇 주 전만 해도 일본의 자동차 운전자들은 신호등의 녹색 불을 '파란불'이라고 말했죠. 그 녹색 불은 서양에 사는 우리가 보는 녹색 불과 동일한데도요. 저는 덤벙거리는 자동차 운전자들에게 이것을 상기시키는데요, 옛날에 신호등의 아래쪽 불은 3색이었습니다…….

그럼 내일 뵙겠습니다, 청취자 여러분.

"마누, 이리 와서 이분 이야기 좀 들어봐!" 수사관이 외쳤다.

계급장을 단 마누라는 경찰이 사무실 안으로 들어왔고, 웬 벌거벗은 남자가 의자에 앉아 있는 것을 발견했다. 수사관이 따닥거리며 인쇄를 마친 프린터에서 A4 용지 한 장을 꺼냈다. 그리고 미소 띤 얼굴로 읽기 시작했다.

아르튀르 아스토르의 진술: 나는 지난밤 파리의 내 집 아래층에 있는 QG라는 이름의 단골 카페에서 친구들과 함께 보졸레 누보로 축하 파티를 열었다. 그때 그 포도주가 분홍색인 것을 똑똑히 보았다. 그리고 이웃집에 사는 여자아이가 그린 그림을 카페 안의 다른 손님들에게 보여주었는데, 그때 모두들 그 그림에서 분홍색을 보기 시작했다. 우리는 그 일을 축하하기 위해 몇 잔을 더 마셨고, 나는 잠을 자러 집으로 올라갔다. 몇 시간 뒤, 복면을 쓴 두 남자가 문을 부수고 내 아파트에 침입해 내게서 그 그림을 훔쳐 가려 했고, 나는 그 그림을 입에 넣고 삼켜버렸다. 나를 공격한 자들은 무척 위험한 전문 범죄자들이었다. 그들이 누가 내 배를 가를지 동전을 던져 결정하려는 동안, 나는 창밖으로 뛰어내려 도망쳤다. 그리고 그들을 신고하려고 곧장 이 경찰서까지 달려온 것이다.

마누가 머리를 긁적였다. 만약 보졸레에 LSD가 섞여 있었던 거라면 낭패였다!

"좋습니다. 여기에 서명하시죠, 선생님."

"믿기 힘들겠지만 사실입니다!" 아르튀르가 펜을 들면서 말했다. "카페 손님들 중 누가 그 녀석들에게 알려준 게 틀림없어요."

마누가 심각한 표정으로 고개를 주억거리며 말했다. "지금 선생님은 큰 위험에 처해 있습니다. 저희가 몇 시간 동안 안전한 곳에서 보호해드리겠습니다."

"아, 지금 생각해보니, 이웃집 여자아이가 저에게 그 그림을 줬다는 사실을 그놈들이 알고 있는 것 같아요. 그 여자아이도 보호해줘야 합니다. 저희 집 바로 맞은편 건물 3층입니다. 전화번호는 모르고요. 그 아이 이름은 루이즈, 아이 엄마 이름은 샤를로트입니다."

"물론이죠! 저희가 헬리콥터를 띄워 감시를 시작하겠습니다. 파리에 분홍 코끼리 떼가 있다면 높은 데서 보면 잘 보일 테니까요. 수사관님, 이분에게 바지와 셔츠를 드리고 술 깨는 방으로 데려가십시오. 거기라면 그놈들이 절대 찾아내지 못할 거예요." 경찰이 비웃으며 말했다.

아르튀르가 경찰서에서 나와 맨 먼저 생각한 것은 늦기 전에 이웃 집 모녀에게 알려야 한다는 것이었다. 그들의 일과에 관해 그가 아 는 것은 루이즈의 하교 시간에 맞춰 샤를로트가 학교로 루이즈를 데 리러 갈 거라는 것 그리고 함께 지하철을 타고 집으로 돌아올 거라 는 것뿐이었다. 그래서 그는 자기 집으로 돌아가지 못하고, 가능한 한 몸을 숨긴 채 지하철 플랫폼에서 참을성 있게 기다렸다. 대충 5시 쯤 여길 지나갈 거야, 그는 생각했다.

"실례합니다만 지금 몇 시입니까?" 그가 어느 노부인에게 물었다.

그러나 노부인은 뒤로 흠칫 물러서더니, 아무 대꾸도 하지 않고 고 개를 숙인 채 걸음을 빨리해 멀어져갔다. 그제야 아르튀르는 자신이 더러운 맨발이고 몸에 비해 너무 큰 바지를 입고 있다는 사실을 깨 달았다. 이상적인 사윗감의 모습은 절대 아니었다.

"저는 지금 몇 시인지 알고 싶을 뿐이에요." 그는 여러 사람에게 간 절히 물었다.

"5시 32분이에요." 수염을 기른 젊은 힙스터 한 명이 마침내 자신 의 애플 워치를 들여다보며 대답해주었다.

시간이 이미 지나버렸다. 불행한 일이 일어난 것이 틀림없었다!

아르튀르는 공포에 질려 속으로 울부짖었다. '아무도 내 말을 믿어주지 않아. 심지어 나조차도 내가 하는 생각을 믿을 수 없어.'

아르튀르는 절망에 빠졌다. 그들 모녀를 다시 만날 수만 있다면, 앞으로 술을 단 한 방울도 입에 대지 않겠어. 잠시 후 지하철 객차에서 하얀 지팡이가 나오는 것을 보고 그는 곧바로 덧붙였다. 낮 시간에는! 잠시 후, 샤를로트와 공주처럼 차려입은 루이즈가 손을 잡고 있는 모습이 보였다. 아르튀르는 그들에게 할 말을 속으로 수십 번은 되뇌어본 상태였다. 바보 취급을 받긴 하겠지만 선택의 여지가 없었다. 유일한 방법은 루이즈에게 말을 거는 것이었다. 그는 모녀가 자기 앞을 지나가길 기다리며 루이즈의 눈높이에 맞게 의자에 앉아 있었다. 그리고 그들이 지나갈 때 루이즈에게 작게 손짓을 했다.

"안녕, 루이즈. 네가 준 그림 참 마음에 들더라. 내 친구들한테도 보여줬는데, 모두들 무척 좋아했어."

아르튀르의 칭찬이 조금 거북했는지, 루이즈의 양쪽 뺨이 붉게 물들었다.

샤를로트가 그의 목소리를 알아듣고 말했다. "이보세요, 아르튀르. 우리 집 창문에 커튼 다는 걸 도와주신 건 고마운데요, 다시 한번 부탁드리는데 이젠 우릴 좀 가만히 내버려두세요."

아르튀르는 전략을 바꿨다.

"당신들은 위험에 처해 있습니다. 따님에게는 특별한 재능이 있어요. 이유는 알 수 없지만, 제가 준 색연필로 따님이 그린 그림에 분홍색이 다시 보이는 것만으로도 그걸 충분히 알 수 있어요. 그리고 그것 때문에 어떻게 해서든 그 그림을 탈취해 가려는 무서운 사람들이 있고요. 장담하는데, 결코 만만한 사람들이 아닙니다."

"충고 하나만 해도 될까요?" 샤를로트가 가능한 한 부드러운 목소리로 말했다. "술을 끊으셔야겠어요. 몇 킬로미터 밖에서도 술 냄새가 나네요."

"제발 부탁이니, 집으로 돌아가지 마세요!"

샤를로트는 아르튀르의 말에 대꾸하지 않고, 루이즈의 손을 잡은 채 가던 길을 계속 갔다. 루이즈가 목을 꼬아 아르튀르를 바라보았다. 잠시 후 두 모녀는 지하철역 밖으로 나갔고, 아르튀르는 어쩔 줄 몰라 하며 30미터 정도 그들 뒤를 따라갔다. 갑자기 뭔가 타는 냄새가 났다. 냄새는 점점 더 강해졌다. 모녀와 몇 미터 사이를 두고 그들이 사는 동네에 도착했을 때, 아르튀르는 상황을 파악했다. 샤를로트와 루이즈의 아파트가 불타고 있었다. 검고 짙은 연기가 창문을 통해 새어 나왔고, 소방차가 사이렌을 울리며 쏜살같이 그들을 지나쳐 갔다. 아르튀르는 얼른 두 모녀에게 달려갔다.

"당신 아파트에 불이 났어요! 여기 있으면 안 됩니다! 제발 내 말을 믿으세요. 무시무시한 사람들이에요."

샤를로트가 연기 냄새를 맡고 우뚝 걸음을 멈추었다. 모든 일이 너무 빠르게 진행되고 있었다. 알코올중독자는 루이즈의 특별한 능력 때문에 그들 모녀가 위험에 처했다고 주장했다. 그리고 100미터 앞에 멈춰 선 저 소방차의 사이렌 소리가 사실이라면, 정말로 그녀의 아파트가 불타고 있을 가능성이 있었다. 혹시 이 남자가 불을 지른 걸까? 커튼을 달아주러 왔을 때 열쇠 꾸러미를 훔쳐내서? 위험한 것은 오히려 이 남자다. 그렇다, 이 남자는 제정신이 아니다! 샤를로트는 루이즈를 보호하기 위해 두 팔로 품에 꼭 껴안았다.

"엄마, 내 색연필!" 타오르는 불길을 보며 루이즈가 우는소리를 했다. "색연필이 내 방에 있어! 가서 그걸 가져와야 돼."

"여기서 도망칩시다." 아르튀르가 말했다. "그자들이 우리를 보면 무슨 짓을 할지 몰라요."

샤를로트는 주저했다. 루이즈는 아르튀르의 말을 믿는 것 같았다. 그런데 왜 루이즈는 색연필을 가져와야 된다고 했을까? 자신이 애착을 느끼는 물건이 걱정되었던 걸까? 그리고 왜 루이즈는 얼마 전까지만 해도 분홍색은 어린아이들이나 입는 색이라고 말하다가 요즘엔 분홍색 옷만 입었을까?

"빨리 타요." 아르튀르가 택시를 불러 세우고 말했다. "어디든 당신이 원하는 곳으로 갑시다."

스무 개의 안경 뒤에서 스무 쌍의 눈이 테이블 끝에 자리한 아르튀르를 관찰했다. 모두들 피에레트가 만든, 갑오징어 먹물에 조린 어린 양 넓적다리 요리를 거무튀튀한 색의 포트와인을 곁들여 먹고 있었다. 적어도 색에 일관성은 있네, 피에레트는 맛있게 먹는 원생들을 보며 한숨을 쉬었다.

방금 아르튀르가 기상천외한 이야기를 끝마친 참이었다. 그의 이야기를 의심하는 사람들이 있었고, 그가 허언증 환자임을 믿어 의심치 않는 사람들도 있었다. 잠이 든 게 아니라면 눈을 감고 깊은 생각에 잠긴 사람들도 있었다. 손녀딸을 무릎 위에 앉힌 뤼시앵만 규칙적으로 고개를 끄덕이고 있었다.

그가 중얼거렸다. "자네 이야기가 사실이면 정말 좋겠군. 피에르 닥*이 말했듯이, 뇌의 회백질이 분홍색이라면 이 세상에 비관적인 생각이 덜할 테니까."

"정말입니다. 맹세하는데, 이 아이와 저의 눈에는 분홍색이 보여요! 저기 저 여자분도 분홍색 옷을 입고 계시네요! 저분에게 맞느냐

---

* André Pierre Dac(1893~1975), 프랑스의 유머 작가이자 코미디언.

고 물어보세요." 아르튀르가 휠체어에 앉아 마치 시계추처럼 리듬에 맞춰 고개를 흔들며 졸고 있는, 피부가 자글자글한 노부인 한 명을 가리키며 말했다.

시몬이 팔을 부드럽게 어루만져 그 노부인을 깨우며 물었다.

"오귀스틴, 지금 입고 있는 블라우스 색이 뭐예요?"

노부인이 소스라쳐 잠에서 깨어나 자기 옷소매를 내려다보며 대답했다. "회색이지!"

"그야 물론이죠. 내 말은 예전에 무슨 색이었냐는 뜻이에요."

"녹색."

"확실해요?"

"아니, 파란색이었나?"

아르튀르는 일전에 찻집에서 고양이와 놀고 있던 스타 요리사와 옛 음반 회사 부장의 얼굴을 알아보았다. 그러나 그 생각을 재빨리 쫓아버렸다.

"루이즈, 저 노부인이 분홍색 옷을 입고 있다고 이분들에게 말씀드려!" 아르튀르가 말했다.

"자기가 원하는 것을 말하라고 어린애를 다그치다니." 뤼시앵이 아르튀르의 말을 잘랐다. "그런데 루이즈, 너 아무것도 안 먹었구나. 너도 맛을 좀 봐야지. 무척 맛있어."

뤼시앵이 접시에서 음식을 포크로 찍어 손녀딸에게 건네주었다. 그러나 루이즈는 거부감이 드는지 입을 꼭 다물고 있었다.

"전 생쥐를 먹고 싶지 않아요. 생쥐는 귀엽잖아요."*

내가 왜 진즉에 그 생각을 못 했지? 샤를로트는 스스로를 나무랐다. 그녀는 의자에 앉은 채로 몸을 돌려 핸드백 안을 뒤졌다. 이 남자를 위험한 정신병자들을 위한 시설이나 중독 치료 센터에 넣어야 하는 건 아닐까. 그러면 적어도 이 모든 것이 꾸며낸 이야기인지 아닌지 알 수 있을 것이다.

"루이즈, 너 할아버지에게 드릴 선물 없니?" 샤를로트가 루이즈에게 봉투 하나를 내밀면서 물었다.

"이게 할아버지한테 드릴 거예요!"

뤼시앵이 그 봉투를 받아 열고 그림을 힐끗 들여다보았다. 그러고는 곧바로 거기 그려진 생쥐가 분홍색인 것을 감지하고 아무렇게나 침을 꿀꺽 삼키고는 발작적으로 기침을 했다.

"할아버지도 생쥐 더 안 드실 거예요?" 루이즈가 물었다.

그 그림이 손에서 손으로 전달되었고, 몇몇 노인들의 입에서 틀니가 떨어져 내렸다.

"당신 블라우스가 정말 분홍색이었네요, 오귀스틴." 시몬이 그 그림을 오귀스틴에게 보여주며 상냥하게 말했다.

"내 말이 바로 그거예요." 오귀스틴이 고개를 크게 끄덕이며 대답

---

* 어린 양 넓적다리 요리의 '넓적다리'를 뜻하는 프랑스어 단어가 '생쥐'를 뜻하는 단어와 똑같은 'souris'이다.

하고는 다시 눈을 감았다.

샤를로트는 이 새로운 현상이 나타난 이유를 생각해보았다. 이 그림이 뇌의 V4 영역과 의식을 활성화하는 영역 사이의 신경 결합을 자극한 걸까? 그렇다면 그야말로 엄청난 일이야!

"모든 사람들이 이 그림을 봐야 해요!" 그녀가 소리 높여 결론 내렸다. "하지만 루이즈가 이 현상의 기원인 것이 알려져 시끄러워지는 건 싫어요."

"나에게 좋은 생각이 있어." 시몬이 그림을 낚아채며 중얼거렸다.

6장

절대적인 목소리가 존재함을
알게 되는 곳

옛 음반 회사 부장 시몬은 가죽 재킷을 입고 귀에 피어싱을 한 모습이었다. 태도, 거동, 행동 방식, 생각 등 모든 것이 나이와는 반대였다. 양쪽 뺨에 팬 깊은 주름이 입꼬리까지 자연스럽게 연결되었고, 덕분에 항상 웃는 표정이었다. 아르튀르는 그녀와 함께 RER 역쪽으로 걸어가며 생각했다. 이 나이 든 아주머니는 엄청 멋지고 신나는 인생을 살아온 게 틀림없어.

시몬이 아르튀르에게 게임을 제안했다. 길을 가면서 누가 먼저 분홍색을 발견하는지. 시몬이 120대 110으로 이겼다. RER의 차창 밖을 내다보던 아르튀르는 분홍색이 태거*들이 좋아하는 색들 중 하나

---

* tagger, 공공장소에 그래피티를 하는 사람.

라는 것을 깨달았다. 사실 분홍색은 곳곳에 있었고, 조금만 주의를 기울이면 발견할 수 있었다.

"111번째네요." 샤틀레역에서 아르튀르가 어느 젊은 남자가 쓴 펠트 천 중절모를 가리키며 말했다. 아기 배내옷 같은 엷은 분홍색이었다. "아마 할머니에게서 빌렸을 겁니다."

"200번째예요." 시몬이 턱으로 사탕 과자 상인을 가리키며 의기양양하게 말했다. 그 상인은 로다민 분홍색으로 꾸민 가게 안에서 분홍색 옷을 차려입고 손님들이 자기 가게의 마시멜로 및 E124 색소가 가득 든 다른 사탕 과자들에 관심을 보이기를 한가하게 기다리고 있었다. 한눈에 보기에도 장사가 무척 안되는 것 같았다.

"저기로 갑시다." 시몬이 전자음악 소리가 나는 쪽으로 아르튀르를 이끌었다. 기름 낀 머리에 트레이닝복을 입은 비쩍 마른 젊은 남자가 샘플러 앞에 서서 전자피아노의 네모난 키보드를 리듬에 맞춰 손가락으로 두드리고 있었다. 그의 앞에 놓인 모자 안에는 잔돈 몇 푼뿐이었다.

그는 고리를 이루며 반복되는 저음부 라인을 만들어냈다. 그런 다음 계속 리듬을 타며 다양한 버튼을 눌러 타악기 소리, 피아노 소리 그리고 몇몇 금관악기 소리를 추가했다. 승객들은 작은 관심조차 보이지 않고 그냥 지나갔다.

젊은 남자가 샘플러에 연결된 전자 기타를 집어 들었다.

음 몇 개가 연주되자 시몬이 외쳤다. "비세이지*의 〈페이드 투 그레이〈Fade to Grey〉야!"

거친 저음의 목소리가 남자의 젊은 나이와 대비를 이루었다. 연주는 완벽했다. 시몬이 춤을 추기 시작했고, 젊은 뮤지션은 시몬에게 미소를 보냈다. 젊은 남자는 치아가 몇 개 없었지만, 기타 솔로를 연주하기 시작했을 때는 그의 감정 표현이 매우 풍부하다는 것을 인정할 수밖에 없었다. 앵거스 영**도 그것을 부인하지 못할 터였다.

"이 젊은이는 매일 여기서 연주를 해요." 시몬이 아르튀르에게 말하며 함께 춤을 추자고 권했다.

조만간 LSD 주사방이 파리에 문을 열 예정입니다. _《르몽드》인터넷판

---

* Visage, 1980년대에 활동을 시작한 영국의 록 그룹.
** Angus Young(1955~), 오스트레일리아의 록 기타리스트.

전 세계 텔레비전 방송국들이 거의 동시에 정규 방송을 중단했다. 방송국들은 시청자들이 파리 지하철역에서 휴대전화로 찍은 버스킹 동영상을 앞다투어 소개했다. 히스테릭한 군중과 뮤지션 사이 바닥에 모자가 놓여 있고, 그 안에 던져진 수십 장의 지폐 밑에 분홍색 생쥐 그림이 조금 가려진 채 놓여 있었다. 남자 뮤지션은 에디트 피아프의 〈장밋빛 인생〉을 광적인 에너지를 실어 테크노 버전으로 연주했다.

동영상 속에서 그 생쥐를 발견하는 순간, 시청자들이 지닌 분홍색에 민감한 뉴런들이 신경세포 수백만 개의 결합들을 연쇄적으로 재활성화시켜 분홍색을 의식적으로 지각할 수 있게 되었다. 흑백의 세상에 방금 음악을 통해 분홍색이 다시 나타난 것이다.

어떤 사람들은 기쁨의 눈물을 흘렸고, 또 어떤 사람들은 성호를 그었다. 어떤 사람들은 터져 나온 웃음을 그치지 못했고, 또 다른 사람들은 어안이 벙벙해져 텔레비전 화면 앞에서 입을 벌린 채 꼼짝도 못 했다.

심장마비를 일으키고 쓰러지는 사람들이 속출해 안타까움을 불러일으켰다. 응급 구조대와 병원에 도움을 요청하는 환자들이 넘쳐났다. 텔레비전 방송국들은 임신부나 노약자는 충분한 예방 조치를 취한 뒤 그 '충격적인 영상'을 시청하라고 황급히 경고문을 덧붙여야 했다. 몇 시간 뒤, 그 동영상은 유튜브에서 〈강남 스타일〉의 조회 수인 26억 뷰를 돌파했다. 사람들이 곳곳에서 포옹하고 서로를 끌어안았다. 자동차 운전자들은 요란하게 클랙슨을 울리고, 차창을 연 채 분홍색 헝겊이나 플러시 천을 깃발 대신 휘두르며 돌아다녔다.

럭비 팬들은 스타드 프랑세 팀이 유로컵에서 우승한 것처럼 열광적이었다. 늙은 사람들은 파리 해방을 다시 경험하는 듯한 기분을 느꼈다.

수천 명의 일본인들이 보통 봄에 벚꽃이 피었을 때 벚나무 밑에서 즐기는 소풍인 전통 행사 하나니를 급히 준비했다. 11월이어서 벚나무 잎은 다 떨어졌지만, 분홍색이 귀환했다는 것은 일본인들에게 예전에 그랬던 것처럼 연한 분홍색의 벚꽃을 보고 다시 감탄할 수 있다는 사실을 뜻했던 것이다.

양로원 원생들은 샤를로트, 루이즈 그리고 아르튀르의 도움을 받아 작업실을 즐겁게 장식했다. 양로원 안에서 찾아낸 분홍색 물건들이 모조리 응접실로 내려왔다. 루이즈가 마시멜로색 종이 타월 한 장을 접시들 위에 조심스럽게 올려놓았다. 샤를로트의 휴대전화가 울렸고, 금속성의 목소리가 그 SMS를 보낸 사람이 누구인지 알려주었다. 호출…… 프랑스 앵테르 편집국장…….

　그녀는 그 호출을 거부했다. 메흐디 토크가 벌써 여섯 번째로 보낸 메시지였다.

　아르튀르는 그 금속성의 목소리를 듣고 자기도 모르게 샤를로트에게 물었다.

　"당신 프랑스 앵테르에서 일해요?"

　"네."

　"거기서 무슨 일을 하는데요?"

　"이미 말씀드렸는데요. 나는 색채 전문가라고."

　"샤를로트…… 그러니까 당신이 바로 라디오 시평 담당자 샤를로트 다 폰세카군요! 하지만……."

　아르튀르는 경악했다. 수년 전부터 그 시평을 통해 청취자들이 색을 사랑하게 만들어온 여자가 실제로는 자기 눈으로 색을 본 적이 한 번도 없다니!

"참으로 놀랍네요." 아르튀르는 이렇게 말한 뒤 이어서 말했다. "당신이라면 대체 어떻게 된 건지 설명해줄 수 있겠지요."

"내 딸아이의 그림이 분홍색을 다시 나타나게 만들었다고 이야기한다면 말도 안 되는 일일 거예요. 내가 허튼수작을 부려 이런 상황을 만들어냈다고 하는 것도 어림 반 푼어치 없는 얘기고요."

"그래도 미디어에서 이미 설명을 찾아냈잖습니까." 아르튀르가 자기 스마트폰에 뉴스를 띄워 읽으며 말했다. "젊은 뮤지션이 〈장밋빛 인생〉을 완벽하고 충실하게 연주한 덕분에 그 멋진 색이 다시 나타나 우리의 미래를 환하게 만들어주었다. 이 수줍은 젊은이는 '절대적인 귀'보다 훌륭한 '절대적인 소리'를 가졌다. 이 연주곡이 음원 사이트들에 곧바로 등록되고 합법적 다운로드 순위의 선두에 이름을 올렸다. 이 젊은 뮤지션은 오늘 오후 녹음 스튜디오에 가서 크리스 아이작*의 〈블루 호텔Blue Hotel〉과 UB 40**의 〈레드 레드 와인Red Red Wine〉을 연주했다. 그러나 불행하게도 빨간색과 파란색은 다시 나타나지 않고 있다."

"프로덕션이 그 젊은이가 지닌 엄청난 음악적 재능을 알아봤나 보네요!" 샤를로트가 미소 지으며 말했다.

---

* Chris Isaac(1956~), 미국의 가수 겸 영화배우.
** 1978년에 결성된 영국의 8인조 팝 밴드.

분당 회전수 2,500 근처에서 분홍색이 보여, 아자이가 정류장에서 택시 엔진의 회전수를 높이던 중 알아차렸다. 그는 눈을 뜨고 휴대전화로 유튜브에 접속해 고국에서 인기 있는 동영상들을 시청했다. 인도 아대륙에 분홍색 가루들이 억수같이 쏟아졌다. 모든 도시들이 핑크 홀리 축제*를 즉석에서 준비했다. 힌두교도들은 분홍색을 띤 베이스 화장품 수천 톤을 한나절 만에 얼굴에 발랐다. 그러나 사람들은 결국 기분 좋은 환희가 아니라 동요와 흥분에 이끌려, 과격하고 맹목적인 시위에 휩쓸려갔다. 떨리는 손들에 색이 극도로 진지하고 인색하게 건네졌다. 많은 힌두교도들이 미신에 의지해 더 이상 몸을 씻지 않기로 했다.

　아자이는 휴대전화를 끄고, 자기 택시의 회색 차체를 오랫동안 응시했다.

　전원을 끄기 직전, 그는 택시 앞 유리창 차양에 붙어 있는 코끼리신의 분홍색 초상을 보았다. 그것이 코로 자동차의 변속기를 가리키

* Holi festival, 인도에서 봄마다 열리는 색채 축제. 겨울이 끝나고 봄이 시작됐음을 기뻐하는 축제로, 컬러 파우더와 물감을 서로 뿌리며 건강과 안녕을 빌어준다.

며 '자, 어서 앞으로 달려가!'라고 말하는 것 같았다. 가네샤가 장애물을 없애주는 신이어서 혹은 분홍색이 그에게 조금이나마 낙관적인 시각을 가져다주어서일까? 아자이는 한숨을 쉬며 기어를 1단에 놓고 출발했다. 택시가 천천히 움직여 주차장을 떠났다. 그는 맨해튼 거리에서 가장 형편없는 핫도그 가게 앞에 택시를 세웠다. 분홍색 화학 색소가 함유된 소시지가 그럴듯하게 보였다. 아자이는 핫도그 네 개를 주문했다. 기다리는 동안 주위를 둘러보니, 조그만 꽃집 앞에 사람들이 길게 줄을 서 있었다. 난초, 목련, 수국, 작약, 아마릴리스, 아네모네, 히아신스, 코스모스, 미나리아재비, 달리아, 국화, 부겐빌레아⋯⋯. 손님들은 꽃잎이 분홍색인 꽃만 사 갔다.

배 속에서 꾸르륵거리는 소리가 나는 것을 들으며 아자이는 하루 일을 시작하기로 결심했다. 손님 한 명을 태웠는데, 그 손님이 월스트리트로 가자고 했다. 증권시장이 폭등세로 다시 열렸다. 재력가들은 색이 분홍색인 모든 상품의 소비 회복세 덕분에 기쁨을 되찾았다. 섬유, 속옷, 장난감, 식기류, 가구류, 침구와 식탁보, 집 안 장식품 등 분홍색 물건들이 몇 시간 만에 전부 팔려 나갔다.

로즈골드를 향한 러시 현상도 일어났다.

아자이는 어느 의류 브랜드 체인점 사장을 택시에 태웠다. 그 사람도 싱글벙글이었다. 점원들이 상품을 진열대에 미처 진열하기도 전에 손님들이 상품을 서로 차지하려고 싸워서 '새로운 컬러'의 여름 상품 재고품을 다시 꺼냈다고 했다. 차를 몰면서 아자이는 택시를 분홍색으로 다시 칠해야 할지 자문했다. 하지만 다른 많은 택시 기사들이 이미 그 생각을 했고, 뉴욕의 자동차 정비소들에는 분홍색 도료가 한 방울도 남아 있지 않았다. 주써 전체에도 마찬가지였다.

저녁이 되었을 때 그는 팁으로 받은 돈을 세어보았고, 손님들의 후한 인심에 깜짝 놀랐다. 계속 이런 식이라면 스스로에게 작은 선물을 할 수도 있겠다고 생각했다. 당연히 분홍색으로. 집으로 돌아온 그는 컴퓨터를 켜고 이베이에 접속했다. 홈페이지 디자인이 분홍색으로 서둘러 바뀌어 있었다. 그는 검색창에 '분홍색'이라고 타이핑했다. 첫 번째 경매 상품은 튀튀 차림의 바비 인형이었다. 가격이 1,000달러가 넘었다! 다른 경매 상품들도 줄줄이 올라와 있었다. 그는 즉시 컴퓨터를 끄고 게임기를 켰다. 볼륨을 최고치로 높이고 눈을 감았다.

아르튀르는 얼마 전부터 비어 있던 양로원의 어느 방에서 눈을 떴다. 경련이 그의 몸을 관통했다. 그는 걸레 조각을 베개처럼 베고 있었다. 몸이 더웠다 추웠다 했다. 손목시계를 들여다보니 오전 11시가 다 된 시각이었다. 블라인드를 통과해 들어온 하얀 빛이 평범한 회색 벽에 줄무늬를 드리웠다. 오래된 분홍색 화병에 말라버린 장미 꽃들이 꽂혀 있었다. 밖에서는 '분홍색 애호가' 혹은 '분홍색 숭배자'들의 요란하고 격렬한 클랙슨 소리가 들려와, 그 전날 하루를 떠오르게 했다.

열두 시간 전 양로원에서 콘서트가 진행되는 동안, 원생들은 뤼시앵이 쟁여둔 로제 샴페인을 각자 더 혹은 덜 절제하며 전부 마셔버렸다. "저것보다는 석류 시럽을 마시는 게 더 나을 텐데요." 노래 한 곡이 끝난 직후 아르튀르는 샤를로트가 자기 말을 확실하게 알아듣도록 큰 소리로 말했다.

테이블에 놓인 술잔들을 곁눈질하며 보낸 매 순간이 그에게 저항할 힘을 주었다. 의지에 작용하는 뉴런들과 도파민 분비를 자극하는 뉴런들 사이 시냅스들의 참호 전쟁. 끔찍하고 불공정한 투쟁. 어

느 순간 두뇌피질의 '보상' 체계가 우위를 점했다. 비열하게. 스스로
도 의식하지 못한 사이, 아르튀르는 널려 있는 빈 잔 하나를 손에 들
고 입가로 가져가, 잔 바닥에 남아 있는 샴페인을 마시기 위해 고개
를 뒤로 젖히는 자신의 모습을 보았다. 그는 바쿠스가 줄을 쥐고 있
는 마리오네트였다. 그 한 모금이 그의 식도를 기분 좋게 태웠다.

바로 그 순간, 그는 자기를 만나러 온 샤를로트에게 이렇게 말했
다. "저 술 끊었습니다." 정말로 그렇게 생각하고 싶었다.

샤를로트는 콧구멍으로 숨을 깊이 들이쉬었다.

"원하는 대로 하세요." 그녀가 대꾸했다.

아르튀르는 자기변호를 하고 싶었다. 하지만 잔 바닥에 남은 그 샴
페인이 중요하지 않다는 것, 그것은 규칙을 공고히 하는 예외일 뿐
이라는 것을 그녀에게 어떻게 설명한단 말인가. 예전 같으면 적어도
열 잔은 '기울였을' 것이다.

"루이즈한테 모든 상표와 모든 색의 색연필들로 그림을 그려보라
고 부탁했어요." 샤를로트가 말했다.

"그랬더니요?"

"색연필들은 그 애 눈에 여전히 색이 없는 채로 보이고 그 애가 그
린 그림들도 회색 그대로래요. 내가 제대로 이해한 거라면, 그쪽이
루이즈에게 준 분홍색 색연필만 특별히 색이 가득한 것 같아요."

이 말을 들은 아르튀르는 점점 더 몸을 떨면서 샤를로트의 손에
들린 샴페인 잔에서 눈을 떼지 못했다.

마침내 그가 말했다. "사실 그 분홍색 색연필은 안료의 양이 다른 것의 스무 배예요!"

"혹시 다른 색 색연필 중에도 안료를 그렇게 많이 넣어 만든 것이 있나요?"

"네, 하지만 전부 재활용됐어요!"

"혹시 그것들이 어딘가에 남아 있지 않은지 찾아보세요, 알 수 없는 일이잖아요. 이건 중요한 일이에요."

"저도 그쪽을 돕고 싶습니다, 하지만……."

"저를 돕는 것이 아니라, 색을 보는 행운을 가졌던 모든 사람을 돕는 일이에요!" 샤를로트가 짜증을 내며 뒤로 돌아섰다.

아르튀르는 즉시 바로 다가가 술잔을 내려놓았다. 우선 술부터 확실히 끊어야 해, 그는 생각을 바꾸도록 자신을 도와주었던…… 의지의 연약한 한 조각을 움켜쥐며 속으로 생각했다. 그런 다음 방으로 달려가 몸을 피했고, 절제와 원통함으로 와들와들 떨면서 잠을 청했다.

아르튀르는 양로원 안을 걸어 다니며 이곳저곳의 분홍색 벽들에 주목했다. 진분홍색, 퐁파두르 분홍색, 좀 더 복잡한 '여자 목동의 엉덩이' 색 같은 원색적인 분홍색들이 있었고, 들장미색, 새끼 돼지 색 같은 환한 분홍색도 있었다. 방마다 그런 분홍색들이 진하거나 연한 회색들에 둘러싸여 있었다. 처음에 실내장식가는 다색 배합을 마음 껏 활용했으리라.

그는 거실로 조심스레 다가갔다. 몸이 점점 더 떨려왔다. 뇌의 포로가 된 두 다리가 그의 몸을 지탱하기를 거부했다. 원생들이 지금은 고인이 된 '특이했던' 실내장식가를 대신할 이상적인 인물을 놓고 토론하는 소리가 들렸다. 원생들 대다수는 플로리스트를 한 명 섭외하기를 바랐다. 샤를로트와 루이즈가 화재가 난 아파트가 원상 복구될 때까지 이 양로원에 머물도록 권유받았다는 것도 알게 되었다. 아르튀르는 복도에 걸린 거울 속에 비친 자신의 모습을 보았다. 마치 파킨슨병에 걸린 부랑자 같았다! 사람들이 나를 그렇게 보는 건 싫어. 그는 RER 역 방향으로 도망쳤다. 신선한 공기를 마시니 기분이 좋아졌다. 이곳저곳에 보이는 분홍색 색조들도 샤를로트의 시평이 부여해주던 것과 똑같은 에너지를 그에게 부여해주었다.

우리가 분홍색을 볼 때면, 기분 좋은 영상을 볼 때와 똑같은 뇌 부위가 활성화됩니다. 다시 말해 '삶을 장밋빛으로 본다'라는 통속적 표현이 과학적 연구를 통해 공고해지는 것이죠.

연구자들은 이 색이 유치원 교실에서 어린아이들의 활동에 미치는 효과를 실험했습니다. 주변 환경이 분홍색일 때 아이들의 그림은 훨씬 더 긍정적이었는데, 이것은 우리가 색으로부터 받는 영향이 상당 부분 타고나는 것이라는 증거입니다.

남자 교도소의 독방을 진분홍색으로 칠해보았습니다. 그러자 재소자들은 훨씬 덜 공격적으로 바뀌었습니다.

하와이대학 레인보 워리어 팀의 옛 코치는 이 연구에 대해 듣고, 원정 온 상대 팀의 탈의실을 분홍색으로 칠하기로 결정했습니다. 그렇게 해서 상대 팀 선수들의 사기를 꺾고, 자기 팀에 승리와 명예를 가져오려 했지요! 원정 온 상대 팀은 미리 세워둔 작전을 잘 활용하지 못했고, 하와이대학이 일부러 탈의실을 분홍색으로 칠한 것을 알고 대학 간 스포츠 경기를 관장하는 웨스턴 애슬레틱 컨퍼런스Western Athletic Conference에 하와이대학을 고소했습니다. 이 기관은 그 고소 건을 노골적으로 몇 번 비웃은 뒤, '원정 팀 탈의실은 홈팀 탈의실과 같은 색이어야 한다'라는 조항을 회칙에 덧붙였고요. 물론 이 이야기는 그때 이후 하와이대학에서 양쪽 팀 탈의실이 모두 분홍색이 되었다는 뜻도, 그 코치가 이후 훌륭한 경력을 쌓았다는 뜻도 아닙니다.

내일 또 찾아오겠습니다, 청취자 여러분.

RER 열차 안에서 아르튀르는 충격을 받았다. 승객들의 족히 절반이 분홍색 옷을 입고 있었던 것이다. 사람들은 서로를 잘 아는 것처럼 대화를 나누고, 서로에게 미소 짓고, 웃었다. 넥타이를 맨 정장 차림의 남자 하나가 소외받는 사람들에 대한 연민을 드러내며 아르튀르의 재킷을 칭찬했다. 당페르 로슈로 역으로 내려가니, 모르는 사람 여러 명이 그에게 인사했다. 아르튀르는 플랫폼에서 열차가 멀어져가는 모습을 바라보며 그들에게 손을 흔들었다. 지금껏 살면서 한 번도 없던 일이었다. 길을 지나가는 행인들도 분홍색 옷차림이었고, 모두들 기분이 좋아 보였다. 다시 출현한 분홍색에는 여성적이라는 내포가 사라져 있었다. 아르튀르는 집으로 돌아갈 준비가 되었지만, 카페 앞을 지나가다가 자기도 모르게 걸음을 멈추었다. 샤를로트의 목소리가 그의 귓가에 울려 퍼졌다. 눈을 감으니 양쪽 뺨에 은은한 장밋빛이 감돌고 선글라스를 낀 그녀의 아름다운 얼굴이 보였다. 그녀는 그가 알코올의 유혹에 저항하지 못할 거라 생각하는 듯 조금 경계하는 표정이었다. 집으로 돌아가선 안 돼, 그는 속으로 생각했다. 지금은 아니야. 아래층에 QG 카페가 있는 한 난 버티지 못할 거야. 빨리 여기서 최대한 먼 곳으로 가야 해.

하지만 어디로 가지? 그는 휴대전화에 연락처 목록을 띄워 주욱 내려보았다. 술을 마시지 않는 친구를 찾아야 했다. 그는 솔랑주의 이름에서 손을 멈추었다. 선택의 여지가 없었다. 그녀가 적격이었다. 함께해줄 친구가 그리운 것도 사실이었다.

프랑스인의 80퍼센트가 자기 아이들이 자기보다 잘살 거라고 생각합니다.

_《르몽드》 인터넷판

솔랑주는 가출했던 손자에게 할머니가 하듯 두 팔을 벌려 아르튀르를 맞이했다. 아무런 질문도 하지 않았다. 그녀는 몽루주의 소박하지만 예쁜 빌라에 있는, 아르튀르와 거의 비슷한 나이의 아들 방을 내주었다. 일주일이 지났지만, 아르튀르는 그녀의 아들이 어디에 있는지 묻지 못했다. 잘은 모르지만 그녀가 아들 일로 괴로워하고 있는 것 같았기 때문이다. 아르튀르는 부모 소식을 모르는 자신도 불행한 사람임을 처음으로 깨달았다.

말할 필요도 없이, 아르튀르와 솔랑주는 너무도 자연스럽게 서로를 양어머니와 아들 관계로 받아들였다. 일종의 묵계였다. 아르튀르는 솔랑주의 '양육'을 받으며 바닥에서 올라가 몸을 추스를 수 있었다. 솔랑주는 그의 엘리베이터였다. 솔랑주는 세심함을 발휘해 찬장을 비우고 술병들을 모두 내다버렸다. 주방을 닦는 데 사용하는 화이트와인 식초까지도. 사람 일을 누가 아는가.

인생의 절반 이상을 공장 동료들과 함께 보낸 솔랑주는 얼마 전부터 은퇴 생활의 외로움을 절실히 느끼고 있었다. 그러므로 실은 그들 두 사람이 지하실에서 위로 올라갈 수 있도록 아르튀르가 엘리베이터의 버튼을 누른 셈이었다.

아르튀르는 그녀 아들의 노 젓기 운동기구를 응접실에 설치했다. 한 번도 사용하지 않은 듯한 새것이었다. 그러나 매일 입는 분홍색 원피스와 대비를 이루는 솔랑주의 슬픈 얼굴을 보고 동작을 멈추었다.

"난 응접실을 분홍색으로 다시 칠하고 싶었어." 그녀가 찬장 쪽으로 급히 걸어가며 조금 화난 표정으로 말했다. "그런데 상점에 가보니 회색 페인트밖에 없더라고. 회색 페인트는 이미 갖고 있는데 말이야!" 그녀는 유리를 불어서 만든 분홍색의 조그만 새끼 고양이 장식품 두 개를 아르튀르에게 보여주었다.

"멋지네요!" 아르튀르는 그것을 보고 진심으로 감탄하며 외쳤다.

내가 어떻게 이것을 아름답다고 생각할 수 있지? 그는 놀랐다.

솔랑주가 그 장식품들을 벽난로 위에 올려놓았다. 그것들은 마치 이 집을 지켜주는 미니 문지기 같았다.

아르튀르는 솔랑주를 기쁘게 해주고 싶은 마음에 분홍색 페인트 한 방울 또는 분홍색 벽지 한 조각을 찾아 동네를 샅샅이 뒤졌다. 하지만 헛일이었다. 빈손으로 돌아가지 않기 위해, 그는 연분홍색 드라제와 마카롱을 사려고 과자점 앞에서 30분 가까이 기다렸다. 살 수 있는 개수가 제한되어 있었다. 한 사람당 다섯 개 이상은 안 되었다.

건축 중인 어느 건물의 울타리에 불법 포스터 한 장이 붙어 있었다. 포스터에는 각진 얼굴의 정치인이 분홍색 넥타이에 정장을 보란 듯이 차려입고 등장해 있었고, '저와 함께라면 미래는 이 색일 것입니다'라고 쓰여 있었다. 아르튀르는 그 포스터를 사진으로 찍어서 자기 페이스북 대문에 올렸다. 그러면서 전날 올린 게시물에 대한 친구들의 반응을 보았다. 지하철에서 조그만 새끼 돼지에 줄을 묶어 데리고 다니는 여자 사진에 '좋아요'가 여든 개 달렸다. 하지만 그가 기다리는 '좋아요'는 그가 올린 사진들을 결코 보지 않을 여자의 '좋아요'였다. 샤를로트에게 페이스북 친구 신청을 했지만, 그녀는 받아주지 않았다. 그래도 그의 페이스북 활동은 매우 활발했다. 그는 여러 번 그녀의 번호를 눌렀지만, 예전에 초록색이었던 통화 버튼은 감히 누르지 못했다. 어쨌든 기회를 잡기에는 자신이 아직 나약하다는 것을 알고 있었다. 갑자기 다정해진 남자들이 꽃 가게로 몰려가 꽃을 거덜 냈다는 사실을 아는 만큼 더욱 슬펐다. 그들은 다시 여자 친구의 손을 잡고 거리를 걸었다. 파리가 달콤한 색조로 물들었다. 길모퉁이마다 방울져 떨어지는 그 무구한 사랑이 아르튀르에게 힘을 주었다. 다시 기운을 차리려고 노력할 힘을.

과자점 앞에서 기다리는 동안, 아르튀르는 라디오를 들으며 샤를로트의 부드러운 목소리에 빠져들었다. 이어폰을 귀에 꽂고 네거리를 건너면서 '샤를로트 다 폰세카의 색채 시평'의 시그널 음악을 들었다. 그러다가 혼잡한 길 한가운데에 우뚝 멈춰 섰다. 메추라기를 발견한 포인터종 사냥개처럼.

분홍색이 지닌 여성적 상징은 마리 앙투아네트가 그 색을 좋아했던 것에 기원을 둔다고 해야 할 것입니다. 마리 앙투아네트는 자신의 금빛 머리칼에서 영감을 얻은 일명 '왕비의 머리칼' 같은 여러 가지 분홍색을 만들어냈지만, 자신이 입은 드레스 색 중 하나인 갈색을 띤 보라색도 만들어냈습니다. 하지만 그녀가 좋아한 색은 분홍색이었어요. 그녀는 베르사유에 분홍색을 과용했죠. 분홍색 침대, 분홍색 리본, 분홍색의 호화로운 드레스들을 사용했고, 심지어 살아 있는 양들의 털을 분홍색으로 염색해서 프티 트리아농에서 그 양들과 놀기도 했어요. 그런데 그 '오스트리아 여자'는 분별없는 사랑 놀음으로도 유명했기 때문에, 루이 16세의 궁정 남자들은 왕비와 '지나치게 친한 사람'으로 여겨질까 두려워 분홍색 옷을 입지 못했답니다. 반면 파리 여자들에게 마리 앙투아네트의 취향은 따라야 할 절대적 모범이었고, 그래서 많은 파리 여자들이 분홍색 옷을 따라 입었지요. 하지만 남자들은 분홍색을 버렸어요. 궁정의 귀족 남자들 중 분홍색 옷을 입는 사람은 아무도 없었죠. 일본 만화는 마리 앙투아네트의 옷차림에서 많은 영감을 얻었죠. 그래서 만화 속 여주인공을 자신과 동일시하는 일본의 젊은 여성들이 분홍색 옷을 자주 입어요. 한편으로 일본은 분홍색이 소녀다운 색으로 여겨지는 유일한 동양 국가이기도 합니다. 검은 아프리카*에서는 남자들이 진분홍색 셔츠를 많이 입습니다. 그 색에 아무런 여성적 내포도 없기 때문이지요. 그들은 분홍색이 자기들의 피부색과 대비를 이루기 때문에 좋아합니다. 분홍색 쿠

* 사하라 사막 이남의 아프리카를 일컫는 명칭.

피야*는 아랍인들의 전통 복장 중 일부지요. 인도 남자들도 분홍색을 좋아합니다. 인도에서 분홍색은 긍정적인 생각을 상징하지요. 프랑스어 표현 '인생을 장밋빛으로 보다'와 일맥상통합니다.

내일 뵙겠습니다, 청취자 여러분.

---

* 무명으로 만든 아라비아의 전통 머리 장식. 건조기후 지역에서 태양광과 모래바람을 막기 위해 사용한다. '쉬마그'라고도 한다.

7장

좋은 적포도주를
따게 되는 순간

분홍색이 다시 나타난 지 거의 6주가 되었다. 아르튀르는 싹들이 다시 나타나기 위해 봄을 기다리지 않는다는 것을 알아차렸다. 나뭇가지들에 분홍색 반사광이 보였다.

아르튀르는 정확히 42일 동안 알코올에 저항하고 있었다. 술을 한 방울도 입에 대지 않았다. 그의 몸이 술을 애원하고 청원하고 간청할수록, 그는 더 열심히 투쟁했다. 그는 자신이 여전히 연약하다는 것을 알고 있었다.

솔랑주와 함께 지내는 것은 상상 이상으로 그에게 도움이 되었다. 그녀는 결코 그를 나무라지 않았을 뿐 아니라, 조언조차 하지 않고 있는 그대로 받아주었다. 그를 기쁘게 해주려고 자신의 라디오 주파수를 프랑스 앵테르에 맞춰주기까지 했다.

아르튀르는 가스통 클뤼젤 색연필의 놀라운 능력에 대해 그녀에게 털어놓을지 여러 번 망설였다. 하지만 그녀가 인생의 페이지를 넘기기를 원한다는 것을 느낄 수 있었다. 그녀는 과거에 선을 그었다.

회복 중인 전사의 영혼이 다시 전투에 나가기를 초조하게 기다리고 있었다. 아르튀르는 그것을 느꼈다. 그것은 일자리를 찾는 것으로 시작되었다. 그럴 준비가 되었다. 하지만 그러려면 정장이 필요했고, 그래서 조금 두렵긴 했지만 집으로 돌아가기로 결심했다. 최근의 통계에 따르면 열 명 중 아홉 명이 분홍색 옷을 입는다고 했다. 하지만 그의 반짝이 재킷은 면접에서 그리 진지하게 보이지는 않았다.

자신의 동네로 돌아간 아르튀르는 새로운 주차 스탬프에 주목했다. 색이 '드라제'빛 분홍색으로 바뀌었는데, 그 덕분인지 주차 요금을 정산할 때 자동차 운전자들이 싫은 기색을 덜 보였다……

일꾼들이 망치와 드릴 소리의 불협화음 속에서 샤를로트의 빈 아파트를 복구하는 중이었다. 아르튀르는 창문 두 개에서 마스카라가 흐른 것 같은 검은 흔적들을 발견했다. 집으로 들어가려 할 때, 질베르가 분홍색 스카프를 두른 차림으로 QG 카페에서 나와 그에게 말을 걸었다.

"이봐, 자네 대체 어디 갔었나? 내가 그로한테서 자네 전화번호를 받아 수십 번은 전화를 걸었는데!"

아르튀르는 대답하지 않았다.

"지하철역에서의 그 버스킹은 참 멋졌어!" 질베르가 자신의 분홍색 스카프를 보여주며 말했다! "하지만 난 그게 자네라는 걸 알아! 그…… 분홍색 술 말이야." 그는 이렇게 말하며 웃음을 터뜨렸다.

"친절하시네요, 하지만 저는 이제 술 안 마십니다."

"보졸레인데도. 자그마치 보졸레 **누보**라고!"

질베르가 아르튀르에게 농담을 한 것은 처음이었다. 그러니 화내지 말아야 했다.

"아뇨, 괜찮습니다."

질베르가 카페 입구를 향해 돌아서서 목청 높여 말했다.

"그로, 아르튀르가 왔어요. 우리가 마실 보졸레 누보 두 잔 부탁해요!"

"아뇨, 저는 그냥 페리에로 주십시오." 아르튀르가 카페 안으로 들어갈지 말지 망설이며 말했다. 그의 두 다리가 대신 결정을 내려 그를 끌고 갔다.

"그로가 오직 자네를 위해 마지막 한 병을 따로 남겨두었다고."

"여기 있네." 그로가 한 손으로는 잔 세 개를, 다른 손으로는 포도주 병을 휘두르며 말했다.

"아니, 아까 말했잖아요. 나는 페리에로 달라고……."

그로가 보졸레 석 잔을 따르고는, 페리에 한 잔을 마지못해 추가로 내놓았다. 아르튀르는 술잔에 손대지 않으려고 안간힘을 썼고, 탄산수로 건배하는 데 성공했다. 손이 떨렸지만 자신이 강해졌다고 느꼈다. 그의 휴대전화가 울렸다. 모모였다.

"자네 지금 위험해!"

"그게 무슨……."

"닥쳐! 질베르의 주의를 끌지 않으려면 세상에서 가장 쿨한 표정을 지으라고. 나는 길 바로 건너편에서 자네를 보고 있어."

고개를 돌려보니, 시동을 건 베스파에 탄 모모가 보였다.

"조심해서 도망쳐, 아르튀르. 어서!"

그 짤막한 대화를 엿들은 질베르가 만류하려는 우정 어린 몸짓으로 아르튀르의 어깨를 붙잡았다. 그렇게 세심하게 배려하는 것은 정말이지 평소 질베르의 태도와 거리가 있었다.

"화장실 좀 가야겠어요." 아르튀르가 가능한 한 침착하게 자리에서 일어나며 말했다.

"나도. 나랑 같이 가세."

아르튀르는 질베르를 저지하기 위해 테이블을 뒤엎고 카페 밖으로 달려 나갔다. 질베르가 여전히 얼굴에 미소를 띤 채 그를 따라왔다. 그를 매우 바싹 뒤쫓았다. 그의 달리기 실력이 럭비 시합에서 100미터를 12초에 주파하는 수준인데도, 질베르는 놀랍게도 불과 몇 미터 간격을 두고 그를 쫓아왔다.

"여기 타!"

모모가 말했다. 아르튀르는 스쿠터 짐칸 위로 납작 몸을 날린 뒤 택배 배달원의 목을 감싸 안았다. 그 순간 스쿠터는 조금 균형을 잃었지만 이내 요란한 소리를 내며 출발했다. 아르튀르는 베스파 위에 수평으로 올라타 뚱뚱한 택배 배달원의 옷깃에 매달리고, 두 발을 허공에 늘어뜨리고, 턱을 어깨에 박은 채 눈을 감았다. 모모가 속도를 높였고, 그들은 추격자를 따돌리는 데 성공했다.

"자네 지금 위험하다고!" 모모가 외쳤다.

"아까 이미 말했잖아."

"질베르 그 얼간이가 문제야!"

"알아들었어, 고마워."

"삼합회 이야기를 벌써 들은 거야? 질베르가 삼합회를 위해 일한대."

"하지만 그 사람은 중국인이 아닌데!"

"그 사람 부인이 중국인이야! 그 사람이 삼합회에 전부 다 이야기했어. 자네가 만든, 안료가 엄청 많이 들어간 색연필과 그 여자아이 이야기 말이야. 그들은 그 그림을 손에 넣길 원해. 하지만 자네가 그 그림을 먹어버린 것 같으니까 자네 이웃 여자 집으로 간 거야. 그 집에서 그 색연필과 그림 여러 장을 찾아냈고."

"하지만 왜 불까지 지른 거지?"

"그 여자아이가 그린 그림을 전부 가져오라는 것이 삼합회의 명령이었어. 하지만 그 여자아이는 사방에 그림을 그려놓았어. 심지어 자기 방 벽에까지. 그러니 색을 사라지게 하려면 아파트에 불을 지르는 것 말고는 달리 방법이 없었던 거지."

"분홍색이 다시 나타나는 걸 막으려고 하는 이유가 대체 뭔데?"

"그건 나도 잘 몰라. 아마도 무슨 이해관계가 있겠지."

"하지만 벌써 틀린 일이잖아! 이미 분홍색이 도처에 깔렸는데."

"이건 시작일 뿐이야, 친구. 만약 그 여자아이가 자네의 색연필들로 다른 색들도 다시 나타나게 할 수 있다면, 그 여자아이도 위험해. 자네도 마찬가지고."

"하지만 그 여자아이에게 그런 능력이 있다는 걸 어떻게 알 수 있겠어? 색연필들도 전부 재활용되었고."

모모가 인적 없는 버스 정류장 앞에 스쿠터를 세우고 은색 금속으로 된 짐칸을 열었다.

그러고는 누르스름한 마닐라지에 싼 가스통 클뤼젤의 색연필 하나를 조심스럽게 꺼내며 장난기 어린 눈빛으로 의기양양하게 말했다. "혹시 이게 그거 아니야? 자네의 예전 사장이 나에게 이걸 주었을 땐 빨간색이었어."

아르튀르는 그 진회색 색연필을 주의 깊게 살펴보았다. 최근에 생산된 가스통 클뤼젤 색연필이었다. 클뤼젤이 금색 안료의 양을 최대한 절약하길 원해서 로고를 조금 더 가늘게 인쇄했기 때문에 알아볼 수 있었다.

모모가 물었다. "그 꼬마 여자애는 어디 있어?"

아르튀르는 경계하며 되물었다.

"자네는 이 모든 걸 어떻게 알았는데?"

모모가 주저하다 대답했다.

"이따금 내가 질베르에게 물건을 배달해주곤 했거든. 하지만 부탁이니 그 여자애에게 이 색연필을 갖다주게나. 아마도 그 여자애가 빨간색을 다시 나타나게 할 수 있을 거야."

"그게 자네랑 무슨 상관인데?"

"색들이 그리워서라고 대답하면 믿어줄 텐가? 그리고 인생에서 적어도 한 번은 좋은 일을 하고 싶어서라고 대답하면……."

"이제 자네까지 위험해졌어. 질베르가 자네를 봤다고."

"난 그 사람 신경 안 써. 고국으로 그만 돌아가고 싶다고 생각한 지도 10년이나 됐고. 적어도 그걸 실행에 옮길 수밖에 없게 되겠지. 게다가 자네는 우리 누나가 만든 엘 바르다스el wardas를 보게 될 거야……."

"엘 뭐?"

"아몬드를 넣은 분홍색 과자야. 행복해서 눈물이 나게 하는 과자지. 자, 그들이 다시 자네를 찾아내기 전에 서두르게나."

"어디 좀 두고 보자고." 아르튀르가 색연필을 재킷 안주머니에 넣으며 여전히 경계하는 태도로 말했다.

아르튀르는 방금 멈춰 선 버스에 올라탔고, 모모가 다른 방향으로 멀어져가는 것을 확인했다.

아르튀르는 파닥파닥 날아다니는 나비 한 마리를 쳐다보았다. 마치 나방 같았다. 나비는 커다란 날개를 계속 흔들며 아르튀르의 맞은편 좌석 등받이에 내려앉았다. 마치 자기 날개들을 회색을 띤 베일에서 벗어나게 해주고 싶은 것처럼.

프랑스인의 80퍼센트가 에펠탑을 분홍색으로 다시 칠하는 데 긍정적인 입장을 보이고 있습니다. _《르몽드》 인터넷판 프랑스 앵테르의 시평에서 샤를로트가 하는 이야기들은 매일 더 많은 청취자를 끌어모았다. 어떤 날에는 무슨 이야기를 해야 할지 알 수 없는 백지의 고뇌에 사로잡히기도 했지만, 다행히 색에 열광하는 청취자들의 편지가 점점 더 많이 도착했다. 실비는 그 편지들을 분류해서 흥미로운 것들을 샤를로트에게 읽어주었다. 어느 청취자가 매우 흥미로운 정보를 보내왔는데, 그것이 오늘 시평의 주제가 되었다.

　분홍색과 존 F. 케네디의 여자들 사이에는 흥미로운 관련이 있습니다. 존을 낳아준 어머니의 이름은 로즈였습니다. 로즈가 지도자급 인물이 되도록 그를 교육했죠.
　1962년 메릴린 먼로가 독특한 시스 드레스* 차림으로 〈해피 버스데이, 미스터 프레지던트〉를 불렀을 때, 분홍색은 그에게 에로스의 상징이 되었습니다.
　그의 아내 재키에게 잘 어울렸던 분홍색 샤넬 모자와 투피스는 1년 뒤 그가 댈러스의 오픈카 뒷좌석에서 본 마지막 색이었습니다. 총격의 충격 아래 붉은

---

* sheath dress, 신체에 밀착되도록 디자인해 가늘고 날씬하게 보이는 드레스.

빛을 띤 분홍색이었지요.

이후 존 F. 케네디의 이름을 붙인 분홍색이 만들어졌습니다. 그 분홍색을 띤 꽃이 그의 무덤을 정기적으로 장식하죠…….

내일 또 찾아오겠습니다, 청취자 여러분.

샤를로트의 휴대전화가 진동했다.

"당신 딸아이 지금 어디에 있습니까?"

샤를로트는 전화를 건 사람이 아르튀르임을 즉시 알아차렸다.

"학교에 있죠. 그런데 왜 그러시죠?" 그녀가 반은 경계하고 반은 깜짝 놀란 목소리로 대답했다.

"빨리 그 아이를 데리러 가야 합니다! 당신이 안료가 다량으로 들어간 다른 색연필들을 찾아보라고 나에게 부탁했죠. 방금 한 개 찾아냈어요. 양로원에서 만납시다."

뤼시앵이 좋아하는 포도주 중 한 병에 바람을 쐬어주기에 이상적인 날이다. 그의 침대 밑에 설치된 개인 창고에서 포도주 병이 그를 기다리고 있었다.

"슈우우우욱……." 2015년산 테라스 뒤 라르작, AOC 도멘 뒤 파드 레스칼레트의 병마개가 소리를 내며 열렸다. 제조 연도가 특별했다. 뤼시앵은 피에레트, 시몬 그리고 샤를로트와 건배했다. 피에레트가 루비색과 체리색을 띤 그 포도주의 강렬한 빛깔을 열정적으로 묘사하는 동안, 아르튀르는 분홍색 레모네이드 한 잔으로 만족했다.

뤼시앵과 샤를로트는 파르크 데 프랭스에서 파리 생제르맹과 마르세유 팀의 챔피언십 축구 경기 전반전을 관람하고 돌아왔다. 경기가 시작하기 족히 한 시간 전에 생클루 문에 도착했다. 뤼시앵은 국제축구연맹 평생 관람권으로 관계자석에 좌석 두 개를 확보할 수 있었다. 그리고 경기장 한가운데 중 한가운데, 즉 탈의실로 무사히 찾아갈 수 있었다. 그곳에서 그는 옷을 갈아입는 중인 영국 출신 주심에게 인사했다. 그 젊은 동료가 자신을 알아본 것에 무척 자부심을 느꼈고, 반바지 차림의 조금 왜소한 그 남자 옆에 잠시 앉았다. 농사를 짓느라 피부가 조금 그을린 탓인지 그의 회색 피부는 팔과 종아리 부분이 좀 더 진했다. 상체에는 분홍색 점이 몇 개 있었는데, 아마 습진 같았다. 그는 자신이 심판을 보게 될 경기 때문에 스트레스를 받는 것 같지는 않았고, 뤼시앵이 실례를 무릅쓰고 몇 가지 조언을 하자, 약간의 영국 악센트를 섞어 대답했다. "신께서 천상의 손을 내밀어 당신의 지혜를 축복하시길."

"이 셔츠가 영광스러워지도록 자네만 믿네." 마지막으로 뤼시앵은 가슴에 포켓 두 개가 달려 있어 쉽게 알아볼 수 있는 심판용 검은색 폴로셔츠를 내밀며 이렇게 말했다.

샤를로트는 아버지와 함께 축구 경기장에 오는 것을 무척 좋아했다. 그 어떤 관객보다 경기를 즐겼다. 마치 5만 명의 연주자와 스물두 명의 지휘자로 구성된 필하모닉 오케스트라의 연주회에 가는 기분이었다. 연주자들이 잔디 위 마에스트로의 몸짓에 집중하며 자신의 파트에서 고함 소리, 사납게 외치는 소리, 침묵, 박수갈채, 환호를 연주한다. 그들의 본성을 통해, 경기장에서 그들이 앉은 자리를 통해 그리고 그들이 보여주는 격렬함을 통해, 샤를로트는 어느 팀이 득점했는지, 기회를 날려버렸는지 혹은 실수했는지 즉각적으로 알 수 있었다.

함성이 높아지자, 샤를로트는 방금 선수들이 심판 세 명을 뒤세우고 경기장 안으로 들어온 것을 알아차렸다.

주심은 이렇게 많은 중계용 카메라를 본 적이 없었다. 항상 높은 시청률을 기록하는 경기이다. 그는 압박감이 올라오는 것을 느꼈고, 아까 뤼시앵이 해준 말을 떠올렸다.

"심판을 보는 좋은 방법에 대해 내 눈을 뜨게 해준 분은 초등학교 여선생님이야. 새 학기가 시작될 때마다 선생님은 똑같은 방법을 쓰셨지. 학생들이 존경심을 갖도록, 처음에 가장 반항적인 학생을 저격해. 그런 다음에는 되는대로 내버려둬도 돼. 더 이상 목소리를 높일 필요가 없어."

선수들이 경기를 의식하고 긴장했다. 다들 상대 팀을 노려보았다. 마치 투견들처럼. 하지만 그들의 헤어스타일은 오히려 애견 대회에 나간 품종 좋은 복슬강아지를 연상시켰다. 심지어 복슬강아지와 더 비슷하도록 머리를 분홍색으로 염색한 선수도 한 명 있었다.

마르세유 팀 선수들은 분홍색 셔츠 차림으로 경기했고, 파리 팀 선수들은 장 폴 고티에의 제안에 따라 세일러복 차림으로 경기했다. 심판이 호각을 불어 경기 시작을 알렸다. 마르세유 선수들은 불시에 공격하기 위해 훈련에서 수십 번 반복했던 작전을 이용해 파리 생제르맹 팀 공략에 나섰다. 마르세유 팀의 후위 부대 두 명이 정원 초과를 만들어내기 위해 오프사이드 경계에서 전초前哨를 공격했다. 센터포워드가 첫 번째 수비수에게 패스를 했고, 첫 번째 수비수는 공을 한 번 찬 뒤 두 번째 수비수를 찾았다. 두 번째 수비수는 센터포워드와 함께 빠르게 원-투 한 뒤, 슈팅 포지션에서 다시 페널티 구역 가까운 곳에 있게 되었다. 파리 팀 선수들이 폭발할 뻔했고, 그들 중 한 명이 마르세유 팀의 이탈리아 국적 수비수에게 태클을 걸었다. 그리하여 코메디아 델라르테* 단원들에 필적하는 일고여덟 번의 선회를 수반한 몸 구르기가 펼쳐졌다.

실수인지 아닌지 확실하지 않았지만, 단호한 태도를 보일 필요가 있었다. 심판이 호각을 불어 프리킥을 알렸고, 하얀 횟가루로 바닥에 금을 그어 구역의 경계를 설정했다. 파리 팀 선수 여섯 명이 그 하얀 선 뒤에 자리를 잡고 두 팔을 치골 앞에 대 미래의 자손을 보호했다. 마르세유 팀 선수 하나가 공 앞에 자리를 잡았다. 파리 팀 수비수들은 거리를 좁히기 위해 종종걸음으로 조금씩 앞으로 나와 하얀 선 위에서 경쾌하게 발을 굴렀다. 심판이 규칙에 따라 그들을 뒤로 물러나게 했다. 선수들은 다소간 심판의 말을 따랐다. 하지만 그들 중 한 명이 그 자리에 꼼짝 않고 서서 발을 굴렀다. 그는 눈빛으로 심판에게 도전했다. 심판은 그 선수의 날카로운 회색 눈빛을 받아내다가 짜증스러운 몸짓으로 그에게 물러서라고 명했다. 그러자 그 선수는 눈을 내리깔고 겨우 1센티미터쯤 물러섰다. 뒤꿈치는 여전히 하얀 선 위에 아슬아슬하게 걸쳐져 있었다. 심판은 잠시 숙고했고, 화

* Commedia dell'arte, 16세기부터 18세기에 걸쳐 이탈리아에서 발달한 가벼운 희극. 다른 유럽 국가들, 특히 프랑스의 연극에 큰 영향을 주었다.

내지 않고 상황 판단을 하고자 했다. 옐로카드를 빼 들 만한 상황일까? 그 정도는 아니었다. 하지만 다음 순간 그 선수가 다시 앞으로 나왔다. 그것을 본 심판은 격분해서 주머니에 손을 넣어 옐로카드를 꺼내 그 선수를 향해 내밀었다. 카메라들이 그 장면을 클로즈업했지만, 파리 팀 선수들은 경기에 집중하느라 방금 빨간색이 다시 나타난 것을 알아차리지 못했다. 심판의 손에 들린 카드에 말이다. 파리 팀 선수들에게 중요한 것은 오직 하나뿐이었다. 심판이 부당한 결정을 내렸다는 것. 그들은 심판에게 몰려갔다. 이 정도의 행동에 무려 레드카드라고?

홍분한 심판은 다른 주머니를 뒤져 예전에 노란색이었던 카드를 찾았다. 어떻게 내가 카드를 헷갈렸지? 그건 초심자나 하는 실수다! 그러나 다음 순간 심판은 예상과는 달리 형광색의 진짜 레드카드를 주머니에서 꺼냈고, 빨간색이 다시 보인다는 것을 깨달았다. 파리 팀 선수 하나가 그 새로운 레드카드가 자신을 향한 것이라고 생각했다. 그는 심판을 창녀에 비유하는 다채로운 욕설을 쏟아낸 뒤, 격분해서 상체를 부풀리고 심판을 향해 몇 센티미터 다가갔다. 두 사람은 키가 같았지만, 선수의 몸집이 적어도 두 배는 더 컸다. 심판에게는 몇 센티미터 떨어진 선수의 눈만 보였는데, 그 눈은 마치 핏빛처럼 붉게 충혈되어 있었다. 군중이 고함을 질렀다. 심판은 주위 곳곳에서 빨간색을 보았다. 그야말로 붉게 타오르는 지옥이었다. 그는 주춤주춤 뒤로 물러서다가 자신의 가운뎃손가락에 매니큐어가 잘 칠해져 있는 것을 보여주어 적들에 맞서러 온 마르세유 선수 한 명과 충돌을 빚었다. 파리 팀 선수들은 더 이상 의심하지 않았다. 심판이 매수되었고, 경기 결과는 정의롭지 않을 것이 틀림없었다. 열한 명을 상대로 아홉 명이 싸워서 이길 가망은 거의 없었다. 애초에 무엇이 잘못되었는지는 아무도 알지 못했고, 몇 초 뒤 스물두 쌍의 주먹, 발 그리고 턱들이 마구잡이로 오갔다. 관중이 울부짖는 소리에, 샤를로트는 경기장에서 주먹다짐이 벌어진 것을 눈치챘다.

"개자식들!" 그녀는 예의범절도 잊고 이렇게 외쳤다.

방송 프로듀서는 마지못해 올랭피크 드 마르세유와 파리 생제르맹 팀의 깃발을 촬영했다. 마르세유의 M은 여전히 회색이었지만, 파리 생제르맹의 깃발은 빨간색이 절반쯤 돌아와 있었다. 뤼시앵은 샤를로트의 손을 잡고 잔디 경기장에서 부드러운 카민carmine색 헤모글로빈이 분출하는 모습을 바라보았다. 그것은 회색 선수들 그리고 연한 회색의 잔디와 멋진 대비를 이루었다. 난투극 한가운데를 뚫고 날카로운 호각 소리가 들려왔다. 심판이 자신의 장딴지에 박힌 턱을 빼내는 것이 좋을 거라고, 경기는 여기서 중단되었고 연기될 거라고 부드러운 어조로 알린 것이다. 화가 난 관중이 일제히 일어섰다. 어떤 사람들은 의자를 뽑아내려고 했다. 빨간색이 부분적으로 살아난 파리 생제르맹 유니폼을 입은 사람들이 유독 격렬했다.

뤼시앵과 샤를로트는 국제축구연맹 로고가 찍힌 연한 회색의 심판용 초대권을 좌석 위에 놓아둔 채 흥분으로 끓어오르는 경기장을 서둘러 떠났다. 뤼시앵은 양로원으로 돌아가 딸 그리고 양로원의 친구들과 랑그도크의 가장 훌륭한 포도주 중 하나로 건배할 생각에 매우 기뻤다.

아자이의 택시가 유니언스퀘어와 14번가가 만나는 길모퉁이에 멈춰 섰다. 그는 플라스틱 궤짝 위에 앉아 체스를 두는 체스 애호가들을 길에서 만날 수 있는 그 구역의 분위기를 무척 좋아했다. 어떤 사람들은 칸이 분홍색과 흰색으로 되어 있는 체스 판을 발견해 가져오기도 했다. 그는 손님을 기다리며 오래된 자기 택시의 차창 너머로 그들을 바라보았다.

소녀 두 명이 택시에 올라 할렘의 주소를 댔다. 아자이는 룸미러를 통해 그 승객들의 모습을 훔쳐보지 않을 수 없었다. 뒷좌석에 앉은 두 소녀는 마치 서로의 복사판 같았다. 비시 분홍색의 매우 짧은 원피스에 같은 분홍색 리본을 머리에 달고 무릎까지 올라오는 하얀 부츠를 신고 있어서 마치 일본 만화의 여주인공 같았다. 미국은 새로운 캔디의 나라가 되었어, 아자이는 속으로 생각했다. 두 소녀는 서로에게 말을 걸지 않았다. 각자 휴대전화 액정만 두드릴 뿐이었다.

사실 그 소녀들에게 의사소통이 필요할 때는 함께 있지 않을 때였다. 아자이는 빙그레 웃으며 생각했다, 메신저를 통해서만 이야기를 나누는 지경에 이르렀다면 또 모를까.

갑자기 소녀 하나가 날카로운 비명을 질렀다. 아자이는 반사적으로 브레이크를 밟았다. 뒤에서 따라오던 다른 운전자가 뒤늦게 브레이크를 밟는 바람에 추돌 사고가 났다. 금속판이 찌그러지는 소리가 들렸다. 범퍼들이 서로 끼어 박혔다. 나머지 소녀 한 명도 뒤늦게 비명을 질렀다. 하지만 그 비명은 방금 난 추돌 사고와는 아무 관련이 없었다. 그 소녀는 사고가 난 것조차 인지하지 못한 것 같았다. 친구가 보여준 휴대전화 동영상 때문에 비명을 지른 것이다.

두 운전자는 차에서 내려 매우 정중한 태도로 대화를 나누었다. 한쪽은 급브레이크를 밟은 것을 변명했고, 다른 쪽은 그렇게 하지 못한 것을 변명했다. 그러나 둘 다 소녀들이 다치지 않은 것을 보고 안심했다. 아자이는 뒤쪽 차창을 두드려 소녀들에게 차에서 내리라고 했다. 소녀들이 택시 안에서 그들에게 휴대전화 동영상을 보여주었다. 축구 심판이 손에 빨간색의 카드를 들고 있는 모습을 찍은 동영상이었다.

택시와 추돌 사고가 난 자동차 운전자가 그 동영상을 보고 즉각 의식을 잃었다. 다행히 그가 바닥에 쓰러지기 직전에 아자이가 그를 두 팔로 붙잡았다.

양로원 원생들이 점심 식사를 마쳤다. 피에레트는 쌀을 채워 넣은 토마토 요리가 원생 전원, 특히 오늘의 손님인 루이즈와 샤를로트 그리고 아르튀르에게 호평받는 것을 보고 흐뭇해하며 테이블을 치웠다.

　낡아서 소매가 해진 분홍색 셔츠를 입은 뤼시앵이 바닥에 배를 깔고 엎드려 그림을 그리고 있는 루이즈에게 다가갔다. 시몬이 그런 루이즈를 호의 어린 눈길로 바라보았다.

　루이즈는 새우의 더듬이 같은 자그마한 두 다리를 겹쳤다 펼쳤다 하면서 꼭두서니빛 색연필로 원 하나를 칠하고 있었다.

　"노란 해를 그리고 싶어요." 루이즈가 한숨을 쉬며 말했다.

　"루이즈, 저기 멀리 있는 일본이라는 나라에 대해 들어본 적 있니?" 시몬이 빙그레 웃으며 루이즈에게 물었다. 시몬은 진정한 스타 파트리샤 카스와 함께했던 극동 지역 순회공연을 떠올렸다. "그 나라 아이들이 해를 그릴 때 무슨 색으로 칠하는지 알아?"

　"빨간색요?"

　"맞아. 떠오르는 해는 빨간색이거든."

　"저는 빨간색 옷을 입는 게 참 좋아요." 샤를로트가 끼어들어 말했다. 그녀는 딸아이의 목소리를 듣고 다가와 머리를 쓰다듬어주었다.

아르튀르는 샤를로트가 특정한 색을 좋아한다는 사실에 놀랐다.

"그 색이 저에게 도움이 되거든요. 빨간색 방에 있으면 에너지와 긍정적인 열기가 느껴져요."

"하지만 대부분의 문명에서는 빨간색을 그리 아름다운 색으로 여기지 않잖니?" 뤼시앵이 물었다.

"가끔은 그런 경우도 있어요. 이를테면 러시아어에서 '빨간색'과 '아름답다'는 말은 동의어예요. 모스크바의 붉은 광장에 대해 이야기해볼까요. 사실 그건 '붉은 광장'이 아니라 '아름다운 광장'이라는 뜻이에요. 번역상의 실수죠."

"너 디드로가 빨간색에 대해 한 말은 알고 있니?" 뤼시앵이 말했다. "'세상에서 가장 아름다운 색은 그 순결함, 젊음, 건강, 겸손함, 수줍음으로 소녀의 뺨을 물들이는 붉은색이다.'"

"참 아름답네요! 루이즈, 너 그 빨간색에 대해 이야기하고 싶니?" 샤를로트가 딸아이의 볼을 꼬집으며 물었다.

"네, 하지만 저는 노란색이 갖고 싶어요." 루이즈는 자기가 대화의 중심이 된 것을 내심 흡족해하긴 했지만, 여전히 작은 소리로 투덜거렸다.

샤를로트가 루이즈를 끌어안았고, 아르튀르는 자신의 미니미를 안고 있는 샤를로트의 모습을 보며 경탄했다.

루이즈가 절망적인 표정으로 아르튀르를 쳐다보았다.

"꼬마야, 내가 가스통 클뤼젤의 노란색 색연필을 꼭 찾아다 줄게. 약속할게, 도장 꽝!"

루이즈는 엄마 품에서 빠져나와 약속의 의미로 아르튀르와 서투르게 손도장을 찍었다. 샤를로트가 빙긋이 웃었다. 아르튀르는 그 미소가 자신을 향한 것인지 아니면 루이즈를 향한 것인지 알지 못했다. 그러나 자기에게 미소 지었다고 생각하기로 하고, 그녀가 그것을 느끼는 것처럼 보이는 이상 자기도 그녀를 향해 미소 지었다. 그녀는 분홍빛이 조금 도는 회색 얼굴을 돋보이게 하는 체리색 안경을 쓰고 있었다.

아자이는 이런 뉴욕의 모습을 본 적이 없었다. 자동차 운전자들이 신경질적이고 공격적이 되었다. 거리에서 클랙슨을 마구 울려댔다. 다들 운전대를 잡기 전에 카페인과 암페타민을 섞은 칵테일을 게걸스럽게 마신 것 같았다. 축구 심판이 등장하는 동영상을 본 사람들, 다시 말해 모든 사람들이 겨우 한 시간 만에 빨간색을 볼 수 있게 되었다. 그러나 뉴욕 사람들은 꾸준히 그리고 열심히 빨간불을 무시하고 지나갔다. 차체가 빨간색인 소방차들은 모두 출동할 계획이었다. 망가진 택시를 타고 브롱크스에 있는 거대한 정비 공장에 도착하기까지, 아자이는 다섯 건 정도의 교통사고를 목격했다. 정비 공장에 맡겨진 찌부러진 수십 대의 자동차들 사이에는 석유 얼룩, 먼지 그리고 기름만 있었다. 유일하게 장식적인 요소는 오래된 기계 위에 압정으로 고정해놓은 피렐리 타이어 회사의 달력이었다. 12월 페이지에는 빨간 속옷에 방울 술이 달린 빨간 모자를 쓰고 하얀 단이 달린 옷을 입은 꿈의 여인이 모델로 나와 있었다. 그녀를 보기만 해도 산타 할아버지를 믿고 싶은 마음이 생겼다. 빨간색으로 강조된 그녀의 선정적인 포즈가 모든 남자들에게 잠자는 생식 본능을 일깨웠다.

　정비 공장 사장이 기름때 얼룩 때문에 알아보기 어려운 빨간 작업

복 차림으로 그를 맞이했다.

　그가 택시 뒷좌석으로 몸을 기울이고는 휘파람을 불었다. 그 음은 8분음표도, 4분음표도, 2분음표도 아니었다. 차라리 온음표에 가까웠다.

　아자이는 정비 공장 사장이 낸 밤꾀꼬리 소리의 길이로 자신의 오래된 체커 마라톤 택시에 새로 달 범퍼를 찾아내기가 쉽지 않으리라는 것을 눈치챘다.

　상관없어, 비행기 티켓이 주머니 속에 잘 들어 있는 것을 확인하며 아자이는 속으로 생각했다. 뉴욕은 너무 위험해졌으니 휴가를 좀 가야겠어. 그에게는 당연히 파리가 가장 알맞은 행선지로 보였다. 분홍색과 빨간색이 다시 나타난 곳이 바로 그곳이니 말이다. 어쩌면 거기서 노란색을 되찾을 기회가 생길지도 몰랐다. 게다가 그곳은 몇 년 전 새해를 앞두고 그에게 꿈처럼 왔다 간 그 미지의 여인의 나라이기도 했다.

8장

빨간색이 따뜻한 색임이
확인되는 곳

솔랑주가 친절하게도 아르튀르를 위해 체리 잼을 바른 토스트를 준비해주었다. 회색 빵을 잼이 전체적으로 덮어서 토스트가 무척 먹음직스러워 보였다. 아르튀르는 색들이 다시 출현하는 데 클뤼젤 색연필들이 한 역할과 같은 역할을 그녀에게 맡길 수 있을지 궁금했다. 하지만 그녀가 자기 때문에 걱정할까 봐 망설여졌다. 그녀는 그에게 한마디만 남긴 채 떠나서 이곳에 없었다. 여동생의 권유로 일주일 동안 포도요법 센터에 치료를 받으러 간 것이다. 그녀는 그에게 집을 맡기면서 벽난로 위의 새끼 고양이들을 잘 돌봐달라고 부탁했다.

아르튀르는 토스트를 게걸스럽게 삼키며 거리로 뛰쳐나가 생제르맹데프레의 문구점으로 갔다. 그가 좋아하는 문구점이었다. 6개월의 시장조사 기간 동안 그에게서 색연필을 사준 유일한 곳이었기 때문이다. 생각해보면 그 문구점은 지금 파리 전체에서 가스통 클뤼젤 색연필을 파는 유일한 곳인지도 몰랐다. 어쩌면 색들이 사라진 후 주인이 바뀌었는지도 모르고. 거리에 보이는 여성들의 스커트가 짧아졌다. 대부분의 여자들이 남자들의 목이 약간 돌아가게 하는 빨간색과 분홍색으로 몸치장을 했다. 자동차들도 눈길을 끌었다. 페라리, 란치아, 알파로메오, 빨간색의 이탈리아 자동차들이 전부 길에 나와 있었다. 빨간불이 켜지자, 타는 듯 붉은색의 자동차 두 대가 엔진을 부르릉거렸다. 불이 회색으로 넘어가는 순간, 두 자동차 운전자는 가속페달을 끝까지 밟았다. 테스토스테론 경쟁이었다.

얼룩덜룩한 빨간색과 분홍색 색조들이 텅 비고 조금 해묵은 문구점의 침체된 분위기를 조금이나마 북돋워주었다. 전에 한 번도 본 적이 없는 사십 대 여자 하나가 표면이 비늘처럼 일어난 오래된 카운터 뒤에 버티고 앉아 있었다. 그녀는 분홍색 립스틱을 바른 입술을 공공연히 과시했고 조금 힘들어 보였다. 분홍색 립스틱에 빨간색 옷을 입고 있었다……. 취향하고는, 이렇게 생각한 아르튀르는 자신이 밤색 벨트를 하고 검은 구두를 신은 것을 떠올렸다. 그래도 나는 색이 보이지나 않지, 그는 벨트보다 좀 더 진한 회색인 자신의 구두를 슬쩍 내려다보며 안심했다.

그가 물었다. "실례지만 여기 카피에로 씨 계신가요?"

"그게…… 음…… 그분은…… 지금 무척 바빠요."여자가 간신히 대답했다.

"저는 가스통 클뤼젤사의 아르튀르 아스토르라고 합니다. 제가 우리 회사의 색연필 재고를 사주십사 이 문구점에 제안드렸고, 재고품을 넘겨드렸어요. 그 후에 색이 없어졌겠지만."

조금 망설이던 여자가 마침내 말했다. "잠시 후에 다시 들러주시면 안 될까요?"

"그런데 어디 편찮으십니까? 의사를 불러드릴까요?"

"아니에요, 괜찮아요."

"알겠습니다. 그럼 내일 다시 들르도록 하지요."아르튀르는 한숨을 쉬고 뒤로 돌아섰다.

바로 그때, 어디서 나타났는지 웬 남자가 그에게 울부짖었다. "이봐요, 좀 기다려봐요!"

그 소리는 카운터 밑에서 나는 것 같았다. 눈에 보이지 않는 힘이 휠체어에 앉아 있는 여자 점원을 뒤로 밀었다. 이윽고 자신의 헌신적인 협력자 앞에 무릎을 꿇고 있던 카피에로 씨의 목덜미가 보였다. 여자 점원의 얼굴이 그녀가 입고 있는 면 블라우스 색과 거의 비슷해졌다. 그러자 분홍 립스틱이 더 어울리지 않게 되었다. 여자 점원은 스커트 자락을 서둘러 바로잡았다.

"지금 그 색연필이 50상자 정도 남아 있잖아."문구점 주인이 '비즈니스 우선'의 어조로 자기 여직원에게 말했다. "빨간색과 분홍색은 전부 낱개로 팔았어요." 그러자 문구점 주인이 이번에는 아르튀르를 향해 말했다. "그 50상자와 다른 색연필들도 전부 환불해주면 좋겠는데."

"저희 회사가 파산한 것을 모르지 않으실 텐데요. 저는 순수하게 직업적 양심에서 그리고 그 색연필들을 개인적으로 소장하고 싶어서 찾아온 겁니다. 제가 그 색연필들을 1유로에 되사겠습니다."

문구점 주인이 서둘러 창고로 가더니, 가스통 클뤼젤의 금속 색연필 상자들이 가득 든 큼직한 종이 상자를 가지고 돌아왔다.

"그렇게 결정해줘서 고마워요. 색연필 한 개당 1유로인 거죠. 아녜스, 이 색연필 개수 좀 세어줘."

"제 말을 잘못 이해하신 것 같네요. 저는 이 색연필들을 전부 처분해드리는 데 대한 상징적 의미로 1유로를 제안한 겁니다."

그 말을 들은 여자 점원이 입술을 깨물더니, 조심스러운 태도로 문구점 사장을 올려다보았다.

"오케이, 전부 다 해서 1유로! 자, 그럼 이제 그만 나가봐요!" 문구점 사장이 종이 상자를 아르튀르의 두 팔에 들려주고, 모범적인 여자 점원의 가슴에 한쪽 눈을 고정한 채 한숨을 쉬며 말했다.

거래가 이토록 간단히 성사되리라고는 기대하지 않았었다.

"거스름돈 있습니까?" 아르튀르가 20유로짜리 지폐를 꺼내며 물었다.

"됐어요, 그냥 가요. 공짜로 드리리다!" 문구점 사장이 짜증을 내며

아르튀르를 문가까지 배웅했다. 잠시 후, 아르튀르의 등 뒤에서 문
구점의 금속 셔터가 삐걱거리는 소리를 내며 내려왔다.

샤를로트는 프랑스 앵테르 방송국 스튜디오에서 방송 시작을 몇 분 앞두고 뉴스를 읽어주는 동료의 목소리에 귀 기울이고 있었다. 우위를 가릴 수 없을 정도로 전부 다 무척이나 드라마틱한 뉴스들이었다.

정신이상자들이 자기 몸에서 피가 나는 모습을 보고 쾌락을 느끼려고 혈관을 그었다. 성희롱으로 유죄판결을 받는 사람의 수는 헤아릴 수 없을 정도였다. 당국에서는 여성들에게 각별히 조심하고 밤에 혼자 외출하는 일을 삼가라고 했다. 온갖 방면의 극단론자들이 최악의 일탈을 스스로에게 허용했다. 전 세계의 설교자들은 빨간색을 사탄에 결부하고 신의 징벌을 환기하며 세상이 사악해지고 있다고 대중에게 경고했다. 그러나 가장 염려스러운 것은 중동에서 긴장감이 고조되는 것이었다. 모든 기지에서 '필연적으로 전쟁이 일어날 것'이라는 이야기가 흘러나왔다.

인류 문명이 후퇴하고 있어, 샤를로트는 공포를 느끼며 인정했다. 지금 일어나는 사건들은 불가피했다. 빨간색은 인간의 파충류 두뇌를 활성화하고, 성적 충동을 일깨우고, 두려워하게 하거나 폭력적으로 만들기 때문이다. 파충류 두뇌는 번식과 생존이라는 모든 동물의 두 가지 원초적 반응을 지배한다. 그러니 어떻게 해야 할까? 끓어오르는 이 냄비 밑의 불을 어떻게 줄인단 말인가?

근대 올림픽이 시작된 이후 모든 그레코로만형 레슬링 경기들을 살펴보면, 빨간색 경기복을 입은 선수가 파란색 경기복을 입은 선수를 상대로 승리를 거둔 확률이 67퍼센트에 달한다는 사실을 알게 됩니다. 다시 말해 승률이 3분의 2 이상인 거지요. 태권도에서는 빨간색 가슴 보호구를 착용한 선수들이 파란색 가슴 보호구를 착용한 선수들에 비해 점수를 13퍼센트 더 인정받습니다. 빨간색 유니폼을 입는 프로 축구 팀인 리버풀, 맨체스터 유나이티드 그리고 아스널은 2차 세계대전 이후 71회의 경기 중 서른아홉 번 승리를 거두었습니다! 과학자들의 태도는 단호합니다. 빨간색 옷을 입으면 에너지가 더 강력하게 솟구칩니다. 이 이야기가 여러분이 다시 운동을 시작하는 계기가 될 수도 있겠네요.

그럼 내일 뵙겠습니다, 청취자 여러분.

아자이는 오후 동안 몽마르트르의 한 호텔 방에 누워 기운을 회복했다. 여행은 최악이었다. 비행기가 이륙할 때 남자 승객 하나가 공포에 사로잡혀 옆자리에 앉은 여자 승객의 무릎을 부여잡았고, 그 여자 승객은 그 남자가 자신을 성희롱했다며 곧장 따귀를 날렸다. 여자 승객은 자리를 바꿔달라고 요구했다. 조금 잠잠해지자 아이들이 차례로 울기 시작했다. 비행기 안이 절대 조용해지지 않도록 역할 교대라도 한 것 같았다. 승객들은 짜증을 냈다. 화를 잘 내는 몇몇 승객은 자기들 입맛에 맞게 즉각 서비스를 제공하지 않는다며 스튜어디스들을 괴롭혔다. 스튜어디스들 역시 그들을 심하게 응대했다.

마침내 비행기가 목적지에 착륙하고 여자 사무장이 마이크에 대고 여행이 즐거웠기를 바란다고 말하자, 야유의 휘파람 소리가 기내를 가득 채웠다. 사무장이 "……다음번에도 저희 항공사를 이용해주시길 바랍니다"라고 말한 뒤 "열 받네"라고 작게 중얼거리자 승객들은 다시금 웅성거렸다.

아자이는 해외여행을 할 때마다 '현지에서 상시 방송하는' 라디오 방송을 들었다. 방송 내용을 전혀 이해하지 못한다는 것은 중요하지 않았다. 그에게 중요한 것은 가능한 한 현지 주민들과 많이 접촉하는 것이었다. 때때로 현지 주민들의 목소리 억양 덕분에 새로운 색을 보기도 했다. 음악 같은 외국어들은 그가 만나는 사람들의 정신 상태, 심성, 기분을 여실히 말해주었다. 이날 아침 이후, 아자이는 파리 사람들이 뉴욕 사람들만큼이나 신경질적이라고 생각했다. 잠시 후, 아자이는 침착하고, 쾌활하고, 미소를 머금었고, 두려움에 삼켜지지 않은 어떤 여자의 목소리를 듣고 침대에서 벌떡 몸을 일으켰다. 프랑스 땅에 발을 디딘 이후 처음 듣는 긍정적인 목소리였다. 빨간색이 다시 나타난 이후로도 처음일 거야, 그는 속으로 생각했다. 아자이는 그 목소리를 잘 들으려고 눈을 감았다. 눈을 감으니 연보라색 반점 하나가 즉각 그의 눈앞에 나타났다. 사람 목소리를 듣고 이 색을 본 것은 이번이 세 번째였다. 몇 년 전 새해 전야에 그의 택시 안에 강렬하게 울려 퍼졌던 그 목소리일까? 몇 달 전 그가 바람맞힌 여자 손님의 목소리일까? 우연의 일치일 거야, 그는 생각했다. 이 세상에는 같은 색을 지닌 목소리가 수천 개는 있어. 아자이는 다른 데로 생각을 돌리기 위해 여행 가이드북을 펼치고 가볼 곳들에 대한 계획을 짜기 시작했다. 하지만 집중이 되지 않았다. 그가 찾고 싶은 것은 오로지 아까 그 목소리의 주인이었다.

틴더Tinder가 스냅챗과 페이스북을 제치고 가장 많은 이용자를 확보한 SNS 서비스가 되었습니다. _《르몽드》 인터넷판 루이즈는 양로원의 커다란 테이블 앞에 앉아 흐느껴 울었다. 아르튀르가 가스통 클뤼젤의 색연필 재고품을 문구점에서 몽땅 가져다 루이즈에게 주었다. 그가 색연필 상자들을 하나씩 열었고, 루이즈는 하나하나 시험해보았다. 그러나 모두 회색 그대로였다. 화가 난 루이즈는 똑같은 말을 지치지도 않고 되풀이했다.

　"난 회색 색연필이 싫어!"

　마침내 아르튀르가 마지막 색연필 상자를 열었을 때, 루이즈는 더 이상 아무 말도 하지 않고 펑펑 울기만 했다.

　"미안하다, 루이즈." 아르튀르가 사과했다.

　"노란색 색연필을 갖다준다고 약속했잖아요!" 루이즈가 울먹이며 말했다.

　아르튀르는 답답한 마음에 정원으로 나가 현관 앞 층계에 앉았다. 색을 돌아오게 할 수 있는 색연필은 공장을 마지막으로 가동한 날 만든, 안료가 초과로 들어간 색연필이었다. 그러나 슬프게도 그 색연필들은 전부 재활용되었다.

　샤를로트가 커다란 회색 눈이 달린 공 모양의 분홍색 포켓몬 인형 푸린을 안겨주며 딸아이를 달랬다. 실비가 준 선물이었다. 잠시 후,

샤를로트는 아르튀르가 실망스러워하며 한숨 쉬는 것을 눈치채고 아르튀르에게 다가와 말했다.

"당신 잘못이 아니에요, 아르튀르."

"아니에요! 루이즈 말이 맞습니다. 색들을 다시 찾아주겠다고 분명히 약속했으니까요."

아르튀르는 샤를로트를 주의 깊게 관찰했다. 진한 색의 머리채가 체리빛 선글라스 위로 흘러 내려와 있었다.

"샤를로트, 잠깐 이야기 좀 나눌 수 있겠습니까?"

"좀 걷죠." 그녀가 그의 팔을 붙잡으며 부드러운 목소리로 대꾸했다.

아르튀르는 샤를로트를 정원으로 인도했다. 가벼운 바람이 그녀의 머리채를 날렸다. 바람에 날린 머리채가 코를 간질이자, 그녀는 우아한 몸짓으로 머리채를 귀 뒤로 넘겼다. 공기가 따뜻했고, 남풍이 불어왔다. 희미한 햇빛이 그녀의 눈꺼풀을 뚫고 들어와 간상세포를 부분적으로 자극했다. 가을꽃들이 내뿜는 향기 덕분에 그녀는 자신이 정원의 꽃 무더기 옆, 예전에 짙은 녹색이던 벤치 쪽으로 다가가고 있다는 걸 알 수 있었다. 발밑에서 자갈들이 삐걱거렸다. 그 소리만으로도 그녀는 발밑이 푹푹 꺼지는 것을 느낄 수 있었다. 벤치 바로 앞에 도착했다. 그녀는 아르튀르의 팔을 놓고 뒤로 돌아서 조용히 벤치에 앉았다. 그녀가 매우 쉽게 방향을 가늠하는 것을 보고 아르튀르는 매번 놀랐다. 그는 그녀 앞에 그대로 서 있었다.

"당신과 루이즈가 제대로 보호받도록 경찰에 가서 다 말해야 할 것 같습니다. 그런데 경찰이 제 말을 믿지 않을 것 같아서 어떻게 해야 할지 모르겠어요."

"물론 그렇겠죠!" 샤를로트가 빈정거렸다. "저는 앞을 못 보고 제 딸아이는 색이 다시 나타나게 만들 수 있다고 말하면 경찰이 잘도 믿어주겠네요."

샤를로트는 아르튀르가 뿌린 조르지오 아르마니 향수 냄새를 느꼈다. 냄새를 깊이 들이마셔보았지만, 향수 냄새뿐 에탄올 냄새는 전혀 느껴지지 않았다.

"술을 안 마시니 얼마나 좋아요."

아르튀르는 샤를로트가 자신을 허물없이 대하는 것을 느꼈다. 그 갑작스러운 친밀함에 용기를 내어, 목까지 올라와 있던 질문을 하기로 했다.

그는 그녀 옆에 앉으며 부드럽게 물었다. "샤를로트…… 당신에게…… 색이란 어떤 의미입니까?" 샤를로트는 대답을 망설였다.

"나는 색들을 느낀다고 믿어요……. 그걸 어떻게 설명해야 할까?"

그녀는 무슨 말부터 시작할지 곰곰이 생각했다.

"학교 다닐 때 쥘 로맹*의 작품을 공부했죠?"

"물론이죠. 특히 『의학의 실패 혹은 승리』가 마음에 들었던 게 기

---

* Jules Romains(1885~1972), 20세기 전반 프랑스의 시인이자 극작가, 소설가. 생물학과 자연과학에도 조예가 깊었으며, 위나니미슴unanimisme의 거장으로 불린다.

억납니다."

"그러니까요. 1920년에 쥘 로맹은 당시로서는 매우 논쟁적인 책 한 권을 출간했죠. 『망막 밖의 시각』이라는 책인데, 그 속에서 인간은 많은 경험과 훈련을 통해, 손으로 색을 지각할 수 있다고 주장했어요. 그런 감각을 일명 피부시각dermo-optique이라고 하는데, 이 감각에는 여러 가지 요인이 있죠. 특히 각각의 색에 맞는 온도가 그것이에요. 파장도 마찬가지고요. 우리의 신체는 적외선을 발사하거든요. 한 대상과 우리 피부가 발사하는 적외선의 상호작용은 색에 따라 달라져요. 사실 그건 대상의 조직에 대한 지각이죠. 1960년대에 어느 러시아 교수는 우툴두툴한 주황색, 매끈한 노란색, 우툴두툴하고 끈적거리는 빨간색을 정의했어요."

"그게 바로 당신이 느끼는 감각입니까?"

"아마도요. 하지만 나에게 색은 무엇보다 냄새와 맛의 혼합이에요. 예를 들어 주황색은 과일처럼 달콤한 냄새를 가졌지만 맛은 새콤해요. 레몬의 노란색은 훨씬 더 새콤해요. 하지만 달걀의 노란색은 맛이 미묘하고 황수선화나 금작화의 냄새를 가졌죠. 흰색은 우유나 병아리의 맛이고 코코넛이나 몇몇 난초의 냄새가 나요. 검은색은 감초와 커피 냄새가 나지만, 가끔은 불탄 타이어나 건조된 음식 냄새가 나기도 하죠."

아르튀르는 말을 꿀꺽 삼켜버렸다. 샤를로트가 손짓을 해가며 이야기하는 모습을 바라보기만 했다. 그녀의 이야기는 끝날 줄을 몰랐다.

"빨간색은 양배추, 까치밥나무 열매, 나무딸기 맛, 포도주 향이에요." 그녀가 열정적으로 말했다. "분홍색은 꽃들 중 가장 로맨틱한 것과 이른 새벽의 향기를 갖고 있죠. 파란색은 바닷물 그리고 냄새가 무척 강한 치즈 맛이에요."

샤를로트가 잠시 틈을 두었다가 말했다.

"정원에 있는 은종나무 냄새가 느껴져요?"

"아뇨."

"벽의 이끼 냄새는요?"

"아, 이제 느껴지네요."

"색들은 언제나 우리 곁에 있어요. 예전만큼 아름답게."

"당신에겐 변한 것이 아무것도 없다는 뜻인가요?"

"아뇨…… 그건 아니에요! 색이 사라지고 최초의 충격이 지나가자, 난 당신들이 쇠퇴하기 시작했다는 걸 깨달았어요. 그러다가 분홍색이 돌아오자 분위기가 행복해졌죠. 그건 너무나 좋은 일이었어요! 당신들은 즐거워했지만, 나는 동시에 일종의 평화로운 명상 또는 마비 상태가 올라오는 것을 느꼈어요. 당신들은 세상이 조금 아양을 떤다는, 분홍색 물속에 잠긴 접시꽃 같다는 느낌을 받았을 테고요."

"그런데 빨간색의 경우엔 그렇지 않았죠. 심지어 사람들은 새로운 성 혁명이 닥쳐올 거라는 이야기까지 했어요."

"맞아요, 빨간색이 돌아온 후 인류는 역동성과 에너지를 얻었죠.

너무 지나치게요. 바그너는 붉은 방 안에서 강력한 교향곡들을 작곡했어요. 사람들에게서 그와 똑같은 힘과 폭력성이 느껴져요. 그래서……."

"그래서요?"

"사람들이 빨간색과 분홍색만 보는 이상, 우리의 파란 혹성은 균형을 이루지 못할 거예요."

샤를로트가 이 말을 하고는 아르튀르 쪽을 돌아보더니, 그의 얼굴에 자신의 두 손을 천천히 얹었다. 그녀 손가락의 연한 살이 그의 이마와 귀 위쪽에 놓였다.

"뉴스 들었어요?" 그녀가 그의 머리통을 쓰다듬으며 계속 말했다. "어제부터 호전적인 사람들이 사방에서 점점 더 격렬한 말들을 쏟아내고 있어요."

"빨간색이 보여서 그렇겠죠!"

샤를로트의 손가락이 아르튀르의 귀, 목, 찌부러진 코의 굴곡을 섬세하게 따라갔다.

"곳곳에서 사람들이 반란을 일으키려 해요. 하지만 그 이유를 알 수가 없죠. 그건 그냥 순수한 폭력성이에요. 우리 세상이 강퍅해지고, 전보다 훨씬 더 참을성이 없어졌어요. 루이즈, 당신 그리고 우리 모두가 걱정되네요."

아르튀르는 깜짝 놀랐다. 샤를로트는 딸아이와 이 세상을 걱정하는 것은 물론, 그까지도 걱정하고 있었던 것이다. 그가 마음에 들어 하는 여자가 이토록 그를 걱정해준 것이 언제였던가?

샤를로트가 아르튀르의 촉촉한 눈가를 새끼손가락으로 닦아준 뒤 손을 거둬들였다. 그들은 잠시 조용히 있었다.

마침내 아르튀르가 더듬더듬 말했다. "딸아이와 함께 이곳에 숨어 있는다고 약속해줘요."

"그럼 색을 찾아주겠다고 루이즈에게 한 약속을 반드시 지켜줘요. 난 그때를 기다리며 시평 몇 회를 녹음할게요. 그러면 라디오 프랑스에 가지 않아도 될 거예요."

아르튀르는 카민색 블라우스 차림의 샤를로트를 바라보았다. 멋진 다홍색 석양이 블라우스의 색조를 더욱 강렬하게 만들어주었다. 아르튀르는 그녀를 끌어안고 싶었다.

9장

초대받지 않은 생쥐가
소풍에 오다

카부르까지 가는 기차 안. 승객들은 거의 다 빨간색이나 분홍색 옷을 입고 있었다. 페트 드 뤼마* 또는 낙관주의자 연합 모임에라도 가는 듯한 분위기였다. 하지만 다른 한편으로는 일촉즉발의 상황이었다. 아르튀르의 객차에 탄 승객 두 명이 상대방 좌석에 잘못 앉았다는 이유로 투닥거렸다. 하지만 그 사건은 충동이 넘쳐나는 사춘기 청소년들처럼 키스하며 타액을 섞고 있는 수십 쌍의 커플에게 전혀 방해가 되지 않았다.

해수욕장이 있는 카부르의 아름다운 구역에 도착하자, 마치 한여름이 된 기분이었다. 빨간색과 분홍색 일색인 사람들의 옷차림이 크

---

* Fête de l'Humanité, 프랑스 신문사 《뤼마니테L'Humanité》에서 매년 개최하는 음악 페스티벌.

리스티앙 라크루아의 원색 옷들의 행진을 연상시켰다. 아르튀르는 여전히 사이즈가 조금 큰 분홍색 재킷을 입고 있었다. 남자들이 부러운 눈빛으로 그를 쳐다보았다. 그의 옷차림이 특별히 우아하기라도 한 것처럼. 그는 포석이 깨진 것을 제외하고는 상태가 훌륭한, 1930년대에 지은 멋진 성 한 채를 찾아냈다. 초인종 위에 옆으로 기울어진 가느다란 글씨로 '클뤼젤'이라고 적혀 있었다. 여기가 틀림없었다. 아르튀르는 준비해온 말을 마지막으로 한 번 더 연습했다. 진실을 말할 수는 없었다. 그는 자신의 옛 사장을 신뢰하지 않았다. 초인종을 눌렀고, 몇 초 뒤 전자식 대문 개폐기가 열리는 소리가 났다. 그는 대문을 밀어 열고, 나무가 심어진 잘 관리된 정원으로 들어갔다. 정원사가 나타났다. 분홍색 샌들에 빨간 반바지, 그리고 분홍색 꽃무늬 티셔츠 차림이었다. 그는 잡초가 가득 든 외바퀴 손수레를 밀고 있었다. 클뤼젤이었다! 우스꽝스러운 옷차림을 하고 있어서 바로 알아보지 못한 것이다.

"여기서 뭐 하는 건가, 피카소?" 클뤼젤은 과거 자신의 괴롭힘 대상이었던 직원이 연락도 없이 불쑥 나타난 걸 보고 염려되기도 하고 놀라기도 해서 물었다.

아르튀르는 그에게 빙긋 웃어 보인 뒤, 과거 무분별한 장난질을 함께 했던 옛 친구 같은 태도로 말했다.

"안녕하십니까, 사장님. 잘 지내요?"

클뤼젤은 악다문 턱의 힘을 풀지 않았다.

"근처를 지나가다가, 찾아와서 인사하면 좋겠다는 생각이 들어서요."

클뤼젤은 여전히 턱을 악다문 채 그를 바라보았다.

"아십니까? 사장님에게 고맙다는 말을 하고 싶었어요! 우리 사이엔 사소한 갈등이 좀 있었죠. 하지만 한발 물러서서 생각해보니, 사장님이 저를 위해 많은 일을 해주셨고 제가 많은 신세를 졌다는 생각이 들었어요. 사장님 옆에서 일하면서 정말 많이 배웠습니다."

"부탁이니 내 집에서 나가게."

클뤼젤이 대문의 전자식 제어장치 쪽으로 다가갔다.

"제가 사장님과 일하는 걸 얼마나 좋아했는지 말씀드리자면, 요즘 저는 색연필을 수집하고 있습니다……."

클뤼젤이 걸음을 뚝 멈추었다.

"하지만 조심해야 합니다. 특히 가스통 클뤼젤 색연필은!"

"자네가 가스통 클뤼젤 색연필을 모으고 있다고?"

"물론이지요. 혹시 사장님도 몇 자루 갖고 계십니까?"

아르튀르는 뭔가 잘못됐다고 느꼈다. 하지만 이제 와서 전략을 바꿀 수는 없었다.

"갖고 계시면 제가 그것들을 사겠습니다. 특히 공장을 마지막으로 가동한 날 생산된 제품들에 흥미가 있어요. 사실을 털어놓자면, 그것들을 어디서 찾아야 할지 더는 모르겠습니다."

"자네가 그걸 모른다고?"

"네, 하지만 기계들을 끄기 전 사장님이 재고품 더미에서 색연필을 한 움큼 집어 들었던 것은 선명히 기억납니다. 감식안이 있는 분으로서, 사장님도 그 색연필들의 색이 무척 예쁘다는 걸 눈치채셨을 겁니다. 기억나십니까? 진실을 말씀드리자면, 제가 안료를 평소보다 많이 넣었거든요."

"움직이지 말고 거기 가만히 있게."

클뤼젤은 이렇게 말한 뒤 아르튀르를 혼자 놓아두고 사라졌다. 그렇게 나쁜 사람은 아니야, 아르튀르는 속으로 생각했다. 그는 아랫사람들을 괴롭히는 것을 즐겼지만, 사실은 좋은 사람이었다. 잠시 후 클뤼젤이 빈손으로 돌아와 외바퀴 손수레 위에 얹혀 있던 쇠스랑을 두 손으로 집어 들더니 아르튀르의 머리 위로 휘둘렀다. 그러는 바람에 머리채가 한쪽 눈 위로 흘러내렸다. 하지만 다른 쪽 눈이 두개 몫만큼 검었다.

"너 거기 꼼짝 말고 있어." 마침내 클뤼젤이 반말로 중얼거렸다.

"흥분을 좀 가라앉히셔야 할 것 같습니다, 클뤼젤 씨." 아르튀르가 예전 사장을 진정시키려고 깍듯하게 높임말로 말했다.

"이 개자식, 감히 내 집에 찾아와서 나를 비웃어!" 클뤼젤이 고래고래 소리를 질렀다. "내가 경찰을 불렀어, 곧 올 거야!" 그가 울부짖었다.

아르튀르는 뒤쪽을 돌아보았다. 대문이 닫혀 있고, 클뤼젤은 대문 개폐 버튼 앞에 서 있었다. 꼼짝없이 갇힌 신세가 된 것이다.

"파리, 생모리츠 그리고 이제는 카부르에까지!" 클뤼젤이 신경 발작을 일으키기 일보 직전의 상태가 되어 외쳤다.

파리, 생모리츠, 카부르, 아르튀르는 되풀이했다. 마치 비싼 폴로 셔츠 상표의 세일즈 슬로건 같았다. 그 지명들이 이 일과 무슨 관련이 있지?

"지난주에 누가 파리의 내 집에 불법 침입을 했어. 다른 물건들은 다 놔두고 내가 증조할아버지에게서 물려받은 색연필 **컬렉션**만 훔쳐 가서 이상하다고 생각했지."

클뤼젤은 금방이라도 손에 들고 있는 쇠스랑으로 아르튀르를 갈겨버릴 태세였다. 하지만 아르튀르의 머리로부터 몇 센티미터 떨어진 곳에서 손을 내렸다.

"이틀 전에는 생모리츠의 관리인이 나에게 연락해서 누가 내 별장에 불법으로 침입해 **역시 색연필들을** 털어 갔다고 알려줬지! 아버지와 할아버지가 물려준 것들이야! 그것들이 지닌 가치는 심정적 가치뿐인데 말이야!"

클뤼젤은 얼굴이 진홍색으로 붉어져서는 자신의 무기를 아르튀르의 면전에 위험하게 들이댔다.

"그러더니 오늘 아침엔 여기까지! 이 성에 몰래 침입해서 내 **개인 컬렉션**을 털어 가려고, 내가 고둥을 주우러 해변으로 가기만 기다렸겠지. 그런 짓을 한 이유가 대체 뭐야? 응, 이유가 뭐냐고?"

아르튀르는 포석이 깨진 이유를 불현듯 깨달았다.

"그러고는 어딘가에 색연필들이 더 남아 있는지 알아보려고 배짱 좋게 내 앞에 나타난 거겠지!"

전 럭비 선수는 쇠스랑이 날아오기 전에 재빨리 옛 사장을 제압했다. 그런 다음 잽싸게 개문 버튼을 누르고 뒤도 돌아보지 않고 기차역 방향으로 달렸다. 기차역에 도착해서는 맨 처음 보이는 열차 안으로 뛰어들었고, 곧바로 열차 문이 그의 등 뒤에서 닫혔다. 오래된 증기기관차가 육중한 객차들을 간신히 끌면서 움직이기 시작했다.

"이 기차 어디로 갑니까?" 아르튀르는 숨을 가다듬은 뒤, 옆에 보이는 여자 승객에게 물었다. 그를 다시 숨 가쁘게 할 만큼 예쁜 여자였다.

몸에 착 달라붙는 진홍빛 원피스 차림이었다.

"파리요." 그녀가 홍방울새 색깔의 립스틱을 바른 입술을 관능적으로 펼쳐 미소 지으며 대답했다.

프랑스 앵테르 방송국 스튜디오 안 마이크 앞에 앉은 샤를로트는 실비가 들어와서 옆에 앉는 소리를 들었다. 거동이 평소와 달리 어딘지 급격하고 불규칙했다.

　"실비, 너 새 구두 샀구나!"

　"너한테는 아무것도 감출 수가 없네. 루부탱에서 퍼스널 세일을 해서 한 켤레 샀어. 굽이 10센티미터야. 안창까지 빨간색이라 정말 마음에 들어! 클레오파트라처럼 나도 그 색을 좋아하거든." 실비가 말했다.

　"그 시대에 그 색을 얻기 위해 어떻게 했는지 알면, 넌 그 구두를 나에게 주고 싶어 할지도 몰라." 샤를로트가 짓궂게 말했다.

　"설마 그러려고!"

　"그 시대에 토가 한 벌을 빨간색으로 염색하려면 고둥 25만 마리를 모아야 했어. 그야말로 집단 학살이었지. 하지만 최악이었던 건 그것들을 몇 달 동안 오줌 속에 담가놓아야 했다는 거야. 냄새가 너무 지독해서 도심에서 멀리 떨어진 곳에서 작업해야 했어. 자, 이제 네 구두 나한테 넘길래?"

　"어림없는 소리!"

몇 년 전, 연구자들은 빨간색 혹은 흰색 배경에서 찍은 중간 정도의 매력을 가진 여성들의 사진을 남성 지원자들에게 보여주었습니다. 남성들은 빨간 배경에 있는 여성들이 하얀 배경에 있는 여성들보다 두 배 더 매력적이라고 인지했지요. 우연의 일치인지 모르지만, 여성 히치하이커가 빨간 옷을 입었을 때 자동차 운전자들은 두 배 더 자주 차를 세워주었습니다. 우연의 일치인지 모르지만 빨간 옷을 입은 웨이트리스가 전반적으로 팁을 더 후하게 받습니다! 여자들이 빨간 옷을 입었을 때 혹은 빨간 립스틱을 발랐을 때 더 매력적으로 보이는 이유는 무엇일까요? 그것을 통해 여성들이 무의식적으로 자기들의 생산 능력을 남성들에게 어필하기 때문입니다. 먼 옛날 우리 조상들은 배란기 때 생식기의 음순 색이 평소보다 훨씬 더 붉어졌다고 합니다. 가임기 때 여성들이 자기도 모르는 사이에 빨간색이나 분홍색 옷을 입는 경향이 있다는 사실도 밝혀졌습니다. 빨간 침실을 사용하는 커플들이 평균적으로 일주일에 3회 사랑을 나눈다는 사실, 하얀 침실을 사용하는 커플은 그 절반 정도의 횟수로 사랑을 나눈다는 사실도 명심하십시오. 그러니 여러분의 침실 색을 알아서들 칠하세요!

내일 뵙겠습니다, 집 꾸미기를 즐기는 청취자 여러분.

스튜디오의 빨간불이 꺼졌다.

"이베이에서 빨리 페인트를 주문해야겠네." 샤를로트 옆에 앉아 있던 실비가 외쳤다.

"실비, 이유는 말할 수 없는데, 나 며칠 동안 자리를 좀 비워야 할 것 같아."

"말도 안 돼. 방송국에선 네가 꼭 필요해."

"시평은 몇 편 써놨어. 그것으로 미리 녹음을 해놓으면 안 될까?"

실비는 생각에 잠겼다.

"내가 모르는 무슨 연애사라도 있는 거야? 말 못 할 이유라면 그것 뿐일 것 같은데."

샤를로트는 반박하고 싶지 않아서 입을 살짝 삐죽거렸다.

"네가 내 구두에 눈독 들인 이유가 이제야 이해되네." 실비가 짓궂게 말했다. "보스한테 이야기할게. 우리끼리 이야기하는 것보다 훨씬 나을 거야." 실비가 얼굴을 붉히며 덧붙였다.

저녁 끝 무렵 샤를로트가 라디오 프랑스 건물을 나설 때, 질베르가 바깥 시멘트 계단 위 조금 떨어진 곳에서 그녀를 기다리고 있었다. 전날 질베르는 화재로 재해를 입은 이웃을 만나보려는 보험 설계사인 척하며 그녀가 사는 건물 수위실에 들렀다. 그러나 그 화재 사건 이후 그녀의 소식을 아는 사람이 아무도 없었다. 수위실의 여자 관리인은 그 여자의 성姓과 그 여자가 라디오 프랑스에서 일한다는 것만 알려주었다. 질베르는 라디오 방송국의 직원 출입구 앞에 우뚝 서 있었다. 손에 쥔 휴대전화에는 방송국 인터넷 사이트에서 찾아낸 샤를로트의 사진이 띄워져 있었다. 스스로를 스타로 여길 것이 틀림없는 그 여자 방송인이 선글라스를 낀 채 밖으로 나왔다.

질베르는 샤를로트를 따라 지하철역 안으로 들어갔다. 그리고 샤를로트가 하얀 지팡이를 짚고 앞으로 나아가는 모습을 지켜보며 생각했다. 누군가를 미행하는 것이 이토록 쉬웠던 적도 없어.

기차는 만원이었다. 아르튀르는 두 객차 사이에서 보조 의자 하나를 찾아내고 거기에 앉아 작금의 상황에 관해 곰곰 생각했다. 가스통 클뤼젤의 마지막 색연필을 찾는 사람이 그 혼자만이 아니었다. 그 말고도 그와 똑같은 결론에 다다른 누군가가 있다는 뜻이다. 그게 대체 누구란 말인가? 중국 삼합회가 틀림없었다! 아르튀르는 QG 카페에서 자기가 마지막으로 공장을 가동할 때 남은 안료들을 몽땅 넣어 색연필을 만들었다고 이야기하며 모든 사람에게, 특히 질베르에게 허세를 부린 일을 떠올렸다. 난 정말 바보야, 그는 양 주먹을 힘주어 쥐며 생각했다. 이제 삼합회가 색연필들을 손에 넣었을 테고, 그들은 루이즈를 찾아내려고 물불을 가리지 않을 거야. 다른 색들마저 다시 나타나는 것을 바라지 않는다면 틀림없이 루이즈를 없애려고 하겠지.

갑자기 객차의 다른 쪽 끝에 검표원이 불쑥 모습을 드러냈다. 제모 위에 붉은 리본이 달려 있어서 쉽게 알아볼 수 있었다. 아르튀르는 승차권이 없을 뿐 아니라, 돈도 없었다. 게다가 클뤼젤이 부른 경찰이 그를 쫓고 있을 테니 검표원의 눈에 띄어서는 안 되었다. 아르튀르는 옛날 B급 영화들을 떠올리며 화장실 문을 열려고 했다. 그러나 사용 중이었다. 그래서 검표원의 반대 방향으로 가서 객차를 통과해 마지막 차량까지 갔다. 그곳의 화장실 앞으로 가보았지만 역시 사람이 있었다. '사용 중'이라는 꼭두서니빛 글씨가 그를 비웃는 것 같았다. 해결책을 찾아야 했다. 발길을 돌리던 그의 눈에 승차권을 무릎에 올려놓은 채 졸고 있는 한 남자 승객이 보였다. 아르튀르는 계속 걸어가면서 그에게서 승차권을 조심스레 훔쳤다. 너무나 조심성 없는 행동이라, 누가 보고 "도둑이야!"라고 외칠지도 모른다는 생각까지 들었다. 하지만 아니었다. 아무 일도 일어나지 않았다……. 승차권에 좌석 번호가 적혀 있었으므로, 아르튀르는 가능한 한 그 좌석에서 먼 곳으로 이동했다. 검표원이 있는 방향으로 곧장 나아갔다. 검표원은 승차권을 제대로 보지도 않고 검인을 찍어주었다. 여세를 몰아 어느 아시아인 할머니 옆에 빈자리가 있는 것을 보고 거기에 앉았다. 하지만 좋지 않은 예감이 엄습했고, 점점 더 불안해졌다. 오늘 아침 클뤼젤의 성에 왔다는 그놈들은 아마도 아시아인일 것이고 지금 이 기차에 타고 있을지도 모른다. 아르튀르는 옆자리의 아시아인 할머니를 즉시 수상쩍은 인물 목록에 올리고, 자리에서 일어나 열차 안에 아시아인 승객이 또 있는지 찾아보았다. 피부색이 다른 것이 무슨 죄라도 되는 것처럼 구는군, 아르튀르는 조금 창피했다. 하지만 이성적으로 대처할 수가 없었다. 마지막 차량에 있는, 체인이 달린 조그만 안경을 낀 건장한 남자 그리고 또 다른 남자 한 명에게 의심이 갔다. 또 다른 남자는 나이가 좀 더 젊고 열차 한가운데에 앉아 있었다. 아르튀르는 첫 번째 남자부터 시작하기로 마음먹고 열차 안을 다시 가로질러 반대 방향으로 갔다. 잠이 덜 깬 얼굴로 검표원의 의심 어린 눈길을 받으며 승차권을 찾고 있는 남자 승객 옆을 지나갈 때, 아르튀르는 비굴하게도 자기 합리화를 했다. 의심이 가는 첫 번째 남자에게 다가갔다. 그 남자는 그야말로 요코즈나* 등급의 스모 선수, 한 손으로도 그의 머리통을 부서뜨릴 수 있는 격투사 같았다. 스모 선수는 대부분 일본인이야, 가끔 가다 중국인도 있긴 하지만, 아르튀르는 이렇게 생각하며 스스로를 안심시켰다. 거대한 몸이 옆 좌석까지 침범할 정도인 그 육중한 남자의 머리 위 짐칸에는, 붉은 용이 자수로 장식된 가방 하나가 놓여 있었다. 오래전부터 잿빛 하늘 아래 웅크리고 있던 음울한 잿빛의 파리 교외 지역 풍경이 차창 밖으로 줄줄이 지나갔다. 기차는 연착 없이 파리 생라자르 역에 도착할 것 같았다. 스모 선수가 자기 좌석에서 어렵게 빠져나와 아르튀르 쪽으로 당당히 다가왔다. 어떻게 하지? 도망쳐야 하나? 그렇다. 하지만 다리가 후들거렸다. 아르튀르는 뒤로 돌아 남자가 자신의 목을 조르고, 부수고, 능지처참하고, 심지어 더한 일까지도 하기를 기다리며 눈을 감았다. 그리고 몇 초 뒤 조심스레 눈을 떴다. 200킬로그램의 근육 덩어리가 멈추지 않고 그의 앞을 지나 화장실 안으로 들어갔다. 아르튀르는 그 틈을 이용해 남자의 가방으로

---

* 스모의 프로 리그인 오즈모의 선수 서열 가운데 가장 높은 지위를 가리키는 명칭.

접근했다. 가방에 수놓인 용이 심술궂은 표정으로 그를 보고 비웃었다. 용은 마치 이렇게 말하는 듯했다. 넌 이 가방을 열고 안에 뭐가 들었는지 볼 수 없을걸. 승객들이 소지품을 챙기기 시작했고, 용에게 모욕당하기 싫었던 아르튀르는 가방을 홱 낚아챘다. 기차가 요란한 소리를 내며 도착이 임박했음을 알렸다.

"그 가방 당신 건가요?" 아르튀르의 등 뒤에서 누군가가 수줍은 목소리로 물었다.

아르튀르는 듣지 못한 척하며 가방 지퍼를 열었다. 가방 안에는 회색의 가스통 클뤼젤 색연필들이 가득 들어 있었다! 그중 몇몇 개는 로고가 조금 더 가느다랬다. 최근에 생산됐다는 뜻이었다. 아르튀르는 가방을 다시 닫고 어깨에 메고는, 출구를 향해 나가려 했다. 심장이 마구 쿵쾅거렸다.

"그 가방 당신 것이 아닌 것 같은데요." 아까 그 목소리가 어조를 조금 높여 나직하게 다시 말했다.

아르튀르는 소리 나는 쪽을 돌아보고는 여자에게 미소 지었다. 몸집이 아주 조그맣고 야윈 여자였다. 꼭두서니빛 투피스에 딸기색 목걸이를 하고 있었다.

"지금 저한테 말씀하신 겁니까, 부인?"

"그래요!"

"신경 써주셔서 고맙습니다. 사람들이 모두 부인 같다면 도난 사건이 덜 일어날 거예요. 하지만 이 가방은 제 것이 맞습니다. 이 가방

이 제가 아닌 다른 사람의 것이란 말씀입니까?" 아르튀르는 스스로
도 놀랄 만큼 확신에 찬 태도로 되물었다.

주위의 승객들은 모두 침묵을 지켰다. 여자가 자기 옆에 앉았던 그
육중한 남자를 눈으로 찾았다. 그러나 그는 그 자리에 없었다. 여자
는 속으로 생각했다. 가방에 용 자수가 있다고 해서 꼭 그 아시아인
남자 것이라는 법은 없어. 그러니 분홍색 반짝이 재킷을 입은 이 남
자는 도둑이 아닐지도 몰라…….

"제가 실수한 것 같네요. 죄송해요." 마침내 그녀가 어물어물 말했다.

"잘하신 겁니다. 신중해서 나쁠 건 없죠."

기차역까지는 불과 몇백 미터 남았고, 이제 대부분의 승객들이 자
리에서 일어나 있었다. 젊은 여자 하나가 찔레꽃색 옷을 입은 아기
를 태운 회색 유모차를 끌고 출구 앞에 서 있었다. 그사이 스모 선수
가 화장실에서 나와 자기 좌석 위 짐칸에 있던 가방을 눈으로 찾았
다. 아르튀르는 승객들이 이룬 울타리 뒤로 숨기려고 가방을 바닥에
얼른 내려놓았다. 그러나 너무 늦었다. '200킬로그램의 거구'가 살
짝 미소 띤 얼굴로 그를 응시하더니, 안 된다고 말하려는 듯 혹은 절
대 그래서는 안 된다고 이해시키려는 듯 머리를 오른쪽에서 왼쪽으
로 가볍게 흔들었다. 비대한 몸 때문에 남자는 통로를 막은 승객과
짐 사이를 뚫고 나올 수가 없었다. 게다가 한눈에 보기에도 사람들
의 눈길을 끌지 않으려고 애쓰고 있었다. 갑자기 그가 뒤로 돌더니,
반대 방향으로 걸어갔다.

당연한 일이었다! 이 객차에는 바깥으로 통하는 문이 두 개 있고, 다른 문이 그 거구가 있는 곳에서 더 가까우니까. 밖으로 나가 플랫폼에 내려서면 독 안에 든 쥐 신세가 된다. 아르튀르는 그 남자 앞을 지나갈 수밖에 없을 것이다. 열차가 거의 멈추었고, 아르튀르는 결정을 내려야 했다. 그것도 아주 빨리. 아르튀르는 가방을 열고 색연필을 최대한 많이 꺼내 바지 속에 감추었다. 그런 다음 분홍색 재킷을 벗어 마지못해 가방 위에 덮었다. 문이 자동으로 열렸다.

"제가 도와드리겠습니다, 부인." 아르튀르는 유모차를 끄는 젊은 엄마에게 조금 권위적인 태도로 말했다.

그리고 그녀가 도움을 수락하기도 전에 유모차를 들고 객차의 계단 세 개를 걸어 내려갔다.

"온통 분홍색으로 차려입은 이 예쁘고 귀여운 여자아이의 이름이 뭡니까?"

"트리스탕요, 남자아이예요."

"미안합니다……."

아르튀르는 유모차를 플랫폼에 내려놓았다. 여자는 자기 가방과 아기의 가방을 들고 그의 바로 뒤에서 내려왔다.

"트리스탕을 맡으세요. 그 가방들은 제가 들어드릴게요."

아르튀르는 이렇게 말하고, 그 젊은 엄마와 유모차 옆에서 최대한 자연스럽게 걸어갔다. 200킬로가 그들 쪽으로 달려오는 것이 보이자 심장이 다시 쿵쾅거렸다. 멀리 있으니 자세히 보지는 못하겠지?

만약 저 남자가 분홍색 재킷을 입은 남자를 찾는다면, 그가 궁지에서 벗어날 가능성이 있는 셈이었다. 지금 그 재킷은 용 자수 가방 위에 덮여 있으니까.

200킬로는 자기 앞을 지나가는 승객들을 하나하나 찬찬히 살폈다. 그가 그들에게 거의 다다른 순간, 아르튀르는 고개를 돌리고 아기 쪽으로 몸을 숙였다. 바지 속에 숨긴 색연필들이 배를 쿡쿡 찔러서 몸을 숙이기가 불편했다.

"너 참 얌전하구나, 트리스탕." 아르튀르는 통증 때문에 얼굴을 찌푸리며 말했다. "널 칭찬해주고 싶다."

200킬로는 걸음을 멈추지 않고 그들을 지나쳐 다시 객차 문으로 갔다. 기차에 다시 오르려고 승객들을 떠밀었다. 아르튀르는 아무 일도 없는 것처럼 걸음을 빨리했고, 젊은 엄마는 간신히 그를 쫓아왔다. 그녀는 생각했다, 파리 사람들은 항상 마음이 급하다니까. 그들을 마중 나와 있던 젊은 남자가 아기를 받아 품에 안았다. 아르튀르는 아기 아빠에게 가방들을 건네주고, 어깨 너머로 손을 흔들어 아기에게 인사한 뒤 출구를 향해 달려갔다.

전 세계의 무기 판매량이 기록을 경신했습니다. _《르몽드》 인터넷판

양로원의 커다란 테이블 앞. 큼직한 쿠션으로 높이를 올린 의자에 앉은 루이즈는 새로 가져온 색연필들로 그림 그리기를 거부했다. 잿빛을 띤 육각형의 나무 색연필 스무 자루가량이 루이즈 앞에 줄지어 놓여 있었다. 옆에 앉은 샤를로트가 루이즈의 어깨를 쓰다듬었고, 아르튀르와 뤼시앵은 조금 거리를 두고 서서 그 모습을 신중히 지켜보았다.

　"난 노란색 색연필이 갖고 싶었어, 엄마." 루이즈가 짜증을 냈다. "그런데 여기엔 노란색 색연필이 없잖아!"

　"이걸로 한번 그려봐, 루이즈." 샤를로트가 테이블 위를 더듬어 색연필 하나를 집어 들며 말했다. "아마도 네가 우리에게 예쁜 해를 그려줄 수 있을 거야."

　루이즈가 그 색연필을 손에 쥐고 종이 위에 둥근 원을 그렸다. 원의 색은 회색이었다.

　"해는 노란색이야! 초록색도 아니고, 회색도 아니고, 노란색이라고!"

　뤼시앵이 자기 앞을 지나가는 루이즈를 낚아채 끌어안았다. 그런 다음 자기 얼굴 높이로 들어 올리고는 손녀의 얼굴을 보며 빙그레 웃었다. 루이즈의 몸은 깃털처럼 가벼웠다.

할아버지는 손녀딸에게 다정하게 물었다. "너 왜 초록색에 대해 이야기한 거니?"

아르튀르도 같은 생각을 한 참이었다.

"그 색을 보면 아저씨 마음이 기쁠 것 같구나. 그러니 아저씨를 위해 초록색 풀을 그려주겠니?" 아르튀르가 말해보았다.

"그러고 싶지 않아요."

"그럼 내 생쥐 컬렉션은 어떻게 되는 거지?" 뤼시앵이 한술 더 떴다. "분홍색 생쥐랑 빨간색 생쥐는 있으니까, 이제 초록색 생쥐를 하나 갖고 싶은데. 제발 부탁한다! 노래 가사에도 있잖니."

뤼시앵은 손녀딸을 다시 테이블로 데려가 무릎 위에 앉혔다.

"초록색 색연필이 보이니?"

루이즈는 아무 말 없이 회색 색연필 하나를 집어 하얀 종이 아래쪽에 수직선 몇 개를 그었다. 회색 수직선이었다. 이윽고 루이즈는 종이 한가운데에 타원을 하나 그리고 색을 칠했다. 역시 회색이었다. 아르튀르와 뤼시앵은 눈으로 질문을 교환했다. 루이즈가 색연필을 쥔 손에 힘을 주어 타원형 앞부분에 천천히 점 두 개를 찍었다. 생쥐의 눈이었다.

"초록색 생쥐가 잡아먹히지 않게 풀 속에 숨겨놨어요."

몇 초 후, 회색 생쥐는 마치 카멜레온 같아졌다. 색이 감지할 수 없을 만큼 조금 변했다. 잠시 후에는 회녹색이 도는 것을 식별할 수 있었고, 그 색이 점점 뚜렷해졌다. 생쥐의 색은 담황색으로, 그다음에는 황록색으로, 카키색으로, 올리브색으로, 아몬드색으로, 파색으로, 아보카도색으로, 보리수색으로, 압생트색으로 천천히 변해갔다. 그러더니 마침내 생쥐의 색과 풀의 색이 선명한 피스타치오색으로 고정되었다. 뤼시앵은 고개를 돌렸고, 응접실 양탄자에 물빛 초록색 무늬들이 다시 나타난 것을 보았다. 응접실의 문 그리고 굽도리널*과 정확히 같은 초록색이었다.

아르튀르가 뤼시앵에게 창문을 가리켰다. 뤼시앵은 고개를 들고 창밖 정원을 내다보았다. 침엽수의 가시들이 아니스색에서 짙은 녹색에 이르는 여러 초록색을 보이며 본래의 색을 되찾은 모습이었다. 한겨울인데도 올리브나무가 짙은 카키색 잎사귀들을 뽐냈다. 잔디밭도 제 색을 되찾았다.

샤를로트는 두 사람의 환희에 찬 침묵의 의미를 눈치채고, 딸아이의 목덜미를 다정하게 쓰다듬어주었다.

"테이블 위에 다른 색 색연필도 있니?"

"여기 있어요." 루이즈가 색연필 하나를 손으로 집어 들면서 대답했다. "이제 생쥐 위에 하늘을 그릴게요."

---

* 벽이나 칸막이 따위의 아래쪽, 바닥에 닿는 면에 빙 둘러 붙인 장식.

샤를로트가 아르튀르에게 한쪽 팔을 내밀었다. 그녀의 접이식 하얀색 지팡이가 대각선으로 멘 작은 핸드백 안에서 삐죽 튀어나와 있었다. 그들은 군중을 헤치고 오르세 미술관으로 걸어갔다. 얼마 안 되는 관람객들이 빨간색이나 분홍색이 주조를 이루는 그림들을 집중해서 감상했다. 특히 보나르*의 〈체크무늬 블라우스〉 앞에 사람들이 빽빽이 모여 있었다. 취향 좋고 품위 있어 보이는 오십 대 여자가 입을 헤벌린 채 눈을 휘둥그레 뜨고 완전히 회색인 어떤 그림을 보고 있었다. 그녀는 나지막한 헐떡거림을 토해내며 이쪽저쪽으로 천천히 몸을 기울였다.

아르튀르와 샤를로트는 칸 영화제를 연상시키는 붉은 양탄자가 깔린 계단을 통해 2층에 도착했다. 갑자기 아르튀르가 샤를로트의 옷소매를 잡아끌었다. "여기예요." 마네의 〈풀밭 위의 점심〉 앞이었다. 그림 속 바구니에서 떨어진 체리들이 잿빛 색조의 캔버스 위에서 마치 작은 오아시스 같았다. 샤를로트가 조명에 의지해 자리를

---

* Pierre Bonnard(1867~1947), 프랑스의 화가. 가정적 친밀함을 주제로 한 '앵티미슴' 회화로 대중의 사랑을 받았다. 말년으로 갈수록 빛과 색채에 더욱 천착해 자신만의 생생한 색채 감각을 보여주어 '최후의 인상주의 화가'로 불렸다.

감지하고 그림 앞에서 걸음을 멈추었다. 그녀는 고도로 발달한 네 가지 감각을 일깨우기 위해 정신을 집중했다. 그 기념비적인 그림 앞에 있으니 주위의 소음이 조금 작아지는 기분이었다. 오래된 그림들의 냄새가 방문객들의 냄새와 섞이는 것도 느껴졌다. 그녀는 그림 속에 삼각 구도로 앉아 있는 네 사람의 모습을 상상하고, 물에서 나와 옷을 입은 두 남자 옆 풀밭 위에 태평하게 앉아 일광욕을 하고 있는 벌거벗은 여자의 눈길을 느껴보려 했다. 심장박동이 아주 천천히 빨라졌다. 두 손이 조금 축축해지고, 호흡도 평소보다 살짝 가빠졌다. 샤를로트는 오르세 미술관에 수십 번 와보았지만, 이 걸작들 중 단 한 점도 만져볼 수 없다는 사실에 늘 낙담했다. 손가락으로 그림들을 스치며 그 위대한 재능을 느껴보고 싶은 마음이 간절했다. 왜 우리 시각장애인들에게 그걸 허락하지 않는 거지? 딱 한 번만 만져보면 되는데? 왜 우리도 이런 문화를 공유하게 해주지 않는 거지? 이곳을 방문할 때마다 그녀는 속으로 되뇌었다. 딱 한 번이면 되는데.

물론 그림을 반복해서 손으로 만지면 땀에 함유된 미량의 산성 성분이 그림에 사용된 물감을 조금씩 닳게 해 그림이 상한다는 걸 샤를로트도 잘 알고 있었다. 하지만 딱 한 번만인데…….

"오늘 나는 인상주의 걸작들에 다시 색채를 부여할 거예요. 그러니까 이건 작은 예외인 거죠." 그녀가 아르튀르에게 변명했다.

"물론이죠. 당신 딸아이의 색채 화가로서의 재능도…… 인상적이고요!" 아르튀르는 유머를 섞어 그녀를 격려해주었다. 자신의 유머

감각에 확신은 없었지만.

샤를로트가 빙긋이 웃고는, 핸드백에서 루이즈의 그림과 스카치테이프를 꺼내 아르튀르에게 내밀었다. 스카치테이프 끊어내는 소리가 네 번 들렸고, 그녀는 깊이 숨을 들이쉬었다.

"언제 하면 좋을지 말해줘요." 그녀가 속삭여 말했다.

미술관 경비원 두 명이 아르튀르의 눈에 들어왔다. 그들은 그림 왼쪽으로 10여 미터 떨어진 곳에 앉아서 관람객들을 열심히 주시하고 있었다. 바로 그때, 학생 단체 관람객이 왁자지껄하게 홀 안으로 들어왔고, 경비원들이 그쪽으로 시선을 돌렸다.

"지금이에요!"

샤를로트는 루이즈의 그림을 앞으로 내밀면서 조심스레 앞으로 나아갔다. 벽에 걸린 캔버스에 종이가 닿는 것이 느껴졌다. 그녀는 종이 네 귀퉁이에 붙은 스카치테이프를 손으로 살짝 만져본 다음, 마네의 그림 왼편 아래쪽을 어림 측정했다. 관람객 하나가 그 모습을 보고 눈이 휘둥그레졌다. 루이즈가 그린 생쥐가 에두아르 마네의 그림 속 체리들을 갉아 먹는 것처럼 보인 것이다. 루이즈의 그림 속 하늘의 청록색이 마네의 그림 속 풀밭에 펼쳐진 테이블보의 강청색과 섞였다. 그림 속 오른쪽에 앉아 있는 사람이 조금 놀란 표정을 지으며 생쥐를 손가락으로 가리켰다. 샤를로트는 손에 난 땀을 스커트에 문질러 닦은 뒤, 종이를 그림에 조심스레 얹었다. 종이를 그림 위에 부드럽게 미끄러뜨리고, 그림의 우묵한 부분과 불룩한 부분들에 결합시키고, 종이의 힘이 더 잘 배어들도록 물감이 두꺼운 몇몇 부분에서 손길을 잠시 멈추었다. 그림 속 벌거벗은 여자가 계속하라고 격려하듯 호의 어린 눈길로 샤를로트를 바라보았다.

다음 순간 미술관 경비원의 요란한 호루라기 소리가 들려와 샤를로트의 귀가 먹먹해졌다. 하지만 그녀에겐 그 소리가 들리지 않았다. 더 이상 아무 소리도 들리지 않았다. 그녀의 뇌는 캔버스 위를 더듬는 손가락들의 연장일 뿐이었다. 그녀의 의식에 변화가 일어났다. 그녀의 손가락들은 신경 체계를 통해 신체 감각기관의 피질로 정보를 내보내는 열 개의 발신기 같았다. 신경 회로망의 결합에 의해 교대된 수천 개의 흩어진 감각들이 그녀의 의식에까지 길을 냈다. 샤를로트는 마네의 천재성을 이해했고, 색들의 조화를 느꼈다. 신경 회로망의 또 다른 활동들이 그녀의 목덜미에 무의지적 경련을 일으켜 목덜미가 뻣뻣해졌다. 눈꺼풀도 파르르 떨려왔다.

경비원 두 명이 의자에서 튀어오르듯 일어섰다. 아르튀르는 샤를로트가 조금이라도 더 캔버스를 만질 수 있도록 두 팔을 벌리고 그들 사이에 끼어들었다. 하지만 그럴 필요가 없었다. 경비원들은 완력을 써서 그를 제압하지 않고, 깜짝 놀라 우뚝 멈춰 섰다. 그들의 눈길이 루이즈가 그린 그림에서 거장의 그림으로 이동했다. 그림 배경의 짙은 초록색이 본래의 힘을 완전히 되찾았고, 하늘색 테이블보도 벌거벗은 젊은 여자의 분홍빛 도는 하얀 피부를 다시 강조했다. 경비원들 역시 다른 관람객들처럼 파장 450나노미터에서 570나노미터 사이의 파동에 포함되는 초록색과 파란색의 그 앙상블을 다시 지각했다. 회색인 부분이 아직 몇 군데 남아 있긴 했지만, 그 걸작품은 본래의 힘을 전부 되찾은 모습이었다. 관람객들이 마네의 그림과 루이즈의 그림 앞으로 점점 더 많이 모여들었다. "어메이징…… 아솜브로소…… 톨레…… 판타스티스크트……." 사람들은 온갖 언어로 열광했다. "스고이!" 일본인 여자 관람객이 북유럽 남자 관람객의 파란 눈을 손가락으로 가리키며 외쳤다.

경비원 두 명은 점점 더 쇄도하는 관람객들을 감당하기 위해 반사 신경을 발휘해 초록색 풀밭에서 체리를 갉아 먹는 생쥐를 몸으로 가렸다. 아르튀르 역시 샤를로트가 마네의 그림을 1제곱센티미터라도 더 탐험할 수 있도록 두 팔을 벌린 채로 그들에 합류했다. 샤를로트는 특히 그림 속 인물들의 얼굴에서 시간을 끌었다.

이제 그녀의 몸이 머리부터 발끝까지 떨리고 있었다. 목덜미가 뒤로 넘어가더니, 그녀가 망아忘我 상태에 빠져들었다. 그림을 어루만지는 손가락들만 차분해 보였다. 선글라스 너머 그녀의 눈이 뒤집혔다.

아르튀르는 잠들어 있는 가스통 클뤼젤 공장의 뒷문을 어렵지 않게 열 수 있었다.

"천만다행이에요." 공장 안으로 조심스럽게 들어가면서 그가 샤를로트에게 말했다.

"항상 운이 좋네요." 그녀가 그를 따라 오래된 건물 안으로 들어오며 대구했다.

더러운 기름과 안료 냄새, 나무 그리고 왁스 냄새가 즉시 그녀를 습격했다.

"만약 색연필들이 남아 있다면 어디에 있을까요?"

"사장의 사무실일 거예요." 아르튀르가 그녀를 철제 계단 쪽으로 안내하며 대답했다.

계단 꼭대기에서 내려다보니, 폐쇄된 공장은 훨씬 더 넓어 보였다. 기계들이 있던 자리에 진한 흔적이 남아 있었다.

클뤼젤의 사무실로 들어가니 청결한 냄새가 코에 확 끼쳐왔다. 청소가 잘되어 있고, 방은 완전히 비어 있었다. 한쪽 구석에 커다란 이삿짐 상자 두 개가 있는 것 말고는. 아르튀르는 즉시 그쪽으로 달려갔지만, 곧바로 환상이 깨졌다. 상자 안에는 아무것도 없었다. 그의 한숨 소리를 듣고 샤를로트는 상황을 눈치챘다.

그녀가 상자 하나를 들어 완전히 펼치더니 바닥에 납작하게 펴놓았다. 다른 상자도 똑같이 해서 첫 번째 상자 옆에 놓았다. 그러고는 상자 위에 천천히 무릎을 꿇고, 세상에서 가장 자연스러운 어조로 말했다.

"나 섹스하고 싶어요."

"아…… 나는 잘 모르겠는데요……. 지금 그러기에는 장소가." 아르튀르는 횡설수설 대답했다.

그녀가 아르튀르를 끌어당기더니, 자기 스카프를 풀어서 그의 눈에 둘러 묶었다. 아르튀르는 저항하지 못했다.

"나 섹스하고 싶다고요." 그녀가 다시 한번 말했다.

아르튀르는 그녀 앞에 무릎을 꿇은 채, 신경이 몹시도 곤두서는 것을 느꼈다.

"탄트라의 합일에 대해 들어본 적 있죠?" 그녀가 그에게 물었다.

그는 대답하지 못했고, 그녀는 조용히 이야기를 이어갔다.

"어떤 조건에서는 두 육체의 결합이 자신을 초월해 커져가는 정신들을 하나로 합쳐줘요. 당신에게 내 에너지를 전부 주고 당신의 에너지를 받고 싶어요. 음과 양의 힘이 모두 합쳐지도록. 색들을 다시 불러오려면 그렇게 해야 돼요."

신경질적인 틱 증상이 일어나 아르튀르의 몸이 흔들렸다.

그는 눈이 가려진 채 항의했다. "아무것도 안 보여요."

"반대로 지금부터는 중요한 것이 보이기 시작할 거예요."

샤를로트가 그의 옷을 천천히 벗겼다.

"사람들이 웃을 때, 울 때 혹은 사랑을 나눌 때 왜 눈을 감는지 알아요?" 샤를로트가 그의 벗은 상체를 어루만지며 평소보다 훨씬 더 또렷한 목소리로 말했다. "눈을 감으면 본질이 마음으로 느껴지기 때문이에요. 눈은 능력이 너무 뛰어나서 다른 감각들을 마비시키는 경향이 있거든요."

아르튀르는 샤를로트가 그를 자신의 세계로 데려가고 싶어 한다는 걸 알아차리고 긴장을 조금 풀었다.

"우선 호흡을 일치시키는 것부터 시작할 거예요." 그녀는 아르튀르를 바닥에 등을 대고 자기 옆에 눕게 하면서 말했다. "당신 손을 내 배 위에 얹어요."

아르튀르는 몸을 떨면서 오른손을 그녀의 배 위로 가져갔다. 여러 달 전부터 꿈꿔오던 그 피부에 마침내 손을 댔다. 그녀의 피부는 그가 상상했던 것보다 훨씬 더 부드러웠다. 그의 손이 샤를로트의 배꼽 몇 센티미터 위에서 멈추었다. 그는 엄지손가락으로 샤를로트의 음모 윗부분을 살짝 스쳤다. 그녀 역시 옷을 완전히 벗은 상태였다.

"내 폐의 움직임을 따라와요. 나와 동시에 숨을 들이쉬고 내쉬어봐요."

아르튀르는 그녀가 시키는 대로 했고, 점진적으로 자신의 호흡을 안정시켰다.

"좋아요! 이제 우리는 같은 리듬으로 일치됐어요. 내 몸의 온기가 느껴져요? 내 몸이 당신 손보다 조금 더 따뜻하죠."

아르튀르는 샤를로트의 배를 쓰다듬고, 그녀의 젖가슴을 향해 천천히 위쪽으로 손길을 옮겼다.

"가슴이 조금 더 서늘한 것이 느껴져요? 이제 우리 심장의 리듬을 일치시킬 거예요. 심장은 속임수를 쓰지 않아요. 그것은 삶의 본질이죠. 당신의 심장박동이 빨라지는 것이 느껴지네요. 당신 손으로 내 심장박동 소리를 잘 들어봐요."

아르튀르는 샤를로트의 오른쪽 젖가슴에서 손을 떼고 흉골 쪽으로 내려갔다. 그리고 왼쪽 젖가슴으로 세심하게 올라갔다가 다시 가슴 밑으로 내려갔다.

"아무 소리도 안 들려요."

"귀를 잘 기울이지 않아서 그래요. 아직 충분하지 않아요. 나에게 더 집중해요."

아르튀르는 살짝 손을 떼어내고, 더듬더듬 그녀의 심장박동을 찾았다.

몇 초 뒤 그가 속삭였다. "그래요, 뭔가 느껴지기 시작해요. 약하지만 규칙적인 리듬이 느껴져요."

"이제 당신의 심장박동이 나에게 배어들게 해봐요. 다른 손으로 당신의 맥박이 뛰는 자리를 짚어봐요."

아르튀르는 왼손 검지를 자신의 경동맥 밑에 갖다 댔다. 샤를로트가 그의 손가락을 붙잡아 자리를 조금 옮겨 위치를 바로잡아주었다.

"거기예요. 이제 당신 심장이 뛰는 것이 느껴져요?"

"네, 당신의 심장보다 더 빨리 뛰네요."

"그럼 내 몸을 애무해서, 내 심장박동이 빨라져 우리의 심장이 하나처럼 일치해서 뛰게 해봐요."

아르튀르는 샤를로트의 왼쪽 가슴에 다시 손을 갖다 댔지만, 오히려 자신의 심장이 더 빠르게 뛰는 것 같았다. 그는 다시 손을 떼고 샤를로트의 어깨를 애무했고, 그녀의 심장박동을 규칙적으로 확인했다. 어깨를 애무한 것이 젖가슴을 애무한 것보다 효과가 더 좋았다. 샤를로트의 심장박동이 그의 심장박동에 거의 근접했다. 샤를로트가 두 손으로 아르튀르의 다리를 스치듯 어루만졌다. 그녀의 손이 그의 엉덩이까지 올라왔다. 샤를로트는 흥분이 차오르는 것을 느꼈다. 이제 그들의 심장박동과 호흡 주기가 같아졌고, 함께 빨라져갔다.

"이제 동맥들을 따라가면서 내 몸에서 맥박이 느껴지는 곳을 전부 찾아봐요."

아르튀르는 아무 말 없이 그녀의 얼굴을 쓰다듬었고, 관자놀이에서 팽팽한 수축을 또렷이 느꼈다. 그의 손가락이 그녀의 목덜미를 따라 내려갔고 경동맥에서 맥박을 찾아냈다. 그녀의 팔을 따라 내려갔고 손목 근처에서 다시 맥박을 찾아냈다. 그는 그녀의 어깨까지 따라 올라갔다가 배로 미끄러져 내려갔고, 넓적다리 위 대퇴부 동맥에서 손길을 멈추었다. 그들의 심장은 여전히 하나로 뛰고 있었고,

아까보다 박동이 훨씬 더 빨라져 있었다. 그는 동맥을 따라 그녀의 무릎까지 갔고, 장딴지에서 맥박을 잠시 잃었다가 발목의 우묵한 부분에서 다시 찾았다. 그들의 호흡은 급격하고 불규칙했지만, 여전히 하나로 일치해 있었다. 아르튀르는 아직 감히 접근하지 못한 마지막 지대를 탐험하기 위해 손을 위로 움직였다. 천천히 그곳으로 접근했고, 그 축축함과 온기를 느꼈다. 그는 그녀의 클리토리스를 스치고, 그 주위를 맴돌았다가, 다시 돌아갔다. 그리고 마침내 그곳에 집게 손가락을 집어넣었다. 그들 심장의 분당 맥박수가 올라갔다. 호흡이 더 가빠지고 분절되었다. 하지만 여전히 같은 주기로 움직였다.

"이제 내 안으로 들어와요." 그녀가 명했다.

아르튀르는 그녀를 향해 몸을 돌렸다. 그 순간 휴대전화 진동음이 울렸다. 딱 한 번. 육감이 샤를로트를 의식 분리 상태에서 해방시켰다. 그녀는 즉시 자신의 휴대전화를 찾았고, 음성으로 변환된 SMS 내용에 귀 기울였다. 금속성의 목소리가 경쾌한 어조로 말했다. "피에레트……의…… 메시지……. 루이즈……와…… 뤼시앵이…… 납치……됐어……."

10장

파리에서 사용료가 가장 비싼
공중화장실

뤼시앵이 사는 양로원은 이제 다른 양로원들과 비슷해졌다. 몇몇 노인들이 목적지도 없이 벽이 군청색인 긴 복도를 성큼성큼 걸어 다녔고, 텔레비전 방은 그 어느 때보다 원생들로 북적였다. 원생들은 초록색과 파란색의 귀환을 귀에 딱지가 앉을 정도로 알리는 뉴스 방송을 시청했다. 아니스색 정장에 남옥빛 넥타이를 맨 기자가 마이크를 들고 〈풀밭 위의 점심〉 앞에 서 있었다. 미술관 사람들은 감히 루이즈의 그림을 떼어내지 못했다. 양로원 사람들은 모두들 입 밖에 내어 말하지는 못했지만 루이즈가 풀려났다는 속보가 나오기만을 기다렸다. 그러나 뉴스에서는 오직 파란색과 초록색의 귀환에 대해서만 이야기했다. 분홍색과 빨간색이 돌아온 이야기도 간간이 섞어가면서.

샤를로트와 아르튀르가 쏜살같이 뛰어 들어왔다.

"대체 어떻게 된 거예요?" 샤를로트가 외쳐 물었다.

"너희가 이곳을 나서고 얼마 안 돼서 복면을 한 남자 두 명이 왔어." 피에레트가 웅얼거리며 말했다. "처음에 그 남자들은 루이즈만 납치하려고 했어. 하지만 뤼시앵이 그들과 협상을 했어. 자기도 함께 데려가면 우리가 경찰에 신고하지 않게 하겠다고 말이야."

"하지만 경찰에 신고했겠죠, 안 그래요?" 샤를로트가 물었다.

원생들은 뤼시앵을 말리지 않은 것을 부끄러워하며 침묵을 지켰다.

"납치된 사람들을 찾아낼 확률이 가장 높은 시간이 최초의 한 시간이라고들 말하잖아요!" 아르튀르가 화를 냈다.

샤를로트의 선글라스 밑으로 눈물이 흘러내렸다.

"우리가 경찰에 신고했다는 걸 그들이 알게 되면, 두 사람을 되찾지 못할지도 몰라. 그들이 원하는 건 루이즈가 그들의 색연필로 그림을 그리는 것뿐이야." 피에레트가 말했다. 그녀는 초록색 손수건으로 이마를 닦은 뒤 덧붙였다. "그러고 나면 아무런 해도 입히지 않고 풀어주겠다고 우리와 약속했어. 뤼시앵도 자신 있어 하는 눈치였고."

바로 그때, 샤를로트의 휴대전화가 진동했다. 그녀는 서투른 몸짓으로 전화를 받았다.

아자이는 그 여자의 목소리가 어느 방송에서 나왔는지 알아내느라 몹시 고생했다. 그가 가진 오래된 자명종 라디오는 주파수가 제대로 표시되지 않았다. 그래서 호텔 복도를 거슬러 올라가 문마다 노크해보았고, 다행히 영어를 하는 어느 여자가 문을 열어주었다. 그가 자기 방에 와서 라디오를 들어줄 수 있겠느냐고 말하자, 여자는 그를 '변태' 취급하며 면전에서 문을 쾅 닫아버렸다. '변태'라는 프랑스어 단어는 영어로도 비슷한 발음이었다. 그래서 그 뜻을 짐작할 수 있었다. 프런트로 가봤지만, 프런트의 젊은 여자가 그에게 던진 눈길에서, 그는 이런 방법으로는 아무것도 얻지 못하리라는 것을 알았다. 프런트의 여자는 얼굴이 붉어지더니, 자기는 마음대로 자리를 비울 수 없다고 핑계를 댔다.

청소 담당 직원이 올 때까지 기다린 뒤에야, 몇 시간 전부터 자신이 듣고 있는 라디오 방송이 프랑스 앵테르라는 것을 알 수 있었다. 그는 그 방송국의 홈페이지를 즉시 휴대전화에 띄웠고, 팟캐스트들을 보다가 그를 혼란에 빠뜨린 연보라색에 다시 휩쓸렸다. 담당 저널리스트의 이름을 클릭하자 샤를로트의 사진이 떴고, 아자이는 그녀의 미모에 감탄했다. 하지만 섬세한 윤곽의 그 젊은 여자가 택시 뒷좌석에서 자신과 사랑을 나눴던 바로 그 여자인지는 확신하지 못했다. 그의 기억 속에서 그 여자는 머리가 더 길었다. 얼굴은 아무리 생각해봐도 전혀 떠오르지 않았다. 뉴욕의 밤거리가 어두웠기 때문이다. 그녀의 목소리를 듣자마자 그는 그 놀라운 연보라색을 음미하기 위해 눈을 감았다. 사진 속 미지의 여인은 선글라스를 끼고 있었다. 혹시 시각장애인인 걸까? 인터넷에 샤를로트의 이름을 검색해보니 수많은 기사들이 떴다. 샤를로트 다 폰세카는 색채 전문가였다. 그러니까 그와 어울리는 여자는 아니었다. 그렇다고 그녀를 만나고 싶은 마음이 없어지는 것은 아니었다. 그녀의 목소리는 그를 매혹했다. 그래서 그는 택시를 타고 라디오 방송국으로 갔다.

검은 외투로 몸을 감싼 한 남자의 모습이 그의 눈에 들어왔다. 그 남자 역시 안으로 들어가지 못하고 입구에서 서성이고 있었다. 그들은 오랫동안 기다렸다. 아자이는 그 남자 옆 2미터도 안 되는 곳에 조금 물러서 있었다. 마침내 샤를로트가 모습을 드러냈다. 사팔눈의 남자가 자신의 휴대전화 화면을 들여다보았다. 아자이도 똑같이 했다. 자기 휴대전화 화면에 띄워놓은 그녀의 사진을 들여다보았다!

새해 전야에 그의 택시를 탔던 그 여자 손님인지는 여전히 확신할 수가 없었다. 하지만 그녀가 하얀 접이식 지팡이를 펼치는 것을 보니 더 이상 의심의 여지가 없었다. 그 여자 손님이 틀림없었다! 아자이는 너무도 기뻤다. 그는 그녀를 만날 준비가 되어 있었다. 그때 검은 외투의 남자가 그녀의 시야 속에 들어갈 생각이 없다는 듯 옆으로 한 걸음 비켜났다. 시각장애인에 대한 행동치고는 이상했다. 아자이는 잠깐 기다려보았고, 그 남자가 샤를로트를 미행하기 시작하는 것을 알아차렸다. 그들을 따라가보기로 했다.

샤를로트는 RER을 타고 소*까지 갔다. 그러나 아자이가 역을 나서기 위해 지하철 티켓을 개찰구 홈에 넣자, 빨간불이 켜지고 출구가 막혀버렸다. 건너편에서 경찰이 엄격한 표정으로 그를 지켜보았다. 아자이는 첫 파리 여행 때 부모님과 함께 찍은 흑백사진 한 장을 떠올렸다. 장래의 인도 대통령감이었던 그가 지하철 가로대를 뛰어넘어 무임승차를 시도했고, 그 순간은 사진으로 찍혀 영원히 기록에 남았다. 만약 프랑스 대통령이 이런 행동을 한다면, 지역의 관습을 따르지 않은 거라고 이해하고 넘어갈 거야, 그는 개찰구를 넘어가며 결론 내렸다. 영어를 한마디도 할 줄 모르는 역내 경찰이 즉각 그를 체포했다.

아자이는 자신을 변호하기 위해 외쳤다. "자크 시라크! 자크 시라크!"

다른 정치 성향을 가진 듯한 역내 경찰이 분홍색 신분증을 돌려주며 그를 놓아줬을 때, 샤를로트는 이미 멀리 가 있었다. 아자이는 주

---

* Sceaux, 파리 남남서쪽 10킬로미터 지점에 위치한 조용하고 한가한 주거 도시.

택가의 길을 무턱대고 걸었다. 택시 기사로 일한 경험이 위치를 탐지하는 데 도움이 되었다. 그는 주변 길들을 한 시간 가까이 체계적으로 탐색했다. 그러던 중 길 안쪽으로 쑥 들어간 커다란 건물 안뜰에 복면을 쓰고 권총을 든 남자 두 명이 있는 것을 보자, 희망을 잃기 시작했다. 두 남자 중 한 명은 몸집이 무척 거대했고, 다른 한 명은 아까 방송국 앞에서 본 그 검은 외투의 남자였다!

그들 옆에는 육십 대 남자 한 명이 검은 머리에 거무스레한 얼굴을 한 어린 여자아이를 품에 안고 있었다. 두 남자가 그 육십 대 남자를 에스코트했다. 거구의 남자가 작은 트럭의 뒷문을 열었다. 그리고 육십 대 남자에게 타라고 지시하고는 그들이 타자 문을 걸어 잠갔다. 두 남자는 재빨리 트럭 앞좌석에 올라타고 쏜살같이 출발했다. 트럭은 주택가 도로로 나와 빨간 신호등을 받고 아자이 바로 앞에서 멈추었다.

어쩌지? 트럭 앞을 막아서야 하나? RER 역내 경찰을 찾아가야 하나? 신호등의 불이 아래쪽부터 들어왔다. 바로 그 순간 그는 소녀의 목소리를 들었고, 더 생각할 것도 없이 뒤쪽 범퍼로 뛰어올라 손잡이를 붙잡으며 중심을 잡고 섰다. 트럭이 가속을 붙였고, 아자이는 눈을 감았다. 무서워서가 아니었다. 소녀의 말소리에 귀 기울이기 위해서였다. 감은 눈꺼풀 밑에 그가 좋아하는 색의 반점이 뚜렷이 보였다. 연보라색 반점. 이 반점은 몇 년 전 새해 전야에 그가 사랑했고 방금 찾아냈다가 다시 놓친 그 여자의 목소리가 만들어낸 반점보다 훨씬 더 또렷하고 강렬했다. 특히 이 반점은 주황색 후광에 둘러싸여 있었다. 소녀의 목소리처럼 붉은기가 도는 주황색이었다.

트럭은 10여 킬로미터를 달려 웬 주류 창고 안으로 들어갔다. 아자이는 트럭이 창고 주차장으로 진입하기 전에 아스팔트 위로 뛰어내렸다. 기묘하게 차분해지고 집중된 상태로 그 수공업 지대 입구까지 걸어가 그곳의 도로명이 무엇인지 알아보았다. 그런 다음 조심스럽게 다시 돌아와 휴대전화의 부재중 통화 목록을 뒤져 색이 사라진 날 그가 바람맞힌 여자 손님의 전화번호를 찾아냈다. 외국에서 걸려온 유일한 전화였고, 그의 머릿속에서 퍼즐이 다시 맞춰졌다. 이 여자 손님에게 상황을 설명하고 싶었다.

　유일한 문제가 하나 있었다. 그에게는 인적 조직망이 없었다. 주차장에서 몸을 숨길 만한 곳을 찾았다. 휴대전화 액정에 뜬 가느다란 막대기 하나가 아직 통화가 가능하다는 것을 알려주었다. 샤를로트가 전화를 받았지만, 세부적인 이야기로 들어가기도 전에 그의 전화기가 묵사발이 되어버렸다. 전화기를 들고 있던 그의 팔도 마찬가지였다. 거구의 아시아인 남자가 그의 스마트폰을 빼앗으면서 하마터면 그의 어깨를 탈구시킬 뻔했다. 거구의 남자는 그에게 재갈을 물려 트럭 뒤쪽 짐칸에 결박해놓았다. 몇 분 뒤, 역시 재갈이 물리고 두 손이 등 뒤에 묶인 약간 퉁퉁한 노인과 목소리의 색이 너무 예쁜 소녀가 트럭 짐칸을 향해 걸어오는 것이 보였다.

많은 연구들이 파란색이 모든 문명에서 선호하는 색임을 보여줍니다. 적어도 두 세기 전부터 그랬지요. 그런데 색에 대한 우리의 선호는 타고나는 걸까요, 아니면 학습되는 걸까요? 이런 의문을 가졌던 영국 과학자들이 다른 부분은 다 똑같고 색만 다른 파란색 장난감과 분홍색 장난감을 어린이들에게 주고 고르게 했습니다. 만 두 살까지의 유아들은 장난감을 선택하는 데 색의 영향을 받지 않았습니다. 그런데 두 살 이후부터 여자아이들은 분홍색에 대한 선호를 보였습니다. 이런 선호는 두 살부터 다섯 살 사이에 더욱 커지고 공고해집니다. 남자아이들의 경우 파란색에 대한 선호를 보였습니다. 다섯 살이 넘으면 다섯 명 중 한 명의 여자아이만 파란색에 대한 선호를 보이고, 다섯 명 중 한 명의 남자아이만 분홍색에 대한 선호를 보입니다. 그러므로 분홍색에 대한 여성의 선호와 파란색에 대한 남성의 선호는 타고난 것이 아니라, 후천적으로 학습된 것입니다.

내일 또 찾아뵙겠습니다, 청취자 여러분.

석양 때문에 붉어졌지만 몇몇 파장이 결핍된 하늘이 조금 기묘해 보였다. 어둠이 내리고 있는데 노란색, 주황색, 갈색 그리고 보라색 색조가 보이지 않았기 때문이다. 아르튀르는 방금 채광창에 불이 들어온 창고 지붕을 응시하며 생각에 잠겼다.

한 시간 전, 영어 악센트를 지닌 한 남자가 샤를로트에게 전화를 걸어왔다. 이상하게도 그 남자는 양로원에서 10킬로미터 정도 떨어진 곳의 주소 하나만 말했다. 그런 다음 그곳에 어린 소녀 한 명이 억류되어 있다고, 경찰에 꼭 알리라고 하고는 곧바로 전화를 끊었다.

한편 샤를로트는 지독히 동요하면서도 아버지의 뜻을 따르기로 결심했다. 그래서 아르튀르가 자신이 가서 살펴보겠다고 나섰고, 시몬이 피아트 500을 빌려주었다. 아르튀르는 그 창고에서 100미터쯤 떨어진 곳에 차를 세웠다.

어떻게 한다? 틀림없이 루이즈는 이미 모든 색연필로 그림을 그렸을 것이다. 그러나 뤼시앵과 루이즈는 그들에게 아무런 도움이 되지 않았고, 그러니 그들은 두 사람을 풀어줘야 했다. 아르튀르의 의식을 들쑤시던 생각 하나가 갑자기 수면 위로 떠올랐다. 지붕 위로 올라가면 안에서 무슨 일이 일어나고 있는지 몰래 관찰할 수 있을 것이다.

아르튀르는 더 생각할 것도 없이 낮은 담장 위로 기어오른 다음, 그 자신도 알지 못했던 민첩성을 발휘해 지붕 위로 올라갔다. 가능한 한 소리를 내지 않으려고 애쓰며 가파른 금속 경사로를 기어올라 마침내 창가에 다다랐다. 창고 안에는 술 상자 수백 개가 쌓여 있었지만, 사무실은 비어 있는 것 같았다. 아르튀르는 재킷을 벗어 손에 둘둘 감고 힘껏 내리쳐서 창유리를 깨뜨렸다. 내가 멍청한 짓을 하고 있는 건 아닐까? 하지만 그는 벌써 안으로 들어가고 있었다. 발끝으로 조심조심 걸어 창고를 통과하니, 물건들이 뒤죽박죽 널려 있는 사무실이 나왔다. 테이블 위에 회색 색연필로 원을 그린 종이 수십 장이 놓여 있고, 한쪽 구석에는 용 자수가 놓인 가방이 있었다. 불안감이 아르튀르를 압박해왔다. 이 불한당들이 아무것도 얻어내지 못하니까 루이즈와 뤼시앵을 없애버리려는 건가……. 아르튀르는 단서가 될 만한 것을 찾아 서랍들을 하나하나 열어보았다.

아르튀르의 눈길이 싸구려 사무용 책상 위에 가 닿았다. 책상 위에 놓인 깨진 액자 속에 사진 한 장이 들어 있었다. 질베르가 아내와 함께 중국에 여행 가 만리장성 앞에서 찍은 사진이었다. 그러니까 그 개자식이 루이즈와 뤼시앵을 납치해 간 것이다! 아르튀르는 격분해서 책상을 뒤엎었고, 마침내 질베르의 개인 주소가 적힌 봉투를 발견했다.

아르튀르는 13구의 포르트 디탈리를 통해 파리로 들어가 질베르의 집 앞에 차를 세웠다. 차이나타운 한가운데 자리한 고층 건물이었다. 1층의 식당 유리창 너머로 그 덩치 큰 녀석이 보였고, 아르튀르는 안으로 들어갈 준비가 되었다. 하디, 스모 선수, 일명 200킬로였다! 그의 맞은편에서는 질베르가 크게 몸짓을 해가며 뭔가 이야기를 하고 있었다. 아르튀르는 흥분했다. 그러나 흥분한 마음을 억누르고, 손님이 가득한 식당 문을 조심스레 열었다. 그들이 앉은 테이블은 손님들이 외투를 걸어놓은 옷걸이들이 걸린 커다란 기둥 뒤에 가려져 있었다. 아르튀르는 그들의 테이블을 등진 채 게걸음으로 기둥에 다가갔다. 웨이트리스가 어리둥절한 표정으로 그를 바라보다가, 어깨를 으쓱하고는 손님들의 주문을 처리하러 갔다.

목표물이 몇 미터 남았을 때, 아르튀르는 귀를 쫑긋 세웠다.

질베르는 중국어로 이야기를 시작해서 프랑스어로 끝을 맺었다. 200킬로도 똑같이 했다. 질베르가 잘 알아듣게 하기 위해서였다. 질베르가 아는 중국어는 간단한 표현 스무 개 정도뿐이었기 때문이다.

"우린 색 하나를 되찾았어. 그것만으로도 나쁘지 않아."

"하지만 그들을 계속 가둬놓을 순 없어. 그건 너무 위험하다고." 질베르가 대꾸했다.

200킬로가 중국어로 혼자 중얼거렸다.

저 작자 지금 뭐라는 거지? 아르튀르는 궁금했다.

"지금 뭐라고 한 거야?" 질베르가 200킬로에게 물었다.

"다른 색연필들을 찾아내서 그 여자애한테 그림을 그리게 할 시간이 아직 24시간 남아 있다고." 200킬로가 말했다. "그런 다음 우리가 말한 대로 할 거야."

아르튀르는 자신의 아이폰을 기둥 옷걸이에 걸린 질베르의 외투 안주머니에 슬쩍 집어넣었다. 그런 다음 황급히 그 자리를 벗어났다.

덩치 큰 남자가 트럭 짐칸의 문을 다시 닫아 그들을 어둠 속에 남겨두었다. 문이 닫히기 전, 아자이는 그들에게 눈웃음을 보냈다.

트럭은 30분 정도 달려간 뒤 멈추었다. 잠시 후, 웬 자동차가 시동을 걸고 출발하는 소리가 들렸다. 그러니까 그들을 납치한 자들이 그곳을 떠났다는 의미였다.

작은 까마귀 한 마리가 멀리서 목청껏 울어댔다. 트럭이 들판에 와 있는 모양이었다. 루이즈가 서럽게 울었고, 뤼시앵은 절망적인 눈빛으로 손녀를 바라보았다. 루이즈는 작은 몸을 이리저리 열심히 뒤틀었고, 마침내 결박이 풀렸다. 묶였던 줄에서 한 손을 빼냈고, 그 손으로 제 입에 물린 재갈을 벗겨냈다.

"할아버지, 이 게임 재미없어요!"

"ㅇㅇㅇㅇㅇㅇㅇ음." 뤼시앵이 웅얼거렸다.

루이즈는 즉시 할아버지의 입에 물린 재갈을 벗겨주었다.

"네가 이겼다, 루이즈!"

"하지만 재미없어요. 마술사 게임은 혼자 풀려나야 하는 거잖아요!"

"그래, 맞아. 그리고 네가 이걸 풀어줘야 하고." 뤼시앵이 몸을 돌려 자신의 손목을 손녀에게 보여주며 말했다.

그러나 매듭이 너무 단단히 묶여 있어서 루이즈는 그 결박을 풀지 못했다. 루이즈가 다시 울기 시작했다.

"으으으으음." 이번에는 아자이가 말했다.

루이즈가 그의 재갈을 벗겨주었다.

"봉주흐…… 마흐무아젤……. 내 이름은 아자이라고 해……. 너는…… 이름이 뭐니?"

루이즈가 흐느낌을 뚝 그쳤다.

그리고 빙긋이 웃으며 대답했다. "루이즈예요."

"Beautiful(예쁜 이름이구나)……."

"Who are you(당신은 누구요)?" 뤼시앵이 염려가 묻어나는 목소리로 물었다.

"Her father(이 아이의 아버지입니다)." 아자이가 루이즈와 똑같은 미소를 머금고 대답했다.

어둠에 눈이 익은 뤼시앵은 피부가 거무스레한 그 남자와 자기 손녀딸을 차례로 바라보았다. 두 사람은 판박이처럼 똑같았다.

"But please maybe don't translate that(혹시라도 그 말을 통역해서 말하지 마시오)." 뤼시앵이 말했다. "I have to talk first with her mother(일단 내가 이 아이 엄마하고 이야기를 해봐야 하니까)."

아자이는 루이즈를 돌아보고는 입이 귀에 걸릴 정도로 활짝 웃었다.

"파를 루이즈 프항세 아 무아 실 부 플레(루이즈, 나에게 프랑스어로 말하려무나)." 그가 눈을 감으며 루이즈에게 말했다.

양로원 원생들이 작업실에서 블루스를 즉흥 연주했다. 음악은 긴
장을 풀어주는 동시에 마음을 서글프게 만드는 힘을 갖고 있었다.
색이 그런 것처럼. 많은 원생들이 이 즉흥 연주회에 참여하고 싶어
했지만, 안타깝게도 기분이 우울할 때 블루스를 더 잘 연주할 수 있
다는 사실을 확인했다. 샤를로트는 벽에 몸을 기댄 채 그들과 함께
노래를 불렀다. 그녀의 목소리에서는 그녀가 느끼는 슬픔과 불안이
손으로 만지듯 느껴졌다.

　갑자기 아르튀르가 쏜살같이 달려 들어와 블루스의 마법을 깨뜨
렸다.

　"다 잘됐어요. 제가 전부 설명해드릴게요. 혹시 아이폰 쓰는 사람
있어요?"

　"무슨 일이 있었는데?" 피에레트가 자기 아이폰을 아르튀르에게
내밀면서 물었다.

　"제 휴대전화에 위치추적 앱을 설치해서 질베르의 재킷 안주머니
에 넣어놨어요. 그자가 루이즈와 뤼시앵을 납치했어요. 그자를 추적
하려면 이 휴대전화에 즉시 그 앱을 설치해야 해요."

　몇 분 뒤, 진한 파란색의 점 하나가 피에레트의 아이폰 액정 위를

움직였다. 질베르는 차이나타운의 식당을 떠나 13구의 길을 걷고 있었다.

"지금 경찰에 전화를 해야 합니다." 아르튀르가 아이폰 액정에 눈을 고정한 채 결론 내리듯 말했다.

"안 돼요." 샤를로트가 단호한 목소리로 끼어들었다. "다들 알다시피, 앞으로 24시간이 남아 있잖아요. '그런 다음 우리가 말한 대로 할 거야'라고 말하는 걸 들었다면서요."

"그러네요!"

"아니야, 그건 아무 의미 없이 한 말이지!" 시몬이 화를 냈다.

"그들은 매우 조직화되어 있고, 곳곳에 하부 조직이 있을 거예요. 그런데 우리가 이 일에 경찰을 끌어들이면, 그들이 두 사람을 없애려 할지도 몰라요. 내 딸아이가 어디에 있는지 모르는 이상, 나는 그 어떤 위험도 무릅쓰지 않을 거예요. 게다가……." 샤를로트의 목소리가 갈라졌다. "우리 아버지가 약속했다면서요."

"그러니까 질베르를 놓쳐서는 안 됩니다." 아르튀르가 말했다. "조만간 그자가 주머니 속에서 제 휴대전화를 발견할 거예요. 어쩌면 벌써 발견했는지도 모르죠."

"이번엔 내가 같이 갈게요." 샤를로트가 반론을 허용하지 않는 목소리로 말했다.

전직 스타 요리사의 휴대전화 화면에 뜬 진한 파란색 점이 식당에서 1킬로미터가 안 되는 곳에 멈춰 있었다.

"빨리 돌아올게요." 아르튀르는 피에레트의 휴대전화를 손에 든 채 그 자리에 모인 사람들에게 인사했다.

아르튀르와 샤를로트는 차체가 '솔 블루soul blue', 즉 오바오 입욕제를 연상시키는 무척 진한 파란색인 피아트 500을 타고 파리로 질주했다. 몽수리 공원의 키 큰 나무들 아래에서, 쉰 명쯤 되는 사람들이 기공 수련을 하고 있었다. 그들 중에는 초심자가 많았다. 아르튀르는 그 광경을 샤를로트에게 묘사해주었다.

　"파리 사람들이 초록색이 가져다주는 미덕을 재발견하나 봐요." 그녀가 한숨을 쉬었다. "초록색의 파장은 가시광선 스펙트럼의 정확히 한가운데에 있어요. 균형감이 뛰어난 색이죠."

　"그게 무슨 뜻이죠?"

　"초록색은 사람에게 꼭 필요한 색이에요. 특히 1년 중 대부분을 눈속에서 사는 극지 사람들이 초록색을 무척 좋아하죠."

　"초록색이 왜 그렇게 중요한데요?"

　샤를로트는 빙긋이 웃었다. 길게 설명하고 싶은 기분이 아니었지만, 그래도 대답을 했다.

　"주변 환경이 초록색인 곳에 있는 사람의 대뇌피질을 연구했더니, 우뇌에서도 좌뇌만큼이나 중요한 활동이 발견되었어요. 차가운 계열의 색들이 모두 그렇듯이, 초록색도 혈압과 호흡수를 낮추고 이완하게 해주죠. 그리고 따뜻한 계열의 색들이 모두 그렇듯이, 초록색은 집중력을 높이고 에너지를 부여해요."

"그런 생각은 한 번도 해본 적이 없어요."

"그리고 초록색은 신뢰감을 불러일으켜요. 1861년에 그 색이 미국 달러화의 색으로 채택된 것은 우연이 아니에요. 사람들이 금 본위 사고방식에서 벗어나 종잇조각에 불과한 달러화의 가치를 믿게 해야 했죠. 카지노 게임판의 바닥 색깔로 실험을 해봤어요. 바닥 색이 빨간색일 때, 게임하는 사람들은 큰 액수의 돈을 걸었지만 빨리 게임을 멈췄죠. 파란색일 때는 소심하게 게임을 했어요. 초록색일 때도 상당한 액수의 돈을 걸었지만, 돈을 잃어도 회복할 수 있을 거라 여기고 계속 게임을 했어요. 이렇듯 초록색은 대부분의 문명에서 희망을 상징하죠."

"그렇다면 희망을 가져봅시다!"

마침내 그들은 파란 점이 가리킨 길에 차를 세웠다. 그 위치 측정 앱에 따르면 아르튀르의 아이폰은 한 시간 넘게 움직이지 않고 있었다.

"GPS에 따르면 내 전화기는 이 건물 안에 있을 거예요." 아르튀르가 샤를로트에게 말했다. "1층에 노래방이 있고, 2, 3, 4, 5, 6, 7층이네요. 그들이 몇 층에 있는지 어떻게 알아낸다?"

그들은 피아트 500을 노래방 입구에서 몇 미터 떨어진 좁은 장소에 세웠다.

"뭐 보이는 게 있어요?" 샤를로트가 물었다.

"특별한 건 없네요……."

"좀 기다려보죠."

파란 점은 여전히 움직이지 않았다. 몇 분 뒤, 서양 남자 두 명이 노래방 안으로 들어갔다.

"노래 부르기엔 좀 이른 시간인데." 샤를로트가 말했다. "이 노래방 어떻게 생겼어요?"

"정면 벽과 문이 무척 하얀색이에요. 이렇게 순수한 하얀색은 한 번도 본 적이 없는 기분이 드네요."

"그건 정상이에요. 당신은 파란색을 못 보다가 다시 보고 있으니까요."

"뭐라고요?"

"우리가 하얀색이라고 부르는 것은 옛날 우리 조상들이 연한 파란색이라고 부른 색이에요. 물리적 시각에서 보면, 진짜 하얀색은 우유색이죠. 우유가 담긴 유리잔 옆에 하얀 종이를 놓으면 파란빛이 조금 도는 것을 알 수 있어요. 현재 우리가 가진 개념으로 보면, 우중충한 날씨에 내린 눈은 조금 노르스름하게 보일 테고요."

"나한테는 눈이 그냥 하얗게만 보이던데, 파란 하늘 밑에서 봐서 그런 거군요."

"구름 없이 파란 하늘 밑에서는 눈이 적어도 파란색의 5퍼센트를 반사하기 때문이에요. 직물 제조업자들은 소비자들이 새하얗다고 느끼도록 하얀 셔츠나 티셔츠의 천을 연한 파란색으로 염색해요."

"그 말을 들으니 이해가 되네요……. 오!"

"왜요, 무슨 일이라도 있어요?"

"방금 성직자 한 명이 노래방 안으로 들어갔어요!"

파리 대주교는 13구 지역을 매우 잘 알고 있었다. 2010년 '중국인의 영적 생활 조사'라는 통계자료를 통해 중국의 기독교인 비율이 2.4퍼센트라는 것을 알게 된 후 그는 정기적으로 이곳을 찾아왔다. 2.4퍼센트라는 수치는 적어 보일 수 있지만, 사람 수로 계산하면 3,300만 명이라는 뜻이었다. 10여 년이 지나면, 중국 기독교 공동체가 전 세계에서 가장 큰 기독교 공동체가 될 터였다. 가장 오래된 공동체 중 하나이기도 하지, 대주교는 노래방의 문을 밀어 열면서 생각했다. 사도 토마가 서기 67년 중국의 옛 수도 뤄양에 최초의 기독교 교회들 중 하나를 지었다. 뤄양은 상하이 그리고 베이징과 등거리에 있는 내륙 도시이다. 아직 오후라, 노래방에는 사람이 없었다. 그가 유일한 손님이었다.

　"실례지만 화장실 좀 쓸 수 있을까요?"

　"물론입니다, 선생." 200킬로가 대답했다. 그런 다음 성직자복을 입은 사람을 '선생'이라고 부르면 안 된다는 것을 곧 깨달았다. "신부님." 그는 독실한 기독교인으로서 고쳐 말했다. "그런데 좀 기다리셔야 합니다. 사람이 들어갔거든요."

　노래방에서 동양 음악이 아니라 미국 록 음악이 흘러나오는 것을 듣고 대주교는 놀랐다. 그러나 그의 생각은 다양한 색을 사용한 그림들과 남색 꽃문양으로 장식된 자기 화병들로 옮겨 갔다. 저 잔들 중 하나에 그리스도의 피를 담아 마시는 것도 나쁘지 않겠군, 그는 속으로 생각했다. 사십 대 남자 두 명이 화장실에서 나왔다. 활짝 미소를 짓고 있는 것으로 볼 때, 한눈에 보기에도 시원하게 볼일을 본 모습이었다. 영혼이 활짝 열려야 하는데, 두 남자 중 더 젊은 남자의 티셔츠에 프린트된 가수 프린스의 얼굴을 보며 대주교는 속으로 생각했다.

200킬로가 이중 턱으로 성직자에게 화장실 문을 가리켰다.

"이제 들어가셔도 됩니다, 예하." 200킬로는 그가 입은 성직자복이 평범한 사제복이 아님을 눈여겨본 뒤 이렇게 말했다.

대주교는 화장실로 향했고, 남자 관리인이 화장실 입구의 테이블 뒤에 앉아 있는 것을 보았다. 요금 넣는 통이 전통적인 작은 잔 모양이 아니라 금속으로 된 금고 모양이었고, 화장실 전체가 붉은색으로 칠해져 있었다.

하지만 가장 놀라운 것은 테이블 한가운데 놓인 작은 게시판에 '1만 유로'라고 적혀 있다는 사실이었다.

아무리 그래도 좀 비싸네, 대주교는 속으로 생각했다. 내가 진짜로 용변을 볼 필요가 없는 만큼 말이야. 하지만 어쨌든 이건 내가 저축한 돈에서 나온 거니까, 그는 지폐 뭉치를 하나 꺼내 공중화장실 관리인에게 내민 뒤 남녀 공용 화장실 안으로 들어가며 스스로를 합리

화했다. 그런 다음 문을 채 닫지도 않고 양변기 앞에 곧장 무릎을 꿇었다. 누가 봤다면 장에 문제가 생겨 괴로워하는 줄 알았을 것이다. 하지만 아니었다. 대주교는 두 손을 모아 엄지손가락으로 외투를 누르고 나머지 손가락들은 하늘로 향한 채 고개를 빳빳이 들고 있었다. 그런 자세로 수세 장치의 물탱크에 붙어 있는, 어린아이가 그린 단색의 그림을 보며 기도를 올렸다. 그림에는 지팡이를 들고 걸어가는 여자가 그려져 있었다. 대주교가 볼 때 그것은 필경 성모 마리아를 표현한 그림이었다. 이윽고 그는 자신의 사제복을 내려다보았다. 그리고 사제복이 아맛빛 진회색에서 아닐린색으로 천천히 변하고 마침내 앞에 있는 그림처럼 보라색을 되찾은 것을 보고 무척 기뻐했다. 그가 좋아하는 색이었다. 보라색은 신앙을 그리고 엘리트를 상징한다. 유럽에서 보라색은 주교와 추기경들의 색이다. 프랑스와 영국의 왕들은 보라색 상복을 입도록 허락받은 유일한 사람들이었다. 일본에서는 황제들에게만 배타적으로 허용되었다. 보라색은 무의식적으로 존경심을 강요하고 신비로움을 불러일으킨다.

보라색이 사라진 후, 이 성직자는 자신이 이따금 자기도 모르게 신의 존재를 의심한다는 걸 깨닫고 놀랐다. 또한 눈을 감고 기도할 때 눈앞에 나타난 영상들이 보랏빛을 띤 경우가 많았다는 것도 깨달았다. 보라색은 종교적 약속과 그의 양심을 연결해주는 필수불가결한 요소였다. 방금 그는 그 색을 되찾았고, 신께 열렬히 감사드렸다.

몇 분 뒤 대주교가 화장실 문을 열고 밖으로 나왔고, 아르튀르와 샤를로트는 노래방에서 프린스의 유명한 노래 〈퍼플 레인Purple Rain〉이 흘러나오는 것을 들었다. 샤를로트는 즉시 땀을 줄줄 흘렸고 호흡이 불규칙해졌다. 불안감 때문에 이성적으로 생각할 수가 없었다.

　"당신 신자예요?"

　"맞아요……."

　"어쨌든 낭패스러운 일이 일어나진 않았을 거예요. 갑시다."

　아르튀르는 자동차를 한 바퀴 돌아 샤를로트의 팔을 잡고, 몇 분 전 프린스의 팬들이 활짝 웃었듯이 얼굴에 미소를 띠고 있는 성직자 쪽으로 걸어갔다.

　"실례지만, 예하. 저희를 위해 기도해주실 수 있겠습니까?"

　"특히 제 딸아이와 아버지를 위해서요." 샤를로트가 덧붙여 말했다. "아마도 그들을 만나셨겠지요?"

같은 시각, 다리를 조금 저는 우아한 사십 대 남자가 노래방 안으로 들어갔다. 그는 하얀 셔츠와 희끗희끗한 관자놀이에 잘 어울리는 정장 차림에 하이킹용 배낭을 어깨에 메고 있었다.

　질베르는 지폐를 세었다. 파리에서도 단연 수익성 높은 화장실이군. 그는 희희낙락했다. 빨간 벽 덕분에 더 강력해진 그 장소의 열기가 그의 팔 밑에 엷은 후광을 둘러주었다. 질베르는 고개를 들어 그 낯선 남자를 보고, 자신이 위험한 상대와 대면하고 있음을 본능적으로 알아차렸다. 두 남자는 서로를 강렬하게 응시했다. 둘 중 누구도 양보하려 하지 않았다. 호랑이와 하이에나의 만남이었다. 상대가 경찰이 아니라는 것을 질베르는 알고 있었다. 경찰치고는 옷을 너무 잘 입었다. 경찰들은 이런 정장을 살 능력이 안 된다.
　"1만 유로입니다." 질베르가 남자의 눈길을 계속 받아내면서 몸을 일으키고 말했다.
　남자는 거만한 표정으로 질베르를 훑어보았고, 질베르의 이마에 땀방울이 맺힌 것을 눈치챘다. 그가 테이블 위에 배낭을 내려놓고, 열린 화장실 쪽으로 천천히 고개를 돌려 그림을 바라보았다.

"먼저 돈부터 내요!"

남자는 꼼짝도 하지 않고 10여 초 정도 가만히 그림을 관찰했다. 그의 얼굴에서는 아무런 감정도 읽히지 않았다, 완벽한 '포커페이스'였다. 그가 그림에서 눈을 떼지 않은 채 배낭 지퍼를 열었다. 배낭 안에는 100유로짜리 지폐 뭉치들이 가득했다. 그가 지폐 색과 같은 초록색 비닐 끈이 둘린 지폐 뭉치 여러 개를 꺼냈다.

그러더니 그 지폐 뭉치들을 질베르 앞에 던지며 멸시하는 어조로 내뱉듯 말했다. "여기 5만."

질베르의 손이 재킷 안쪽의 총기로 천천히 접근했다. 이 남자가 순수한 손님으로 느껴지지 않았다.

낯선 남자는 마지못해 그림에서 눈을 떼고 다시 질베르를 응시했다.

그러더니 심한 영어 악센트로 물었다. "저 그림을 매물로 내놓았다고 들었소만. 그래, 그림값이 얼마요?"

질베르는 한몫 단단히 챙길 수 있겠다고 생각했다. 그렇기는 하지만, 상당한 액수의 도박 빚을 지고 있는 처지라 값이 올라가기를 느긋하게 기다리지 못했다. '화장실 사업'을 하면서 대어大魚를 기다리기로 결심한 것도 그래서였다. 그리고 이번에야말로 뱀상어가 미끼를 문 것이 틀림없었다.

"탕, 이리 좀 와봐!" 질베르는 목소리를 조금 높여 외쳤다.

그러자 노래방의 주인 탕, 일명 200킬로가 손에 권총을 들고 곧바로 달려왔다. 호랑이, 하이에나 그리고 코뿔소의 만남이었다.

"이분이 그림 가격을 알고 싶어 해."

"난 저 그림에 애착이 많은데." 200킬로가 짐짓 당황한 척하며 대답했다.

"돈이 이런 가방으로 하나 더 있어야 해요." 하이에나가 코뿔소의 무기에 위협받은 호랑이에게 명확히 말했다. "이 가방은 내가 선금으로 갖고 있겠소."

남자는 아무 말 없이 조용히 있었다. 이렇게 의중을 가늠당한 것이 이번이 처음은 아닌 것 같았다. 남자는 몇 초 동안 생각에 잠겼다가 두 손바닥을 200킬로 쪽으로 들어 올려 자신의 의도가 평화적임을 보여주었다. 그러고는 붉은 타일에 박힌 소변기로 다가가, 느린 동작으로 두 손을 바지 단추 쪽으로 내려 단추를 풀고 바지 앞섶을 내렸다. 그런 다음 여유롭게 소변을 보았다. 어리둥절해진 질베르는 그의 회색 소변 줄기에서 눈을 떼지 못했다. 이윽고 남자는 바지 앞섶을 다시 올리는 대신 바지를 발목까지 천천히 내렸다. 질베르와 200킬로는 그의 두 다리에 보이는 보라색 점 여러 개에 주목했다. 500유로짜리 보라색 지폐 뭉치 10여 개가 장딴지에 스카치테이프로 붙여져 있었다. 남자는 얼굴을 조금 찌푸리며 스카치테이프를 떼고, 지폐 뭉치를 테이블 위로 하나씩 던졌다. 질베르와 200킬로는 대주교와 프린스의 팬들처럼 이 남자도 보라색을 좋아한다는 것을 눈치챘다.

질베르는 이제 다리를 절지 않는 그 남자를 문가까지 배웅해주었다. 남자가 자기 앞을 지나갈 때, 질베르는 그를 가볍게 포옹하고는 이렇게 말했다. "당신은 정말 멍청이요. 저 그림은 값어치가 훨씬 더 나가요. 당신이 새로운 색을 가진 그림을 나에게 가져다주면 그림 한 장당 100만 유로를 주겠소."

질베르가 현실로 돌아왔을 때, 회색과 흰색의 산타 할아버지는 이미 멀어지고 없었다. 바로 그때, 어디선가 질식한 듯 희미한 소음이 들려왔다. 그의 외투 안에서 규칙적인 진동음이 새어 나오는 것 같았다. 이게 누구 거지? 질베르는 외투 안주머니에서 휴대전화를 꺼내며 궁금해했다.

공들여 차려입은 질베르가 전화를 받으며 노래방 밖으로 나오는 것을 보고, 샤를로트가 허풍을 쳤다. "당신이 찾는 색연필들을 우리가 갖고 있어요."

"……."

"나는 지금 거래를 제안하는 거예요."

"당신 누구요?" 질베르가 경계하며 물었다.

"난 루이즈의 엄마예요. 아버지가 하신 약속을 지키려고 아직 경찰에 전화를 걸지 않았어요. 하지만 난 당신에 대한 모든 걸 알고 있어요. 당신이 사는 곳의 주소, 그리고 당신이 공중화장실 사업을 한다는 것도."

"……."

"오늘 자정에 주류 창고에서 만나요. 알겠어요? 내 딸아이가 보라색으로 나를 그려준 그곳 말이에요."

"……."

"오늘 자정이에요." 샤를로트가 한 번 더 강조했다. "루이즈와 아버지를 데리고 와요. 우린 당신이 찾는 색연필들을 가져갈 테니까. 루이즈가 당신에게 그림 몇 장을 그려주게 할 테니, 그러고 나면 두 사람을 풀어줘요. 안 그러면 당신은 감옥에서 인생을 마치게 될 뿐 아니라, 내가 당신 눈알을 뽑아버릴 테니까."

샤를로트와 아르튀르가 예상했던 것처럼, 질베르는 몇 초 뒤 200킬로와 함께 다시 밖으로 나왔다. 그들은 건물 문을 잠그고 검은 메르세데스 자동차에 올라탔다. 그들의 몸무게 때문에 자동차가 약간 내려앉았다. 200킬로가 시동을 걸었고, 자동차는 끼익 소리를 내며 출발했다.

"갑시다." 아르튀르가 차 키를 돌려 시동을 걸면서 말했다.

질베르가 그의 휴대전화를 갖고 있으므로, 그들은 눈에 띄지 않고 멀리서 그를 추적할 수 있을 터였다. 놈들이 포르트 디탈리를 통해 서부 외곽도로로 접어들었다. 그 길은 상대적으로 덜 붐볐고, 아르튀르는 적당히 거리를 두고 그들을 따라갔다.

포르트 도를레앙 근처에서 갑자기 파란 점이 사라졌다. 휴대전화 배터리가 바닥난 것 같았다. 아르튀르는 즉시 액셀러레이터를 밟고 실시간 교통 상황을 확인해보았다. 포르트 브랑시옹, 포르트 드 세브르, 포르트 도핀 그리고 포르트 드 샹프레, 모두 교통 흐름이 무난했다.

"놈들이 외곽도로를 벗어났을 거예요. 진즉 따라잡았어야 했는데." 아르튀르가 투덜거렸다.

샤를로트가 그의 손을 잡았다. 그녀의 손은 그의 손보다 더 차가웠다.

뉴스는 마른 들판의 불길처럼 퍼져나갔다. 구글 사이트에 들어가기만 하면 보라색을 보고 다시 감탄할 수 있었다. 구글 홈페이지에서 지팡이를 들고 걸어가는 여자를 보라색 색연필로 그린 순박한 크로키를 볼 수 있었다. 움직이는 효과를 준 gif 파일이 마치 여자가 앞으로 걸어가는 듯한 느낌을 주었다. 전 세계 곳곳의 검색엔진들이, 모든 라디오 방송과 모든 텔레비전 방송들이 똑같은 내용의 공지를 세계 각국의 언어로 발표했다. "검색엔진으로서 우리의 사명은 여러분이 모든 색을 되찾을 수 있도록 돕는 것입니다. 익명의 시민이 기증해주신 그림 덕분에 여러분에게 보라색을 되찾아드릴 수 있어서 기쁩니다. 우리는 아직 되찾지 못한 다른 색들을 다시 나타나게 해주는 그림들에 총 1,000만 달러를 제공할 것입니다."

그러나 기대와 달리 보라색의 귀환은 좋은 결과만 불러오지는 않았다. 오히려 흥분과 신경과민을 불러왔다. 세상이 마치 변덕을 부리는 참을성 없는 아이 같았다. 사람들은 더 이상 새로운 색 하나로 만족하려 하지 않았다. 모든 색을 되찾기를 원했다. 왜 아니겠는가, 수백만 달러가 걸려 있는데. 루이즈가 그린 분홍색 생쥐와 파란 하늘, 초록색 풀밭의 그림이 오르세 미술관에 붙여진 후, 많은 사람들이 어린아이의 그림이 색을 다시 나타나게 한다고 생각했다. 구글의 공지 이후에는 의심의 여지가 없어졌다.

전 세계 어린이들이 그들이 가진 모든 색연필과 물감으로 그림을 그리라고 권유받거나 강요받았다. 어떤 부모들은 한밤중에 자녀를 깨워 그림을 그리라고 시키기도 했다. 주머니에 색연필을 잔뜩 넣고 등교하는 이상한 아이들은 학교에서 쫓겨났다.

양로원 원생들이 커다란 테이블 위에 놓인 피에레트의 노트북 컴퓨터 뒤에 모여 있었다. 감히 아무도 입을 열지 못하고, 루이즈가 그린 보라색 그림이 컴퓨터 모니터에서 움직이는 모습을 바라보고만 있었다. 양로원 식당 벽에 라일락빛 연보라색이 다시 나타났지만, 아무도 그것에 신경 쓰지 않았다.

　몇 분 전부터 샤를로트의 휴대전화가 스피커 기능으로 켜져 있었다.

　클래식 음악을 배경으로 ARS 음성이 끊임없이 반복되었다……. "안녕하세요, 경찰입니다. 전화를 끊지 말고 기다려주세요……. 안녕하세요, 경찰입니다. 전화를 끊지 말고 기다려주세요……."

　"이 사람들 뭐 하는 거야!" 샤를로트가 불안해하며 짜증을 냈다. "판돈이 이렇게 큰데 루이즈와 아버지를 빨리 풀어줘야지."

　"안녕하세요, 경찰입니다. 전화를 끊지 말고 기다려주세요……."

　"우리가 거짓말했다는 걸, 우리에게 다른 색연필이 없다는 걸 눈치챈 게 아닐까!"

　"안녕하세요, 경찰입니다. 전화를 끊지 말고 기다려주세요……."

　"왜 진작 경찰에 전화하지 않았을까요?" 샤를로트가 신경질을 냈다.

　그러지 못하게 막은 사람이 바로 그녀 아니냐고 감히 아무도 말하지 못했고, 각자 그녀 말대로 한 것을 후회했다.

"안녕하세요, 경찰입니다. 전화를 끊지 말고 기다려주세요……."

바로 그때, 자동응답기의 음악이 갑자기 뚝 끊겼다.

"전화 받았습니다, 경찰입니다."

"안녕하세요. 저는 샤를로트 다 폰세카라고 합니다. 색들이 다시 나타나게 만든 아이가 바로 제 딸 루이즈예요. 그런데 위험한 범죄자들이 그 사실을 알고 그 아이와 제 아버지를 납치해 갔어요."

"그런 일이 일어났다니 힘드시겠어요." 여자 경찰이 짐짓 동정하는 어조로 샤를로트의 말을 끊었다.

"오늘 자정에 그 납치범들과 만나기로 했어요. 그러니 빨리 조치를 취해주세요!"

여자 경찰은 잠시 뜸을 들였다. 신고한 시민의 목소리가 아는 사람의 목소리 같았다. 어디서 들었더라? 하기야 그런 것은 중요하지 않았다.

"제 말 잘 들으세요, 부인. 저는 숨기는 것 없이 솔직하게 말씀드릴 거예요. 우리 경찰은 지금 아이들이 색을 다시 나타나게 만들었다는 이유로 납치당했다는 혹은 그러지 못했다는 이유로 두들겨 맞았다는 신고 전화를 셀 수 없이 많이 받고 있어요. 물론 부인께서 하신 이야기를 의심하는 건 아니에요." 경찰이 말과는 반대의 뜻을 드러내는 목소리로 덧붙였다. "일단 지역 경찰서에 가서 공식적으로 진술하시길 권해드립니다."

샤를로트는 화를 억누르고 가능한 한 침착한 어조로 말했다.

"그 납치범들과 만나기로 약속했다고 방금 말씀드렸잖아요. 약속 시간까지 한 시간도 안 남았어요."

여자 경찰은 속으로 생각했다. '분명 내가 아는 목소리야.' 자신이 좋아하는 라디오 방송 진행자의 목소리가 떠올랐다. 이 시민의 목소리가 좀 더 다급하고 불규칙한 것만 다른 듯했다.

"네, 부인. 그래서 방금 가장 간단한 방법은 지역 경찰서에 가서 공식적으로 진술하는 것이라고 말씀드렸습니다. 그런데 진술하려는 시민이 많으니, 차라리 내일 아침에 가시는 게 나을 거예요."

샤를로트는 격분해서 휴대전화를 테이블 위에 던져버렸다.

캘리포니아에서 '치료 목적의' LSD 복용이 합법화됐습니다.

_《르몽드》인터넷판

11장

오렌지, 바나나, 사과들이
쏟아지는 밤

아르튀르와 샤를로트는 벌써 몇 분 전부터 주류 창고 앞에 차를 세워놓고 있었다. 주차장에 다른 차는 한 대도 없었고, 건물에서는 불빛이 전혀 새어 나오지 않았다. 하늘에 구름이 끼어 있어 달도 보이지 않았다. 나트륨 가로등 하나만 예전에 토해내던 오렌지빛 후광보다 더 음산하지만은 않은 회색 불빛을 발했다.

"12시 10분이에요. 그자들 지금 뭘 하고 있는 걸까요?" 샤를로트가 최악의 시나리오를 상상하며 궁금해했다.

"내가 좀 살펴볼게요." 아르튀르가 차 밖으로 나가며 말했다.

그는 자신의 안전을 걱정하지 않았다. 루이즈와 뤼시앵의 안전이 걱정될 뿐이었다. 그는 정문으로 다가가 육중한 철문을 노크했다. 대답이 없었다. 그런 것은 아무래도 상관없었다! 한 바퀴 둘러보고 다시 한번 지붕으로 접근할 작정이었다. 그가 뒤로 돌리려고 할 때 휴대전화 벨소리가 울렸다. 그리고 문 앞쪽 바닥에 점 같은 작은 불빛이 반짝였다. 배터리가 다시 충전된 그의 휴대전화였다. 그는 얼른 휴대전화를 주워 전화를 받았다.

"게임의 규칙을 정하는 건 나야." 전화기 너머에서 질베르가 권위적인 목소리로 말했다. "당신들만 왔다는 보증이 필요해. 다시 차에 타. 그러면 내가 지시를 내릴 테니까."

아르튀르는 피아트 500으로 급히 돌아가 휴대전화의 스피커 기능을 켰다. 질베르는 세밀하게 지시를 내렸다. A86 도로를 타라. 벨리지에서 외곽으로 빠져라. 뫼동 숲으로 들어가라. 숲 한가운데에서 뒤로 돌아 따라오는 사람이 없는지 확인해라. 그런 다음 작은 도로를 타고 밖으로 나와라.

"거기 멈춰 서!" 질베르가 명령했다.

그들은 멈춰 섰다. 어디인지 가늠할 수 없는 비포장도로 위였다. 아르튀르는 시동을 껐다. 그러자 50미터쯤 앞에 헤드라이트 두 개가 켜졌다.

"헤드라이트를 끄고, 색연필을 가지고 밖으로 나와." 질베르가 위협적인 어조로 말했다. "그리고 두 손을 들어."

아르튀르는 헤드라이트를 끈 다음, 색연필 여남은 자루가 든 작은 상자를 집어 들었다. 그리고 차 밖으로 나가려고 했지만, 생각을 바꿨다.

"아이부터 보여줘!" 아르튀르는 전화기에 대고 외쳤다.

앞에서 비추는 헤드라이트 불빛 때문에 눈이 부셨고, 다음 순간 트럭의 형태가 보였다. 역광 속에서 방금 승객석의 문이 열린 것도 보였다. 몇 초 뒤, 그림자 몇 개가 나타나 앞으로 나왔다. 그중 하나는 엄청나게 거대했다. 200킬로가 분명해, 아르튀르는 몸을 떨면서 속으로 중얼거렸다. 하지만 루이즈는 어디 있지? 무슨 일이 일어난 건지 깨닫기도 전에, 검은 형상 하나가 미사일처럼 빠른 속도로 헤드라이트 앞에 나타났다. 샤를로트였다. 눈꺼풀 밑에서 춤추는 빛의 점들을 쫓아 밖으로 달려 나간 것이다. 아르튀르도 색연필 여남은 자루를 손에 든 채 샤를로트를 붙잡기 위해 차 밖으로 전력 질주했다. 그때, 거대한 그림자가 갑자기 풀썩 무너져 내리더니, 거기서 다른 그림자 하나가 떨어져 나왔다. 아르튀르는 급히 그쪽으로 달려갔다. 헤드라이트 불빛 속에 뤼시앵의 얼굴이 보였다. 뤼시앵이 손녀 루이즈를 어깨 위에 목말 태우고 있다가 바닥에 내려놓은 것이다. 허공에 두 손을 젓고 있는 마지막 그림자는 인도 남자 같았다.

샤를로트가 급히 달려오다가 돌부리에 발이 걸려 바닥에 풀썩 쓰러졌다. 아르튀르가 다가가 그녀가 다시 일어나도록 도우려 했다. 하지만 샤를로트는 그대로 주저앉아 불빛 쪽으로 두 팔을 벌렸다. 자기 쪽으로 빠르게 다가오는 발소리들을 듣고 상황을 알아차린 것이다. 작고 억눌렸던 소리가 점차 증폭되었다. 샤를로트는 이 장면이 저속으로 펼쳐지는 느낌을 받았다. 이윽고 루이즈의 짧은 숨소리가 들렸고, 루이즈의 냄새를 감지한 샤를로트는 두 팔을 모아들여 아이를 품에 꼭 껴안았다.

"엄마아아아!"

샤를로트는 눈물을 흘렸다. 자신이 얼마나 사랑하는지, 얼마나 무서웠는지 아이에게 말해주고 싶었다. 하지만 흐느낌이 자꾸만 새어나와 한마디도 할 수가 없었다.

"할아버지하고 함께 보낸 휴가 멋졌어. 내가 마술사가 됐어!"

"나도 왔다." 뤼시앵이 몸을 굽혀 딸과 손녀딸을 두 팔로 끌어안았다.

"이제 다 끝났구나." 그가 말했다. "우리가 저자들한테 망할 놈의 그림을 한 장 더 그려줬다. 이제 다 끝났어."

다음 순간 샤를로트는 공포에 사로잡혔다. 색연필을 까맣게 잊고 있었던 것이다. 그녀에게 중요한 것은 오로지 딸을 되찾는 것이었다. 얼마 안 가 저 불한당들이 그 색연필들이 효과가 없다는 걸 알아차릴 터였다. 그렇게 되면 무슨 일이 일어날까? 샤를로트의 흐느낌이 배가되었다.

한 손에 권총을, 다른 손에는 스케치북을 든 질베르가 그들 쪽으로 다가왔다. 그는 말 한마디 없이 스케치북을 그 가족의 발치에 던졌다. 샤를로트가 본능적으로 그 쪽으로 몸을 돌렸다. 그녀는 선글라스를 벗고 눈을 비비고는 다시 고개를 들었다. 그러고는 순백처럼 하얀 눈으로 질베르를 응시했다. 그녀는 약간의 감기 기운 때문에 끈적끈적하고 가빠진 숨소리를 통해 질베르의 얼굴이 어디에 있는지 감지했다. 질베르는 불편한 기색으로 옆으로 한 걸음 비켜섰고, 그녀는 눈으로 질베르를 좇았다.

질베르가 뒤로 조금 물러섰다. 그리고 공허한 눈빛으로 아르튀르를 응시했다.

"아르튀르!" 질베르가 명령했다. "저 여자아이한테 빨리 그 색연필들로 그림을 그리라고 말해! 당신들이 스스로의 안위를 생각해 나에게 거짓말을 하지 않았기를 바랄 뿐이야!"

아르튀르는 아무 말 없이 색연필 한 움큼을 뤼시앵에게 내밀었다. 그런 다음 한 걸음 물러나 조금 떨어진 곳에 가서 섰다. 여전히 손을 든 채 입가에 묘한 미소를 띠고 있는 호리호리한 인도 남자처럼. 하늘이 너무 캄캄해서 길 양쪽에 서 있는 키 큰 나무들이 겨우 보였다. 자동차와 트럭의 헤드라이트 불빛 속에서 나방들이 춤을 추었다.

아르튀르는 루이즈를 품에 안아주고 싶어 죽을 지경이었지만, 나에게 그럴 권리가 있을까 싶었다. 그가 끼어들 자리가 어디 있겠는가?

"루이즈, 활짝 웃는 엄마의 모습을 나에게 그려줄 수 있겠니?" 뤼시앵이 손녀에게 말했다.

한편 샤를로트는 도통 진정하지를 못했다. 뭔가 말하고 싶었지만 여전히 하지 못하고 있었다.

"색깔을 써서 그림을 그려줘, 알았지?" 뤼시앵이 덧붙여 말했다.

"그런데 엄마는 왜 울어요?"

"네가 너무 오랫동안 엄마에게 그림을 그려주지 못해서 그래. 어떤 색연필로 그리고 싶니? 그림을 그릴 수 있을 만큼 색연필이 잘 보이니?"

경련을 일으키던 샤를로트가 짧게 호흡하며 아르튀르 쪽을 돌아보더니, 마침내 차분하게 가라앉은 목소리로 말했다.

"나 섹스하고 싶어요Je veux faire l'amour!"

뤼시앵은 샤를로트가 충격을 받아 헛소리를 한다고 생각했다. 샤를로트가 하는 말은 두서가 없었다. 아자이가 다가오다가 '사랑amour'이라는 단어를 듣고* 뒤로 한 걸음 물러났다.

"그거 좋은 생각이구나, 샤를로트." 손녀가 겁먹지 않을까 걱정된 뤼시앵이 이렇게 중얼거렸다. "루이즈, 너 사랑을 그림으로 어떻게 그리는지 아니? 몰라? 하트를 그리면 된단다. 할아버지에게 하트를 그려줄 수 있겠어?" 뤼시앵은 되는대로 아무 색연필이나 손에 들고 내밀면서 손녀를 독려했다.

"나 섹스하고 싶어요!" 샤를로트가 기묘하게 또렷한 목소리로 다시 말했다.

"그래, 엄마 말이 맞아. 우리에게 하트를 그려다오, 루이즈." 뤼시앵이 말했다.

마침내 아르튀르는 샤를로트가 암호를 말하고 있음을 깨달았다. 그는 몇 걸음 물러나 질베르와 샤를로트 가족으로부터 멀어졌다. 그리고 뒷걸음질로 트럭을 향해 조심스럽게 걸어갔다. 질베르는 하트

---

* 프랑스어로 '섹스하다'는 'faire l'amour'이고, 'amour'만 단독으로 사용하면 '사랑'이라는 뜻이다.

를 그리는 루이즈에게 정신이 팔려 있었다.

"난 그림 그리기 싫어요. 이 색연필들 전부 회색뿐이잖아요!" 상황
이 급박하다는 걸 모르는 아이가 짜증을 냈다.

잠시 후 비명 소리가 났고, 질베르는 소스라쳐 놀랐다. 트럭 쪽에
서 투닥거리며 싸우는 소리가 들려왔다. 거대한 손이 아르튀르의 멱
살을 잡고 억지로 트럭 안으로 들여보냈다. 200킬로가 경찰의 무전
을 듣기 위해 엔진을 저속으로 켜놓은 채, 조금이라도 수상쩍은 기
미가 보이면 달아날 태세로 트럭 안에 머물러 있었던 것이다. 몸싸
움은 처음부터 불공평했다. 200킬로는 아르튀르의 멱살을 잡은 손
에 점점 더 힘을 주어 목을 졸랐다. 아르튀르가 계기판 쪽으로 손을
내밀었다. 힘이 점점 빠져나갔다. 하지만 마지막 힘을 모두 짜내 트
럭의 시동을 껐다. 그러자 헤드라이트 불빛이 꺼졌다.

아르튀르는 열린 차창 밖으로 차 키를 던져버렸다. 그런 다음 미션
완수, 라고 중얼거리고는 정신을 잃었다.

이제 뫼동 숲은 완전히 캄캄했다. 샤를로트는 즉시 일어나 머리를
숙이고 질베르를 들이받았다. 갑자기 가슴 한가운데에 박치기를 당
한 질베르는 손에 들고 있던 권총을 놓쳐버렸다. 그가 샤를로트를
붙잡으려 했지만 샤를로트는 벌써 뒤로 물러나 있었고, 빗맞긴 했지
만 팔에 두 번째 박치기를 또 당했다. 어둠 속에서는 샤를로트가 더
유리했다. 질베르는 외투 속에서 라이터를 찾았다. 하지만 트럭 안

에 놓아뒀다는 것을 깨달았다. 그런데 저 뚱보는 저기서 뭘 하는 거지? 그 순간 질베르는 등 뒤에 또 한 번의 일격을 당하고 숨을 헉 들이마셨다. 샤를로트가 돌멩이를 던진 것이다. 질베르는 샤를로트의 공격에서 벗어나기 위해 힘겹게 옆으로 몇 걸음 걸어갔지만, 샤를로트가 다시 돌멩이를 집어 그의 머리에 힘껏 명중시켰다. 그는 비틀거리다가 이마로 손을 가져갔다. 액체가 흥건한 것이, 피가 났다는 걸 알 수 있었다.

마침내 200킬로가 트럭 운전석의 문을 열었다. 그런 바람에 차 안에 불이 켜졌고, 그 어슴푸레한 빛으로 질베르는 샤를로트의 윤곽을 식별할 수 있었다. 샤를로트가 또다시 돌을 던졌지만, 이번에는 공격을 피해 정신을 수습하고 자신의 무기를 집어 들었다. 인도 남자가 루이즈를 품에 안고 도망치려 했고, 질베르는 그 앞을 즉각 막아섰다. 그러는 동안 200킬로는 축축한 풀밭을 기어 다니다가 마침내 차 키를 찾아냈다.

몇 초 뒤, 샤를로트는 놀라서 얼어붙은 루이즈를 무릎에 앉힌 채 트럭 뒤쪽 짐칸에 앉아 있었다. 뤼시앵은 아르튀르가 정신을 차리도록 뺨을 찰싹찰싹 때렸다. 아자이는 눈을 감은 채 여전히 입가에 미소를 머금고 있었다.

트럭이 바닥에 널브러진 회색 색연필들 위를 굴러가는 바람에 따닥따닥하는 소리가 났다.

200킬로는 A86 도로를 달리다가, 지방으로 이어지는 A6 도로를 향해 전속력으로 방향을 바꾸었다. 날이 조금 개어 마침내 하늘이 감초색 구름을 군데군데 뚫고 모습을 드러냈다. 새벽 3시였다. 뒤쪽 짐칸의 승객들은 조용했다. 아르튀르는 방금 간신히 정신을 차리고 자기 목덜미를 주무르고 있었다. 그가 마지막으로 기억하는 것은 어둠 속으로 열린 터널의 우유색 불빛이었다. 마침내 아르튀르가 상황을 파악했다. 그리고 샤를로트의 가느다란 손가락들이 아자이의 얼굴을 천천히 어루만지는 것을 보고 얼굴을 일그러뜨렸다. 그녀는 아자이의 눈에서 한동안 시간을 끌었다. 그 아몬드 모양의 눈은 루이즈의 눈과 똑같았다. 아르튀르는 그 모습을 외면했다. 트럭이 왼쪽 차로에서 느린 속도로 앞서가던 화물차를 따라잡았다.

"저 바보는 대체 뭘 하는 거야?" 200킬로가 짜증을 냈다.

그는 클랙슨을 울리며 오른쪽 차로로 화물차를 추월했다. 바로 앞에서 또 다른 화물차가 오른쪽 차로로 달리는 트럭 여러 대를 왼쪽으로 추월하려 했다. 200킬로는 차를 멈출 수밖에 없었다. 속도계가 겨우 시속 60킬로미터를 가리키고 있었다.

"계속 가, 멍청아!" 질베르가 화를 냈다.

다른 화물차가 와서 그들을 왼쪽 차로로 밀어붙였다. 차들이 차례로 비상등을 켜고 서행하다가 고속도로 한가운데에 멈춰 섰다.

200킬로가 운전하는 트럭은 열 대 남짓한 차들의 대열 한가운데에 갇힌 신세가 되었다. 200킬로는 룸미러를 보았고, 뭔가 이상하다는 것을 느꼈다. 파리 지역에서는 한밤중에도 간혹 교통 정체가 일어나지만, 이건 평범한 교통 정체가 아니었다. 차들이 전부 소형 트럭 아니면 소형 화물차들이었다. 마치 영업용 자동차 전시회에 온 것 같았다. 갑자기 한 화물차 운전사가 차에서 내려, 화물칸을 열고 과일 바구니들을 내렸다. 룸미러로 살펴보니, 웬 노부인도 자기 2CV 라이트밴의 트렁크를 열고 아스팔트에 물건들을 쏟아내고 있었다.

"제기랄, 우리가 농사꾼들의 데모 현장에 걸려들었군. 자, 자, 이 물건들 좀 치워요. 우린 시간이 없다고!"

200킬로는 후진한 뒤 화물차들의 행렬에서 벗어나기 위해 가드레일을 따라 차를 운전했다. 그러나 뒤에 있던 소형 화물차가 그를 앞질러 가서 그가 움직이지 못하게 방해했다. 그를 앞지른 화물차는 이어서 뒤로 후진했다. 덫에 걸린 200킬로는 놀이공원에서 범퍼카를 타듯 여기저기 쿵쿵 부딪치며 어쩔 줄 몰라 했다. 회색 자몽이 차 앞 유리창에 짓이겨졌고, 회색 오렌지 떼가 그 뒤를 이었다. 200킬로는 와이퍼를 작동했다. 그러자 잿빛의 과일즙이 얇은 막처럼 앞 유리창을 덮었다. 그런 바람에 앞이 거의 보이지 않아 맹목적으로 앞으로 운전하다가, 마지막 순간에 길을 가로지르기 시작하는 소형 트럭 한 대를 보았다. 그 소형 트럭은 그들의 앞길을 결정적으로 가로막았다.

두 불한당이 총을 빼 들고 길 위로 내려섰다. 궁지에서 벗어날 유일한 방법은 포로들을 볼모로 이용하는 것뿐이었다. 그들이 트럭 뒤쪽 짐칸으로 가자, 바나나, 사과 그리고 키위들이 그들 위로 비처럼 쏟아져 내렸다. 질베르와 200킬로는 과일 폭격을 맞았다. 가장 아픈 것은 사과였다.

낙담한 질베르가 공중에 대고 공포탄을 쏘았다. 그러나 헛일이었다! 그 우레와 같은 소음 이후 과일 폭탄은 열대 과일 폭탄으로 변했다. 사방에서 열대 과일 폭탄이 날아왔다. 조준이 서툰 사람들은 200킬로를 겨냥했다. 몸의 면적이 넓어 명중시키기가 훨씬 쉬웠기 때문이다.

"도망쳐!" 질베르가 이렇게 외치고는, 가드레일을 뛰어넘어 고속도로를 건너갔다.

색의 상징이 우연의 산물일 때가 많다는 사실을 아세요? 경주용 자동차의 색을 예로 들어보겠습니다. 1900년에서 1905년까지 열린, 뉴욕 헤럴드 신문사의 사주社主 이름을 붙인 고든 베넷 컵 자동차 경주 이야기입니다. 각 국가 대표 팀을 구별하기 위해 자동차에 팀을 상징하는 색을 부여했습니다. 프랑스는 파란색, 영국은 초록색(아일랜드에 경의를 표하는 의미로 브리티시 레이싱 그린British Racing Green이라고 합니다), 벨기에는 노란색, 이탈리아는 빨간색, 독일은 흰색이었죠. 그런데 1930년대에 '독일의 흰색'은 회색이 되었습니다. 자동차가 허용된 무게를 초과해서는 안 되었기 때문이지요. 메르세데스 W25의 경우 무게가 겨우 1킬로그램 초과됐습니다. 그래서 자동차 정비공들은 차의 무게를 가볍게 하기 위해 하얀 자동차 차체를 철판이 나올 때까지 연마했습니다. 바로 여기서 색을 칠하지 않고 광택만 낸 알루미늄 차체를 뜻하는 '은화살flèches d'Argent'이라는 표현이 생겨났지요.

내일 뵙겠습니다, 청취자 여러분.

피에레트가 자신의 2CV 라이트밴을 양로원 방향으로 천천히 몰고 갔다. 뤼시앵이 앞좌석에 앉았고, 샤를로트는 뒷좌석의 아자이와 아르튀르 사이에 앉았다. 루이즈는 마침내 안심하고 엄마의 무릎 위에서 잠이 들었다.

피에레트가 운전을 하며 설명했다. "그 삼합회 끄나풀이 내 휴대 전화 위에서 다시 움직이는 걸 알았을 때, 난 눈을 뗄 수 없었어. 게다가 너희들이 뫼동 숲으로 갔다는 걸 알고 뭔가 문제가 생겼다는 걸 알아차렸지. 난 곧바로 렁지스*로 달려가 채소 재배에 종사하는 내 친구들에게 알렸어. 그들이 즉시 움직여주었지. 그렇게 해서 너희들에게 달려온 거야. 다행히 길에 차들이 별로 없었고, 너희들이 탄 차를 쉽게 찾아낼 수 있었지. 그런 다음 렁지스의 친구들이 차를 돌려 그 트럭을 막아선 거야. 그 뒤의 이야기는 너희들도 알고 있고."

"색들이 전부 다시 나타나지 않는 한, 루이즈는 계속 위험할 거요." 뤼시앵이 잠든 손녀딸을 내려다보며 중얼거렸다.

"또 다른 문제도 있어요." 샤를로트가 덧붙였다. "우리는 색의 부재가 세상의 균형을 얼마나 망가뜨리는지 이제 겨우 깨닫기 시작했어요. 아직 그 균형을 그리 많이 되찾지는 못했죠⋯⋯. 겨우 몇 주 만에 우리의 습관들이 심하게 망가졌어요. 인류가 이 급격한 변화를 견디고 살아남지 못할까 봐 두려워요."

"어두울수록 빛을 믿는 것이 아름다운 법이지." 에드몽 로스탕**의 열렬한 팬인 뤼시앵이 한숨을 쉬며 말했다.

---

* 파리 남쪽에 위치한 교외 도시.
** Edmond Rostand(1868~1918), 19세기 프랑스의 극작가이자 시인. 독설, 유머, 박식함, 시적 재능을 지닌 낭만적 영웅상을 보여준 『시라노 드 베르주라크』로 큰 성공을 거두었다. 이 작품에는 지금까지도 애송되는 명대사가 많다.

아르튀르는 파리에 떠오르는 붉은 해를 바라보았다. 회색의 그러데이션이 하늘의 파란색 속에 녹아들어 화려한 오로라를 연상시켰다.

"우린 저 중국인들에게서 벗어날 수 있었잖아. 경찰이 우릴 도와줄 거야. 이젠 경찰이 우리 말을 믿게 해줄 증인도 많고." 피에레트가 강조했다.

"하지만 그렇게 되면 우리는 지구상의 모든 무뢰한들을 상대해야 할 뿐 아니라, 기자들은 말할 것도 없고 온갖 정신이상자들과도 상대해야 할 거예요. 제 딸아이가 평생 숨어 살기를 바라세요?"

자동차 안이 조용해졌다. 다들 샤를로트의 말이 일리가 있다고 생각했다. 아르튀르는 샤를로트가 아자이와 어깨를 맞댄 광경을 보고 싶지 않아 자기 휴대전화를 들여다보는 척하다가 솔랑주가 보낸 메일을 발견했다. 그는 그 메일의 첨부 파일, 즉 공장 앞에서 동료들과 마지막으로 찍은 사진을 아직도 열어보지 않았다. 사진 속 옛 동료들은 슬픈 미소를 띠고 있었고 표정이 칙칙했지만, 사진에는 많은 색이 다시 나타나 있었다. 갑자기 아르튀르의 시선이 사진 속 솔랑주의 손에 가서 멈추었다. 아르튀르는 엄지와 검지로 사진을 확대해보았다. 그렇게 하니 사진의 해상도가 떨어졌지만, 의심의 여지는 없었다. 솔랑주는 직사각형의 판판한 금속 상자 하나를 손에 들고 있었다. 가스통 클뤼젤사의 색연필 상자였다.

12장

무지개는 70만 개의 색으로
이루어졌다

그랑팔레에서 오트 쿠튀르 패션쇼가 열렸다. 샤넬의 홍보 담당자가 초대된 손님들을 중요한 순서대로 자리에 앉혔다. 그런데 애나 윈터*의 자리조차 둘째 줄이었다. 그렇다면 첫째 줄에 앉은 사람들은 다들 누구란 말인가? 정체를 알 수 없는 스무 명가량의 노인들이 첫째 줄에 앉아 있었다. 그중에는 휠체어를 탄 사람도 있었다…….그 브랜드와 명성에 걸맞은 관객들이었다! 럭비 선수 같은 외모의 삼십 대 남자도 한 명 있었다.

기상천외한 옷을 차려입은 호리호리한 모델들이 무대 위에 한 명

* Anna Wintour(1949~), 1988년부터 미국판 《보그》를 이끌고 있는 패션계의 거물.

한 명 등장했다. 기자들은 패션쇼에서 이렇게 다양한 색을 보는 것이 매우 오랜만이라고 평가했다. 파란색, 초록색, 빨간색, 분홍색, 보라색, 회색이 보였다. 흰색이나 검은색은 없었다. 관객들이 입은 옷 색깔에 응답하는 색들이었다.

관객들은 모두 화려한 색조의 옷을 입고 있었다. 그래서 평소와 달리 패션쇼에 즐겁고 천진한 분위기가 넘쳐났다. 머리에서 발끝까지 초록색으로 차려입은, LSD라도 복용한 듯 보이는 여자 관객 한 명이 술을 마시면서 양쪽 뺨에 규칙적으로 바람을 넣었다 뺐다 했다. 곁눈질로 그녀를 보던 주위 사람들 대부분이 그 모습을 보고 재미있어 했다.

모델들이 도도한 표정을 버리고 활짝 미소 지었다. 런웨이 행진이 모두 끝나자 칼 라거펠트가 입장했다. 그는 웨딩드레스를 입은 젊은 여자의 손을 잡고 무대에 등장했다. 그들 뒤에서는 머리를 예쁘게 땋고 연한 회색 원피스를 입은 소녀가 여자의 웨딩드레스 끝자락을 받쳐 들고 있었다.

관객들이 디자이너에게 환호를 보냈다. 라거펠트는 검은 정장을 버리고 로다민 분홍색 정장을 입었다. 구두와 부채도 같은 색이었다. 웨딩드레스를 입은 여자가 우아하긴 하지만 모델 규정에 맞는 키가 아니고 체중도 모델들보다 1.5배 정도 더 나간다는 것 그리고 그녀가 하얀 지팡이를 짚고 걸어 나오고 있다는 것을 알자, 관객의 환호 소리가 더욱 커졌다. 그녀가 입은 웨딩드레스는 종이로 된 짧은 원피스였다. A라인 스커트 덕분에 아담한 체구가 강조되었고, 어깨를 드러낸 네크라인 덕분에 긴 목이 더욱 돋보였다. 목에는 동백꽃으로 장식한 심플한 리본을 맸다. 관객들은 그녀에게 반했다. 여기저기서 탄성이 터져 나왔다. "매력적이야!" "Charming(멋진걸)!" "So fresh(신선하군)!" "고상해!" 몇 초 뒤, 음악이 그치고 그 여자가 천천히 돌았다. 그녀의 등에는 다채로운 색의 그림 한 점이 붙어 있었다. 거무스레한 피부의 한 남자가 노란 택시 옆에 서 있는 그림이었다. 관객은 그 그림을 보고 깜짝 놀랐다. 모든 색에서 빛이 났다. 갈색, 오렌지색, 복숭아색, 연어색, 진한 검은색, 우윳빛 흰색, 노란색, 카키색…… 텔레비전 카메라들이 그림 속 색연필 선들을 줌인해서 보여주었다. 관객들은 옆에 있는 사람들의 손, 팔, 다리 그리고 얼굴을 보며 외마디 비명을 질렀다. 색들이 제 뉘앙스와 복잡성을 전부 되찾은 것이다. 특히 피부의 색조들이 그랬다. 카메라 하나가 웨딩드레스 자락을 받쳐 든 소녀를 프레임에 담았고, 관객들은 소녀가 입은 면 원피스의 환한 색을 재발견했다. 루이즈가 자기 택시 색과 똑같은, 노란색 바탕에 검은색과 흰색의 체크무늬가 둘린 옷을 입어야 한다고 주장했던 아자이는 자부심에 차 미소 짓고 있었다.

가스통 클뤼젤사의 마지막 색연필들은 솔랑주의 나이트 테이블 서랍 속에 보관되어 있었다. 불면증에 시달리는 동안, 그녀는 향수를 느끼며 그 색연필들의 냄새를 맡았다. 색연필에서 나는 나무 냄새와 안료 냄새가 잠을 자는 데 도움을 주었다. 그러나 양로원 원생들이 그들과 함께 살자고 만장일치로 제안한 이상, 솔랑주에게는 고독과 하얗게 지새우는 밤들이 더 이상 문제되지 않았다. 그녀는 원생들의 제안을 즉시 받아들였고, 벌써 분홍색 새끼 고양이 한 쌍을 그곳으로 옮겼다.

한편 샤를로트는 되찾은 색들을 구글에 판다는 생각을 멀리 떨쳐 버렸다. "색은 자연이 우리에게 준 거예요. 그러니 돈을 받고 색을 판다는 건 말도 안 되는 일이죠. 색은 모든 사람의 것이에요. 이것으로 끝." 이제 인류가 색을 되찾고 활용할 수 있게 하는 좋은 방법을 찾아내는 일만 남아 있었다.

시몬이 전직 마케팅 전문가로서 능력을 발휘했다. 아이패드에 뜬 뉴스 하나가 그녀의 관심을 끌었다. 내일 샤넬 패션쇼가 열린다는 뉴스였다.

"자칭 고상한 취향의 중심, 패션의 신전에 색들이 한꺼번에 다시 나타나게 만들면 어떨까요? 거기서 색이 다시 나타나 세상으로 퍼져나가도록!"

"우리의 더 큰 행복과 안정감을 위해 지속적인 방법으로!" 알로하 셔츠를 입은 뤼시앵이 결론지었다.

피에레트가 휴대전화를 꺼내 들며 말했다.

"내가 칼을 잘 알아요. 그 사람 10년 전부터 내 성대 수플레 요리와 신선한 버베나와 패션프루츠로 만든 디저트를 목 빠져라 기다리고 있죠……."

그리하여 피에레트는 원생들을 패션쇼에 초대하고 샤를로트와 루이즈에게 입힐 옷을 급히 만드는 대가로 맛있는 요리를 만들어 칼에게 제공했다. 제시간에 원피스 두 벌을 만들고 루이즈의 그림을 웨딩드레스 등 부분에 꼼꼼히 꿰매 붙이기 위해 패턴사, 재단사, 디자이너들이 밤을 새워 작업했다.

이제 그들은 자기들이 만든 옷이 관객에게 불러일으킨 놀라운 효과를 뒤에서 자랑스럽게 지켜보고 있었다. 모델들이 무대 위로 다시 올라와 인사하고, 디자이너 주위에 둘러서서 박수를 보냈다. 이후의 효과는 굉장했다. 모델들이 입은 옷이 전부 제대로 된 색을 띠었다.

오트 쿠튀르 패션쇼 사상 처음으로, 관객들이 기쁨에 넘쳐 파도타기 응원을 했다.

관객들이 패션쇼장 출구로 몰려 나갔다. 그들은 불꽃놀이를 보러 가듯 마구 달려갔다. 온통 기뻐하는 사람들뿐이었다. 그 집단적 행복이 아르튀르를 뒤덮은 우울함과 대비를 이루었다. 상황을 이성적으로 받아들이려 했으나 소용없었다. 우울한 기분이 그의 이성을 이겨버렸다. 그래서 아르튀르는 그곳을 뜨기로, 사람들의 물결 속에서 길을 터 반대쪽으로 가기로 결심했다. 마지막으로 돌아보니, 아자이가 루이즈와 샤를로트를 품에 안고 있었다. 그들이 무슨 대화를 나누는지는 너무 멀어서 들리지 않았다. 뭐, 듣고 싶은 마음도 없었다.

"또 만나요, 아빠."

"한 번 더 말해줄래." 아자이가 딸아이의 목소리를 녹음하기 위해 휴대전화를 꺼내며 부탁했다.

"또 만나요, 나의 아빠."

아자이는 눈을 감은 채 그 말을 음미했다.

"Thank you, Ajay. You are a very nice guy. We'll come to see you soon in New York(고마워요, 아자이. 당신은 참 좋은 사람이에요. 우리가 곧 당신을 보러 뉴욕으로 갈게요)." 샤를로트가 그의

뺨에 입 맞추며 말했다.

휴가는 끝났다. 아자이가 탈 비행기가 몇 시간 뒤 이륙할 예정이었다. 아자이는 자신의 노란 택시를 빨리 보고 싶었다.

아르튀르는 그 자리를 벗어나기 위해 갈기갈기 찢긴 마음으로 분투하고 있었다. 그때 작은 손 하나가 그의 손안으로 미끄러져 들어오는 것이 느껴졌다. 그는 소스라쳐 놀랐고, 루이즈가 슬그머니 다가와 자기를 붙잡고 있는 것을 깨달았다. 그 조그맣고 따뜻한 손이 그의 마음을 흔들었고, 그의 눈이 즉시 흐릿해졌다. 루이즈가 그의 손을 잡고 샤를로트가 있는 곳으로 끌어당겼다. 하지만 아르튀르는 끌려가지 않고 버틴 뒤, 소녀의 머리를 쓰다듬으며 작별 인사를 했다.

갑자기 샤를로트 앞에 아시아인 노인 한 명이 나타났다. 산호색 정장을 멋지게 차려입은 노인이었다. 덩치 큰 아시아인 남자 두 명이 그 노인을 에스코트하고 있었다. 아르튀르는 루이즈를 안고 그쪽으로 급히 달려갔다. 사람들을 헤치고 나아가 마침내 샤를로트의 어깨에 한 손을 얹었다. 아르튀르의 손이 어깨에 닿자, 샤를로트는 뭔가 이상한 일이 일어났음을 깨달았다.

노인이 물었다.

"용서를 구하러 왔소이다. 두 분이 다 폰세카 부인과 그 따님 맞소?"

샤를로트는 조금 놀랐다.

"네, 맞아요. 그런데 누구시죠?"

"내 이름이야 별로 중요할 게 없소, 부인. 나는 직접 사과의 말을 전하고 싶을 뿐이오. 우리 조직에 속한 두 사람이 부인께 부적절한 행동을 했다고 들었소. 하지만 그건 우리도 모르는 사이에 일어난 일이라오. 그들은 우리 문화에 색이 너무도 중요해서 우리가 돈을 받고 색을 팔려고 하지 않을 거라는 걸 알고, 이득을 좇아 몰래 나서서 일을 벌인 거요. 색이 사라지는 것보다 더 힘든 일은 없지. 그들이 따님 덕분에 번 돈은 상당 부분 회수했다오. 여기 그 돈을 가져왔소. 이 돈은 부인 것이오." 노인이 뒤로 조금 물러서 있는 두 남자 중 한 명의 손에 들린 배낭을 가리키며 말했다.

샤를로트가 대답했다. "저는 그 돈이 필요 없어요. 그 돈을 시각장애인 안내견 협회에 기부하시면 어떨까요. 그곳에는 돈이 무척 필요하거든요."

"부인의 뜻이 그렇다면 그렇게 하겠소."

노인은 잠시 시간을 두었다가 천천히 말했다. 그의 목소리는 온화했다.

"그런데 마지막으로 부인과 해결하고 싶은 문제가 하나 있소. 부인도 이해하겠지만, 안타깝게도 우리는 그 두 사람을 법의 심판에 맡길 수가 없소. 그러나 잘못을 했으니 반드시 벌은 받아야겠지. 그래서 그들에게 어떤 벌을 줄지 부인께 결정권을 드리려 하오. 그들이 부인에게 해를 끼쳤으니 말이오. 아무리 엄한 벌일지라도 반드시 그대로 실행하겠소."

샤를로트는 입술을 깨물고 생각에 잠겼다. 넬슨 만델라는 자신을 30년 가까이 감옥에 가둬둔 사람들을 용서했고, 교황 요한 바오로 2세는 자신을 죽이려 한 사람을 용서하기 위해 그 사람이 수감된 교도소를 방문했다.

마침내 그녀가 큰 소리로 말했다. "저는 과격한 해법을 원하지 않아요. 하지만……."

"관대한 벌은 종신 유배형일 거요." 우아한 노인이 제안했다.

"저에게 좋은 생각이 하나 있습니다." 아르튀르가 말했다. "에펠탑을 분홍색으로 칠할 예정이래요. 그런데 질베르가 고소공포증이 있는 것으로 알고 있습니다. 벌로 두 사람이 그 일을 하게 하면 어떨까요?"

아시아인 노인과 샤를로트가 웃음을 터뜨렸다.

양로원 원생들이 무리 지어 튈르리 정원을 나섰다. 완벽한 반원의 무지개가 한쪽 끝은 오르세 미술관에, 다른 한쪽 끝은 루브르 박물관에 걸친 채 센강 위쪽 하늘에 당당하게 떠 있었다. 뤼시앵, 솔랑주, 샤를로트, 루이즈 그리고 아르튀르는 피에레트의 2CV 안에 빽빽이 끼어 앉아 즐거워했다. 다른 사람들은 시몬의 조그만 피아트 500에 탔다. 그 외에 거동이 자유롭지 못한 은퇴 생활자들은 의료 혜택을 받는 택시를 이용했다.

2CV의 차량용 라디오가 색에 관한 속보를 연이어 뱉어냈다. 샤넬의 패션쇼 장면은 순식간에 전 세계 모든 텔레비전 방송을 한 바퀴 돌았다.

한 기자가 흥분해서 말했다. "마침내 모든 사람들이 색들을 '정상적으로' 보며 감탄할 수 있게 되었습니다."

"저건 잘못된 말이에요." 샤를로트가 조금 구겨진 종이 원피스의 매무새를 가다듬으며 짜증을 냈다. 그녀는 그 옷을 벗을 생각이 없는 것 같았다. "30여 년 전부터 색들을 보지 않는 것이 '정상적'으로 여겨진걸요."

"롱사르가 연인의 환심을 사려고 자줏빛 장미를 보러 가자고 한 것이 그때의 풍속에 비추어보면 지나친 일이 아니었던 거네." 솔랑주가 재미있어하며 말했다.

"더 나쁜 건 우리 사회가 색들을 은밀하게 피하기 시작했다는 거예요. 가짜 흰색이 우리의 벽들을 장식하고, 거의 검은색에 가까운 회색이 우리의 옷장에 넘쳐나죠." 샤를로트가 덧붙여 말했다.

라디오에서 흘러나온 뉴스가 그들의 대화에 끼어들었다.

"세계 도처에서 이상한 현상이 벌어지고 있습니다. 역사적 기념물들의 색이 선명해졌습니다. 아테네의 파르테논 신전이 빨간색, 파란색 그리고 금색으로 보입니다. 베르사유 궁전의 벽들은 달걀색으로 뒤덮였습니다. 방금 저는 〈모나리자〉의 색이 미세하게 변한 것을 알게 되었습니다. 피부 결에 분홍색이 돌고, 양쪽 뺨이 붉은 후광으로 둘러싸이고, 눈이 연한 캐러멜색이 되고, 배경은 선명한 코발트색이 되었습니다."

"원래 그 색들이었잖아요!" 아르튀르가 외쳤다.

자동차 안에 침묵이 흘렀다. 각자 대체 지금 무슨 일이 일어나고 있는 건지 이해해보려고 애썼다.

"색들이 벌써 다시 나타났군요. 그런데 여러분은 더 이상 그것에 신경 쓰지 않는 거예요?" 샤를로트가 말했다.

다시 침묵.

"그러니까 색들은 수년 전부터 은밀히 사라지기 시작했다는 뜻인가요?" 아르튀르가 물었다. "우리가 색에 신경을 쓰지 않아서요? 그러니까 색에 대한 우리의 감수성이 점점 무뎌지고 있었다는 말인가요? 그러다 색들이 완전히 사라진 뒤에야 그걸 알아차린 것뿐이고요?"

"아마도요. 그리고 지금 여러분은 다시 색을 보고 경탄하고 있고요. 덕분에 여러분은 과거 우리의 조상들 또는 색을 보는 모든 동물들만큼이나 감각이 정교해졌어요. 물론 이건 하나의 가설에 불과하지만요." 샤를로트가 말했다. "과학자들은 색이란 우리의 시각기관과 피질이 파장을 흡수하거나 처리한 결과라고 설명해요. 하지만 우리가 색을 주의 깊게 볼 경우, 그 파장은 우리가 매우 부분적으로만 의식하는 결과들로 우리 뇌의 많은 영역을 활성화해요. 색은 우리를 경탄하게 하고, 놀라게 하고, 격려하고, 활력을 부여하고, 이완시키고, 감동시키고, 더 창조적으로 만드는 능력이 있어요. 그리고 바로 그런 이유로 우리 주위의 사람들에게 퍼져나가죠. 누군가에게서 꽃선물을 받을 때 그리고 그 색을 주의 깊게 바라볼 때 여러분이 느끼는 기쁨을 생각해보세요."

아르튀르는 자기가 준 꽃을 샤를로트가 거부했던 일을 떠올렸다. 하지만 아무 말도 하지 않았다.

"라틴어로 '컬러color'는 '셀라레celare'와 같은 어원을 갖고 있어요. '감추다'라는 뜻이죠." 샤를로트가 덧붙여 말했다. "색의 신비를 느끼기 위해서는 그냥 보는 것만으로는 충분하지 않아요. 유심히 살펴봐야 하죠."

"아마도 신들은 우리가 채색 화가로서의 그들의 놀라운 작업에 더이상 신경 쓰지 않아서 화가 났을 거야. 그래서 우리로 하여금 그걸 깨닫게 한 거지." 피에레트가 선명한 나머지 거의 주황색에 가깝게 보이는 노란 신호등을 무시하고 지나가며 말했다.

샤를로트가 이야기를 이어갔다. "누가 알겠어요? 아무튼 색이 환상에 불과하다는 걸 우리는 알고 있죠. 보라색과 빨간색을 생각해보세요. 이 두 색은 색의 스펙트럼에서 가장 멀리 떨어져 있어요. 여러분은 가까이에 있는 색들을 어떻게 감지하죠? 신경과학자들은 보라색을 감지하는 피질 구역이 빨간색에 의해 활성화되는 피질 구역 옆에 있다는 걸 매우 최근에야 알게 됐어요. 그 두 구역 사이에 작은 구멍들이 있다는 사실도요."

"내 생각은 조금 달라요!" 아르튀르가 말했다. "우리가 공장에서 색연필 심을 제조할 때, 처음에는 안료를 넣어도 흰색으로 보여요. 심의 색을 드러내주는 착색제가 필요하죠. 샤를로트 당신은 당신만의 방식으로 색에 대한 놀라운 민감성을 발전시켰고 그 민감성을 루이즈에게 물려준 것 같아요. 그리고 루이즈는 순진무구한 어린아이의 눈에 아버지의 공감각 능력이 결합되면서 색을 나타내주는 착색자 역할을 하게 된 거고요."

"글쎄요, 잘 모르겠어요……. 내가 아는 것은 우리의 감각에 관해 밝혀낼 사실들이 아직도 많다는 것뿐이에요. 언젠가 과학이 이 모든 것에 대해 합리적인 설명을 내놓겠죠."

"노트르담 성당 쪽으로 길을 돌아가면 실례가 될까? 그 성당의 모습이 지금 어떤지 너무나 보고 싶어서." 피에레트가 물었다. "모두 찬성이라고? 그렇다면 그쪽으로 갑시다!"

주위에는 경찰의 파란 제복이 보이지 않았다. 피에레트는 방향 지시등을 켠 뒤 중앙선을 가로지르며 급히 유턴했다. 2CV 라이트밴은 기우뚱하며 뒤집힐 뻔했지만 가까스로 제대로 서서 달려갔다.

프랑스 대통령이 이제부터 홀리 축제일이 공식 기념일이 될 거라고 발표했습니다. _《르몽드》 인터넷판

SMS가 몇 번 오갔고, 양로원 원생들은 700년도 더 된 성당 앞 광장에서 다시 만났다. 그들은 두 종탑 사이의 주홍색 기둥들을 보고 감탄했다. 오렌지색이 된 로사리오 탑이 우아한 상승의 분위기를 풍겼고, 조각이 새겨진 세 개의 현관은 주홍색과 금색을 주조로 하여 물들어 있었다. 문들은 타오르는 듯한 붉은 색조였다. 조금 더 위쪽에서는 진한 파란색, 초록색, 금색 그리고 산호색을 띤 스물여덟 개의 조각상들이 안으로 들어오라고 숭고한 초대를 하고 있었다. 파리 노트르담 성당의 하얀 골격이 관능적 외관을 되찾았다.

　"갑시다." 뤼시앵이 조금 흥분해서 말했다. 가장 아름답고 눈길을 끄는 변화는 성당 내부에 일어났을 거라고 예상되었기 때문이다.

　"내부의 색들이 어떤지 나에게 이야기해줘요." 샤를로트가 아르튀르의 팔을 잡으며 부탁했다. 안으로 들어가자마자 그녀는 조금 축축한 냉기를 감지했다.

　아르튀르가 말했다. "색이 곳곳에 있어요! 벽에, 기둥에, 아치의 홍석에, 천장에, 곳곳에요. 파란색, 초록색, 노란색, 주황색, 빨간색, 금색이네요. 색들이 무척이나 선명해요! 빛도 비현실적이고요. 스테인드글라스 색이 마치 형광색 같아요. 지금 우린 색들의 세례를 받고 있어요."

"나이트클럽에 와 있는 것 같아요?"

"음, 실내장식이 좀 특별한 디스코텍요……. 성가대석 주위에는 선명하게 채색된 나무 조각 작품이 있어요. 복음서에 나오는 장면들을 묘사한 것인데, 이야기가 잇달아 연결되네요."

"글을 읽을 줄 모르는 사람들을 위한 교리문답 강의예요. 요즘 우리가 보는 만화의 조상 격이죠"

"색조가 훨씬 더 강한 만화네요."

"훌륭한 인쇄업자들이 그것을 석판화로 복제했죠."

아르튀르는 그곳에서 친숙한 얼굴 하나를 알아보았다.

"제단 앞에 누가 있는지 알아맞혀볼래요?"

"누가 있는데요?"

"파리 대주교님요!"

"우리 가서 인사해요."

샤를로트가 아르튀르의 팔짱을 단단히 꼈고, 두 사람은 성당의 중앙 통로를 나아갔다. 아르튀르는 행복했다. 지난 몇 달 동안 그는 술을 한 방울도 마시지 않았고, 더 이상 그럴 필요도 느끼지 않았다. 간과 심장 사이에 연결 통로가 있는 것 같았다.

잠시 후 아르튀르는 양로원 원생들이 모두 완벽하게 정렬된 신자석 첫째 줄에 앉아 있는 것을 알아차렸다. 자수정빛 상제의上祭依를 입은 대주교는 평온한 표정으로 그들을 맞이했다. 샤를로트가 그의 기척을 느끼고 존경의 표시로 고개를 숙였다.

이윽고 오르간 연주가 시작되었고, 아르튀르는 곧바로 상황을 파악했다. 그는 웨딩드레스 차림의 여자와 팔짱을 낀 채 예배당 제단 앞에서 성직자를 마주하고 서 있었다. 다들 미리 짜고 이리로 온 거였어, 그는 속으로 생각했다. 뒤통수에 사람들의 시선이 느껴졌다. 그들은 색들이 다시 나타날 거라는 걸 알고 있었고, 노트르담 성당이 어떻게 변했는지 보자는 구실로 그를 여기 데려온 것이다. 그는 샤를로트의 멋진 옆모습을 바라보았다. 그녀가 그의 눈길을 느끼고 선글라스 뒤에서 그를 향해 윙크했다. 원생들 사이에 앉은 솔랑주가 보였다. 그녀가 그에게 손 키스를 보냈다. 옆에 있는 루이즈도 보였다. 루이즈가 자기 몸집만 한 심홍색 쿠션을 낑낑대며 그에게 내밀었다. 그 쿠션 위에는 레몬색 금반지 두 개가 놓여 있었다.

난 아무것도 눈치채지 못했어, 진짜 아무것도 몰랐어, 그는 속으로 중얼거렸다. 하지만 샤를로트가 나를 받아준다면 난 정말로 운이 좋은 거야.

아르튀르는 홍보랏빛 도는 주교관을 쓴 대주교가 하려는 의례적 질문을 앞질러 큰 소리로 대답했다. "네, 이 여인을 아내로 맞이하겠습니다!"

"인생을 컬러로 꿈꾸어라, 그것이 행복의 비밀이다."
_월트 디즈니

감사의 말

가장 아름다운 뮤즈인 내 아내 엘로디에게 감사한다.

(이 뮤즈가 말했듯이, 만일 봤다면 정신적 외상을 입었을지도 모를 사랑 장면을 제외하고 이 이야기를 너무너무 좋아해준) 내 딸 카퓌신에게 감사한다.

안나 파블로비치에게 감사한다. 그녀는 내 첫 책『색들의 놀라운 힘』때 그랬듯이 나를 믿어주었고, 이 책이 독자들을 만날 수 있도록 에너지와 호의를 아낌없이 베풀어주었다.

내 문학 디렉터 루이즈 다누에게 감사한다. 엄청난 재능을 가진 그녀가 이 색연필들을 뾰족하게 깎아주었다(그녀가 검은색 옷을 그만 입는 날이 언젠가 올 거라는 희망을 나는 여전히 잃지 않고 있다).

랑그도크루시용의 시각장애인 및 약시弱視 연맹 회장인 언어학자베르트랑 베린에게, 에르베 리알 교수에게 그리고 내가 시각장애인인 등장인물 속으로 들어가는 데 큰 도움을 준 조각가 도리스에게 감사한다.

독자 여러분이 색칠을 할 수 있는 예쁜 표지를 디자인해준 예술 디렉터 프랑수아 뒤르캥에게 감사한다.

내 첫 독자들인 소피 보리, 드니 부트, 안 세실 랑숑, 비비안 데샹, 로르 부즐로, 아니 몰라르 데푸르, 상드린 쾨르비조, 도로테 로칠드, 세실 피보, 에르방 르쉴 그리고 격려를 통해 내 중압감을 없애준 코린 캉탱에게 감사한다(장편소설을 쓰는 것 그리고 그것에 대한 친구들의 반응을 기다리는 것보다 더 불안한 일은 없다).

가장 훌륭한 에이전트인 동시에 가장 옹졸한 에이전트인 알랭 팀싯에게 감사한다.

일본인이면서 아베롱 사람인 나의 '형제' 파스칼 몰라레에게 감사한다.

아르튀르 그리고 그의 알록달록한 인도풍 바지에 감사한다.

내가 빼먹고 언급하지 못한, 그리고 지인들이 그랬듯이 나를 너그럽게 받아줄 모든 분에게 감사한다.

마지막으로 점자 전사轉寫 및 출판 센터 디렉터 아들린 쿠르장에게 감사한다. 그녀 덕분에 이 책에 기여한 모든 사람들이 행복했고, 이 책이 오직 마음으로만 색을 보는 독자들을 위해 점자로 먼저 출판된다는 사실에 자부심을 느꼈다.

색을 되찾는 모험

색이란 무엇일까요? 이 소설의 여주인공 샤를로트는 "색이란 환상에 불과하다", "색은 우리가 볼 때만 존재한다"고 말합니다. 하늘이 파랗게 보이는 이유는 낮에 대기 중의 작은 알갱이들이 파란빛을 흡수했다가 다시 반사하기 때문이라는 이야기를 다들 과학 책에서 한 번쯤 읽어보셨을 거예요. 어떤 물체가 특정한 색으로 보이는 것은 물체가 그 색을 가지고 있기 때문이 아니라, 모순적이게도 그 색을 반사하기 때문이라는 것이죠.

파란색은 차가운 색이고 빨간색은 따뜻한 색이다, 초록색은 희망을 상징한다, 가장 뚜렷한 대비를 이루는 색은 노란색과 검은색이다 등등 색과 관련된 이야기들을 어릴 때부터 많이 들어보셨을 테고요.

하지만 색이 우리의 일상생활에서 얼마나 중요한 위치를 차지하는지 깊이 생각해보신 적이 있나요? 이 소설은 아마도 그런 생각에서 시작된 듯합니다. 이 소설에서는 노란색을 시작으로 갑자기 색들이 전부 사라져버리지요. 말하자면 온 세상이 '흑백의 세계'가 되어버립니다. 흑백사진과 흑백영화를 가까이 접해본 나이 든 노인들은 그런 '흑백의 세계'가 젊은 세대보다 익숙할까요? 글쎄요, 조금은 그럴지도 모르지만, 요즘엔 모든 매체가 컬러인 것이 당연하다 보니 노인들도 그런 변화가 당황스럽기는 마찬가지일 것 같네요.

태어나서 색을 한 번도 본 적 없는 색채 전문가 샤를로트, 색연필 공장에서 일하다 실업자 신세가 된 아르튀르 그리고 샤를로트의 딸 루이즈가 색들이 사라진 이 세상을 구원하는 모험에 나섭니다. 그러려면 아르튀르가 일하던 색연필 공장에서 마지막 날 생산한 색연필을 찾아야 합니다. 그 이유는 이 소설을 읽다 보면 자연스레 아실 수 있을 거예요.

우리가 살고 있는 현대사회는 모든 정보를 컬러로 전달하고, 거의 모든 색의 염료를 과거에 비해 훨씬 쉽고 빠르게 만들어낼 수 있습니다. 마음만 먹으면 온갖 색을 풍부하게 즐길 수 있는 시대이죠. 그런데 반대로 우리 현대인들은 옛날 사람들에 비해 흰색, 검은색, 회색 같은 모노톤의 옷과 자동차, 실내장식을 선호하는 경향이 점점 커지고 있다는 저자의 지적이 흥미롭습니다.

태어나서 처음으로 색을 본 사람들에 관한 동영상을 보신 적이 있나요? 미국의 색맹용 안경 제조업체 엔크로마EnChroma에서 만든 안경을 끼면 색맹인 사람도 색을 볼 수 있다고 하네요. 황혼 녘의 하늘, 가을 단풍, 유명한 화가들의 그림, 수많은 색으로 이루어진 색연필 상자 등 화려하고 다채로운 색들로 가득한 세상의 모습을 난생처음 본 뒤 놀라워하고 눈물 흘릴 정도로 감격하는 사람들을 그런 동영상에서 볼 수 있습니다. 색을 볼 수 있는 보통 사람들은 세상에 여러 가지 색이 존재하는 것을 당연한 일로 여기지만, 그것을 누리지 못하는 사람들도 존재하는 것이죠.

하지만 우리는 눈으로만 색을 볼 수 있을까요? 이 소설의 저자는 그렇게 생각하지 않는 것 같습니다. 시각장애인이어서 눈으로 색을 본 적은 한 번도 없지만 색에 대한 섬세한 공감각적 감수성을 갖고 있는 샤를로트, 색과 특별한 소리들을 결합하는 '색청'이라는 특별한 공감각 능력을 가진 뉴욕의 택시 기사 아자이가 주요 인물로 등장하는 것을 보면요. 그래서 이 책을 '마음으로 보는 사람들'에게 바쳤는지도 모르겠네요.

이 감각적이고 매력적인 소설을 통해, 당연하게만 여겨왔던 색이 세상을 얼마나 풍부하고 살맛 나게 만들어주는지 새삼 알게 됩니다. 샤를로트가 전하는 색에 관한 재미있는 과학적, 역사적 지식들도 덤으로 얻을 수 있고요.

2019년 2월
최정수

색연필

초판 1쇄 펴낸날 2019년 2월 21일
초판 2쇄 펴낸날 2019년 3월 25일

지은이 장가브리엘 코스
옮긴이 최정수
펴낸이 김영정

펴낸곳 (주)현대문학
등록번호 제1-452호
주소 06532 서울시 서초구 신반포로 321 (잠원동, 미래엔)
전화 02-2017-0280
팩스 02-516-5433
홈페이지 www.hdmh.co.kr

ⓒ 2019, 현대문학

ISBN 978-89-7275-967-6 03860